CZ
S

Dziękuję wyższym siłom, które mnie odrywały od pisania tej książki, ludziom, zwierzętom, owadom, harcerzom w zaprzyjaźnionym obozie, rakietom lecącym na Księżyc, Witkowi i Jackowi, pięknym pogodom, co mnie wypędzały na wiślane plaże, pojazdom kosmicznym, wirującym wokół naszej planety, słowikom w Ujazdowskim Ogrodzie, których śpiew dolatywał nad moje biurko, i wszystkim innym zawalidrogom – znacie je, bo Wam nieraz utrudniały odrobienie lekcji.

Gdyby nie te przeszkody, pisałabym, pisałabym dzień i noc. Książka byłaby gruba – na pewno zaczęlibyście elektronowo ziewać. A ja wolę, byście w czasie czytania zdrowo się śmiali i zatęsknili do harcerskich wakacji.

Autorka

SEWERYNA SZMAGLEWSKA

CZARNE STOPY

Książka i Wiedza

Okładkę i strony tytułowe projektował
Alfred Wysocki

Okładkę wykonał
Jerzy Rozwadowski

Redaktor techniczny
Hanna Toda

Obj. ark. druk. 12
Druk i oprawa:
Drukarnia GRAFMAR Sp.z o.o.
ul. Wiejska 43, 36-100 Kolbuszowa Dolna

Trzynaście tysięcy dziewięćset czterdziesta piąta publikacja KiW

ISBN 978-83-05-13545-0

Wakacje za pasem

Zapachniało wakacjami. Ledwo wynieśli z harcówki cały sprzęt obozowy i zaczęli rozkładać na boisku gimnastycznym, ledwo brezent zaszeleścił i chuchnął na nich swoim wspaniałym zapachem, a słońce przygrzało z góry, przypiekło plecy i głowy, kiedy wstąpiła w nich wielka radość. I niecierpliwość zarazem. Chcieliby już być tam, w Górach Świętokrzyskich, o których tyle ciekawych rzeczy opowiadał im drużynowy. Jeszcze tak długo trzeba czekać! Cały dzień i całą noc. Kto ma tyle silnej woli, żeby się nie gryźć w piętę?!

Po raz ostatni sprawdzili dokładnie namioty, chociaż od wczoraj powtarzali ciągle tę czynność, patrzyli pod słońce, czy nie ma gdzie szpary w impregnowanej tkaninie, przeliczali śledzie, zapałki, saperki, napełniali kotły mniejszymi naczyniami, zapychali je do pełna prowiantem, nakładali pokrywy, wiązali sznurem z pomocą wszystkich sił, kolan, a czasem nawet zębów. Ustawili to wszystko w równych rzędach i wysłali Felka z meldunkiem do drużynowego.

Jak tu przetrwać ostatnią dobę? Czym wypełnić długie godziny? Dlaczego nie można znaleźć sposobu na przyspieszenie czasu? Tyle jest wynalazków, aparatów, są mózgi elektronowe, a kiedy się chce już, w tej chwili, zamknąć oczy i wylądować na polanie, gdzie ma być obóz, to nic z tego nie wychodzi. Zniechęceni snuli się po podwórzu. Patrzyli, jak dwaj woźni, Jan I Miękki i Jan II Twardy, lustrują ich ekwipunek, przy czym jeden uśmiechał się tylko i chwiał rzewnie głową, drugi natomiast oceniał sytuację „po wojskowemu", powtarzając przy każdej sposobności: „U nas w koszarach porządek musiał być jak ta cholewka!".

Za plecami Jana II Twardego stanął podobny do marchwi, czerwonowłosy Franek Fobusz, ulubieniec chłopców i utrapienie nauczycieli. Natura wyposażyła go sowicie. Oprócz płomiennych włosów miał jeszcze niezwykle długi nos w kształcie strączka rozdzielonego pośrodku wyraźnym rowkiem.

Naśladował każdy ruch woźnego, a słysząc chichot kolegów zapytał piskliwie:

– Jak cholewkaaa, panie Janie? Jak cholewkaaa? Jak cholewa!!! Woźny nie darmo wierzył, że równowaga świata zależy od musztry. U niego w tył zwrot były to dwa szurnięcia butami po żwirze. Silna dłoń chwyciła Fobusza za ucho.

– Coś ty powiedział? Powtórz no! Powtórz prędzej. Dobrze się składa, właśnie nadchodzi pani sekretarka...

– Powiedziałem tylko „cholewa". Każdemu wolno tak mówić, bo to jest górna część buta. Boooli... Proszę mnie puścić.

Woźny zrobił w lewo zwrot. Trzasnął obcasami, dłonie wyciągnął równo wzdłuż falistej linii spodni, zameldował. Chłopcy wiedzieli, że gniew Jana II Twardego nie mija łatwo. To nie to, co Jan I Miękki, który pogrozi, zatupie butami, napędzi strachu, ale w końcu nie chodzi ze skargą do pokoju nauczycielskiego. Jan II Twardy miał inne metody wychowawcze. Nie tylko starał się przyłapać ucznia na przestępstwie, lecz wyolbrzymiał je, ile się tylko dało, żeby całe zdarzenie i późniejsza kara mogły się stać odstraszającym przykładem dla innych. Opowiedział też pani sekretarce szczegółowo, jakich to słów używają harcerze na zbiórkach i co myśli o podobnym wpływie wychowawczym na młodzież. Po każdym zdaniu czerwieniał coraz bardziej, a jego szeroko rozstawione oczy rozchodziły się niebezpiecznie ku skroniom, jakby chciały odbyć naradę z uszami, które tak opacznie słyszały fatalne słowo „cholewa".

– Ja mam szeroki pogląd na świat. Wiem, jak się zabrać do takich smarkaczy.

Kiedy kończył swoją relację, na szkolny dziedziniec weszła góra kwiatów, rzodkiewek, wczesnych jabłek i koszyczków z porzeczkami. Pod istnym ruchomym straganem ujrzeli przekrzywioną chusteczkę okalającą rumianą twarz babci Fobusza. Pani sekretarka spojrzała na Jana II Twardego, potem na tę wyspę obfitującą w owoce i kwiaty.

– Panie Janie, proszę iść na pocztę z listami poleconymi. Leżą w kancelarii na biurku.

Woźny nie ruszył się z miejsca. Jego nogi, zamiast wykonać w lewo zwrot i odmaszerować, przymarzły tym razem do żwiru i nie pozwalały mu drgnąć.

– A toto? – zapytał i kciukiem wskazał drobną postać harcerza z kępą marchwianych włosów nad czołem.

Pani sekretarka zmarszczyła brwi, ale to nie odlepiło nóg Jana od żwiru.

– Pomówię z babcią Fobusza – wyjaśniła i poszła naprzeciwko rzodkiewkom, kwiatom, porzeczkom. Odwróciła się nagle. Jan stał w dawnym miejscu, patrzyła więc na niego tak surowo, długo, nieruchomo, aż opuścił głowę i zajął się oglądaniem planety, zwanej Ziemią. Wreszcie ruszył ku schodom odwracając się jeszcze. Dopiero kiedy zobaczył, że pani sekretarka dotrzymała słowa, poszedł ostrym marszem.

Babcia najpierw ułożyła jarzyny na ławce, ustawiła koszyczki, potem rozejrzała się po dziedzińcu. Następnie, nie przeczuwając niczego złego, zawołała:

– Co to, Franek, nie przywitasz się ze mną?

Fobusz podszedł ostrożnie, ukłonił się i zaczął przestępować z nogi na nogę, jakby chciał tym sposobem zadeptać swoją winę. Ustawił się na wprost pani sekretarki, podnosił wysoko swoje rude brwi, lekkim ruchem głowy zaprzeczał. Ale zajęte pierwszymi grzecznościami kobiety nie zwracały dostatecznej uwagi na jego małpie miny. Wtedy zastosował inną metodę. Chłopcy, którzy z zaciekawieniem obserwowali całe zdarzenie, usłyszeli nagle, że Fobusz podśpiewuje. Palcami lewej dłoni dotykał lekko ust, jakby od niechcenia grał na fortepianie. Nucił przy tym cichutko melodię gamy:

Do–re–mi–fa–sol–la–si–do...
Proszę pani, żeby pani
Nie mówiła nic babuni,
Do–re–mi–fa–sol–la–si–do...
Bo inaczej ja na pewno
nie pojechałbym na obóz...
Do–re–mi–f a–sol–la–si–do...
Do–si–la–sol–fa–mi–re–do...

Chłopcy osłupieli. A to bestia! Widzą, że pani sekretarka ledwo panuje nad ustami, by nie parsknąć śmiechem. Przygłucha babcia pochyliła się nad wnukiem:

– Co ty sobie tak nucisz, Franusiu? – zapytała. – Już chciałbyś być na obozie harcerskim? On się nie może doczekać, proszę pani. Ciągle śpiewa... Już by chciał rozpalać ognisko. Harcerstwo wywiera na nich doskonały wpływ. Zauważyła pani, że ostatnio chłopcy są bardzo grzeczni?

Pani sekretarka patrzyła w oczy Fobusza z ironicznym uśmieszkiem. Chłopak opuścił nagle powieki, na jego blade policzki wypełznął rumieniec i podpłynął aż do włosów. Jasnorude rzęsy i brwi żałośnie wyglądały na tle czerwonej skóry posypanej tu i ówdzie piegami. Twarz Fobusza pęczniała, okrąglała. Wewnętrzne napięcie pompowało mu powietrze w policzki, przyspieszało oddech, zaciskało powieki. Zdawało się, że chłopak lada chwila pęknie ze wstydu.

Nagle uwagę wszystkich przykuło gwałtowne dudnienie kroków na klatce schodowej, które mogło zwiastować nadejście wariata lub złej nowiny. Felek wyskoczył na podwórze i biegł dając im znaki machaniem ramion.

– Druh egzaminuje!

– Kogo druh egzaminuje? – pytali.

– Nas.

– Jak to?

– Druh zaraz tu przyjdzie. Będzie sprawdzał ekwipunek osobisty...sprzęt obozowy... i w ogóle!

Wobec tego, że najgroźniej zabrzmiało „i w ogóle", zastępowi chwycili gwizdki, rozległ się piekielny świst w kilku tonacjach i krzyki:

– Baczność! Zbiórka w rzędzie!

– Baczność! Zbiórka wszędzie! – przedrzeźniał Fobusz.

– Kolejno... odlicz!!! – wołały basowe głosy.

– Kolejno... obliż!!

Kiedy na podwórko wyszedł sam druh drużynowy Andrzej Wróbel, owiany szumem harcerskiej peleryny, zastępy stały w szyku gwiaździstym, wyprostowane, jakby nawleczone na nitki. Zastępowi pewni porządku we własnej gromadce spokojnie czekali chwili meldowania. Tylko Maciek Osa tarł dłońmi kieszenie, przedreptywał w miejscu, wiercił się, spoglądał w stronę bramy i w kierunku okien internatu. Najmłodszy chłopak w zastępie zawieruszył się gdzieś i za chwilę trzeba będzie powiedzieć o tym drużynowemu. Co za wstyd!

Ale już było za późno. Zastępowi stawali jeden obok drugiego, zerkali w prawo i w lewo, równając wedle sąsiadów, prężyli się, chowali brzuchy, prostowali plecy. Drużynowy, ledwo spojrzał na nich, od razu spostrzegł zakłopotanie Maćka Osy.

– Druhu drużynowy, melduję... Jeden nieobecny...

– Kto?

– Marek Osiński.

Przyboczny zmarszczył czoło:

– No, naturalnie. Już się zaczynają kłopoty z najmłodszymi! Dokąd on poszedł?

– Był tu z nami. Przed chwilą go widziałem. I wsiąkł.

– Nieusprawiedliwiony.

– Druhu! On pewno jest w internacie. Zaraz nadejdzie.

Drużynowy spojrzał na zegarek, potem odwrócił się w stronę bagażu ułożonego w idealnym porządku.

– Zenek! Zapytaj swojego tatę, czy będzie mógł zajechać o piątej rano, tak jak się umówiliśmy.

Syn kierowcy ciężarówki wyrósł ponad innych. Aż dyszał chęcią porozmawiania z drużynowym o jutrzejszej podróży.

– Druhu! Tatuś powiedział, że dziś po południu zatankuje benzynę. Może wyruszyć tak wcześnie, jak tylko druh zechce. Nawet o czwartej. Nawet o trzeciej! Nawet o północy!!

– Ile czasu potrzebujecie na załadowanie wszystkich bambetli? Pół godziny?

– Pół godziny! Po co? Pięć minut.

– No więc umawiamy się tu o czwartej.

– Tatuś będzie punktualnie. Druhu... A może ja bym skoczył do internatu. Osiński tak się czasem zamyśli. W oknie stanie i zapomina, co się z nim dzieje. Skoczę, druhu!

– Skocz. Ale wracaj natychmiast. Słuchaj, Osa. Na obozie trzeba trochę podregulować takich indywidualistów jak Osiński.

– Rozkaz, druhu! – krzyknął Maciek Osa i wyprostował się na baczność, dając tym dowód, że on jest już doskonale „wyregulowany" i na indywidualistów patrzy z góry. Zerkał ciągle w stronę internatu, podczas gdy Andrzej Wróbel rozmawiał z innymi zastępowymi.

Nagle zjawił się Zenek i za plecami drużynowego dawał znaki Maćkowi Osie. Drużynowy należał do ludzi spostrzegawczych, umiejących obserwować. Stojąc przodem do zastępów orientował się z kierunku spojrzeń, że coś się dzieje. Nie odwracając się zapytał:

– Zenek. No i co!

– Druhu – jęknął syn kierowcy – Marek Osiński zniknął. Nie ma go. Przetrząsnąłem cały internat. Jego łóżko puste. Materace i pościel odniesione do magazynu, złożone przy drzwiach. Nie ma jego walizki ani rzeczy.

– Pytałeś o niego?

– Nikt go nie widział.

– Uciekł. Ale dlaczego? – jęknął Maciek Osa.

Zapadło milczenie. Tak nie postąpiłby nikt z obecnych na zbiórce harcerzy. Jutro wyjazd na obóz i w takiej chwili zniknąć? Bez wyjaśnień?

Maciek Osa i drużynowy doskonale wiedzieli, że Marek marzył o harcerskich wakacjach.

– To nowy kawał Marka – szepnął Fobusz. – On się znajdzie lada chwila.

Nikt w to nie wierzył.

Drużynowy polecił odnieść sprzęt i bagaże do harcówki, a sam zagadnął Maćka Osę:

– Czy Marek rozmawiał z tobą?

– Bąknął tylko, że z obozem to jeszcze nic pewnego. Że do tej pory nie ma pieniędzy. Powiedział, że musi pójść do druha.

– Kiedy to było?

– Dziś w harcówce. Potem odwołali mnie chłopcy. Więcej go nie widziałem.

– Okazuje się, że miałem słuszność. Marek chciał ze mną rozmawiać. Stał na korytarzu i patrzył, jakby na coś czekał. Właśnie zaczynało się zebranie komitetu rodzicielskiego. Stał i patrzył w napięciu, ponuro, spod czoła. Wydawał mi się czerwony, rozgorączkowany. Nie podszedł, nie odezwał się.

Maciek Osa wystąpił krok naprzód.

– Jeżeli druh pozwoli, mój zastęp odnajdzie go. Rozbiegniemy się po całym mieście we wszystkich kierunkach i będziemy tak długo szukać, aż go wytropimy. Zaczniemy od wywiadu na dworcu, na postoju autobusów. Przetrząśniemy poczekalnie. Ktoś go przecież musiał widzieć. Wytropimy go.

– Dobrze. Ja tymczasem spróbuję wyjaśnić w internacie sprawę jego zniknięcia.

– Złapiemy lisa!

– Może.

– Druh wątpi?

– Żałuję, że nie porozmawiałem z nim na korytarzu. Chciał mnie o czymś powiadomić. Na pewno. Teraz dopiero jego napięcie jest dla mnie zrozumiałe.

Po dwudziestu minutach Maciek Osa telefonował do szkoły i prosił Andrzeja Wróbla.

– Druhu! – wołał w słuchawce podniesiony głos. – Druhu! Słyszy mnie druh?

– Tak. Ale nie krzycz. Ucho mi pęknie.

– Mam ważne informacje. Marek nie wyjechał z miasta. Widziano go w pobliżu muru cmentarza. Był sam. Szedł ze zwieszoną głową.

– Kto go widział?

– Matka jednego kolegi. Poszliśmy na cmentarz. Ale nigdzie nie znaleźliśmy Marka.

– To wszystko?

– Nie. Potem chłopcy opowiedzieli mi, że Marek szedł z pewnym ponurym typem. Z takim, wie druh, egzystencjalistą. Broda niegolona ze trzy tygodnie, czarny sweter z golfem i paznokcie na parę centymetrów. Znak szczególny.

– Co?

– Mówię, że ten typ drapał się małym palcem lewej ręki po brodzie. Chłopców zdziwiło, że miał paznokieć długi jak szpada.

– Gdzie ich widziano?

– Między cmentarzem i placem Wyzwolenia. Marek milczał, miał głowę spuszczoną, ramiona obwisłe. Ponury typ śmiał się i też nic nie mówił, tylko patrzył na Marka.

– Skąd dzwonisz?

– Z budki telefonicznej przy placu Wyzwolenia.

– Dobrze. Ja tu czekam na kierownika internatu. Zadzwoń, jak będziesz miał coś nowego.

– Znajdziemy Marka. Przecież go nikt nie ukradł.

– Miejmy nadzieję.

Pościg

Na dziedzińcu szkolnym odbywał się tymczasem turniej pozostałych zastępów o odznakę pieczonego ziemniaka.

Pędziły przed siebie w przedziwnych susach worki, padały na ziemię całkiem bezwładnie, z najwyższym trudem usiłowały wstać. Z każdego worka sterczała czupryna i dwoje ramion, które machały pracowicie jak skrzydła wiatraka. Pod pachami było to związane i pozostawione własnej zręczności. Brak swobodnego poruszania nogami próbowali druhowie nadrobić wyciąganiem szyi, krzywieniem ust, wybałuszaniem oczu, zagryzaniem wyciągniętego języka. Pośrodku placu stał student Akademii Medycznej zwany

Łapiduchem. Brwi zmarszczył, wysunął dolną wargę i z wysokości swojego wzrostu, jakiego mu natura nie poskąpiła, spoglądał na rozpaczliwe wysiłki obu zastępów. Worki podskakiwały w pocie czoła swojej zawartości, która nie tylko pragnęła zwyciężyć albo zapaść się pod ziemię, lecz marzyła o tym, żeby sam druh drużynowy zwrócił uwagę na jej bohaterską postawę w walce. Postawa tymczasem była opłakana, a raczej obśmiana. Widzowie turlali się z wesołości, ryczeli basem i falsetem, ocierali łzy. Jeden tylko Jędrek Wróbel, drużynowy, zachował niezmącony spokój i powagę. Wprawdzie patrzył na skaczące maszkary, myślał jednak o Marku. Nurtowało go poczucie własnej winy. Czuł, że powinien lepiej znać nowo przyjętych do drużyny chłopców, ich sprawy rodzinne, ich kłopoty.

Szkolny dziedziniec huczał wrzawą.

Po wyścigu w workach wyruszyły dwa zastępy trzymające w zębach łyżki, a na łyżkach jajka. Znowu pracowały szyje, stawały się prawdziwie żyrafie, szły naprzód jakby zupełnie bez pomocy ostrożnych nóg i bez wypiętych w charakterze przeciwwagi zadków. Za tą konkurencją sportową wyruszyła prawdziwa chluba turnieju – szabliści, z bronią własnej roboty misternie wystruganą z drzewa.

Tymczasem pościg szedł ulicami miasta. Każdy mundur harcerski budził w chłopcach nadzieję, każdy zadarty nos na tle rumianej twarzy, każdy pióropusz niesfornej czupryny sterczącej nad czołem zdawał się należeć do zaginionego.

– Wszędzie go widzę – mówił Felek. – Zdaje mi się, że to on tam wcina lody, że on wchodzi do parku, że obejrzę się i zobaczę Marka.

Szukanie wyostrzyło w ich wyobraźni obraz Osińskiego, teraz wyraźniejszy niż wczoraj, kiedy znajdował się pomiędzy nimi. Mogliby narysować z pamięci, jak unoszą się jego wrażliwe brwi w chwilach zdziwienia, zainteresowania czy wesołości. Gdzie on teraz może być? I dlaczego widziano go zgarbionego, ze spuszczoną głową, jakby nagle przestało go interesować otoczenie, które dotychczas było dlań kopalnią ciekawych obserwacji? Dlaczego miałby się już nie przyglądać wszystkiemu naokoło? Pamiętali doskonale jego sylwetkę. Nazywali go peryskopem z powodu wysuwania głowy nad innych, żeby więcej i wcześniej zobaczyć. Oczy i uszy, wyciągnięta szyja, potem długo, długo nic, na końcu nogi szczupłe jak dwa szparagi – to był Marek.

Lubili go. Myśl o niebezpieczeństwie czy nawet o przykrościach kolegi przyspieszała ich marsz. Rozglądali się. Byli gotowi rzucić się na każdego, kto by chciał wyrządzić Markowi krzywdę.

Podzielili się na grupy. Jedni patrolowali okolice cmentarza, drudzy strzegli dworców. Najmłodsi członkowie zastępu, Fobusz i Felek, przebiegali miasto we wszystkich kierunkach. Nagle stanęli pośrodku jezdni. Fobusz chwycił Felka za rękę. Spostrzegli mężczyznę w czarnym swetrze, z dość długą brodą. Był olbrzymiego wzrostu. Zgarbiony, tkwił nieruchomo przed sklepem, na którego wystawie pyszniły się dwie trumny: brązowa i czarna, a na ich tle mała biała trumienka ozdobiona głowami aniołków. Lewa dłoń olbrzyma ze zgrzytem paznokcia drapała brodę.

– Wybiera – szepnął Felek bez głosu, tylko ruchem warg – wybiera trumnę dla Marka...

– Tak, ale nie ma paznokcia...

– Mógł obciąć. Żebyśmy go nie poznali.

Odciągnął Fobusza do tyłu. W trampkach stąpali bezszelestnie. Wycofali się na przeciwną stronę ulicy. Felek zaczerwienił się z emocji, jego wielkie, odstające uszy przybrały kolor malin.

– To na pewno ten sam, co uprowadził Marka. Ma paskudny wygląd.– Fobusz położył palec na ustach.

– Trzeba telefonować do szkoły.

– Poszukam automatu. Później znajdę zastępowego i razem tu przyjdziemy. Tymczasem uważaj na brodacza.

– Przypilnuję go. Możesz być spokojny.

Gdy po piętnastu minutach Patelnia z Longinusem, Felkiem i gromadą harcerzy nadeszli żwawo, daremnie oglądali się po ulicy w pobliżu trumien. Brodaty olbrzym zniknął. Fobusza także nie było. Zapadło milczenie.

Nagle Felek wskazał płytę chodnika. Biała strzałka nakreślona kredą wskazywała kierunek.

– Idziemy? – zapytali chłopcy.

– Tak. Rozpoczynamy pościg – oświadczył poważnie Maciek Osa. Ruszyli naprzód. Maciek szedł wolno za nimi. Domyślał się, że chłopcy mają wspaniałą zabawę, tropiąc tak ulicami rzekomego porywacza. Zamyślił się. Co teraz dzieje się z Markiem i czy ten pościg ma istotnie choć odrobinę sensu? Marek to dziwny chłopak. Zamknięty w sobie. Nie zawsze otoczenie rozumiało motywy jego decyzji. Czyżby sam obmyślił ucieczkę z internatu? Po co w takim razie starałby się o prawo wyjazdu na obóz? Najwyraźniej chciał być razem z nimi.

Rozmyślania zastępowego przerwał Felek.

– Druhu. Widzę tu znaki Fobusza. Rozumiem. Postój przed wystawą piętnaście minut. Znowu zakład pogrzebowy. Brodacz miał na pewno złe zamiary. Wybierał wieńce lub nagrobek. A może kupił trumnę?

– Idziemy dalej – rozkazał Maciek Osa.

– Mamy teraz szansę dogonić Fobusza i tego brodacza.

Strzałki prowadziły z ulicy w ulicę i zatrzymywały się tylko przed wystawami trumniarzy, skąd wyzierały nekrologi z czarnym brzegiem, blaszane wieńce z wygiętymi liśćmi palmowymi, zakurzone aniołki z uśmiechem na drewnianych policzkach.

– Brrr!! – otrząsnął się Felek i przyśpieszył kroku.

– Ten typ ma dziwne zainteresowania – powiedział zastępowy.Byli już na przedmieściach. Strzałki kreślone kredą zniknęły.

– Czyżby Fobusza tu gdzieś udusił? – zaniepokoił się Felek.

– Prędzej Fobusz wykończyłby tego typa... – roześmiał się Maciek i wskazał nowy rodzaj znaków. Były to strzałki rysowane patykiem na miękkiej ziemi.

– Dokąd one prowadzą?

– Jak to? Nie znacie miasta? Spójrzcie.

– Na cmentarz!

Felek zadrżał z podniecenia.

– Więc tu kółeczko się zamyka. Widziano Marka w pobliżu cmentarza. Później widziano go idącego z brodatym olbrzymem. A teraz brodacz obejrzał wszystkie zakłady pogrzebowe i wrócił na cmentarz. No?

– Co?

– No?

– Może by od razu wrócić po milicję?

– Nie. Trzeba iść po śladach. Uratujemy ich obu. Marka i Fobusza.

– Albo tylko Fobusza...

Poszli szybko naprzód. Zmierzchało już i cmentarz nie był najmilszym miejscem. Ale jeszcze przed jego bramą Felek wrósł w ziemię, wciągnął głowę w ramiona, ruchem uniesionych dłoni zatrzymał harcerzy.

– Jest – szepnął. –To on. Egzystencjalista. Patrzcie, tu! Przyłożył oko do szpary w drewnianym parkanie. Chłopcy szukali sobie miejsca, żeby zajrzeć do środka.

Pole widzenia było chwilowo puste. W głębi placu szopa, przed nią na ziemi czarna płachta okrywała jakiś wydłużony kształt. W przedwieczornej szarówce nie mogli rozpoznać, co to takiego. Nagle brodacz zasłonił sobą szparę, widzieli z bliska jego zgarbione plecy, obciągnięte czarnym swetrem. Odszedł parę kroków kiwając się wahadłowo. Podniósł do góry połyskujący, długi przedmiot, ni to nóż, ni to sztylet, obejrzał go pod światło, potem schylił się nad materiałem. Odsłonił go i wówczas Felek skoczył nagle do tyłu, dając miejsce Maćkowi. Stał sam z wytrzeszczonymi oczyma, przerażony tym, co widział. Maciek przysunął głowę do szpary. Spod czarnego całunu sterczały chude, białe, bezkrwiste nogi. Brodacz podniósł oburącz lśniące narzędzie, uderzył silnie. Zadźwięczało.

Maciek Osa patrzył z politowaniem na przerażonych chłopców.

– Ależ wy jesteście! Sensacyjne ciotki! Miasta nie znacie, ludzi nie znacie. Ten gość to syn rzeźbiarza nagrobków i właściciel tego zakładu.Chce być nowoczesny w odróżnieniu od swojego starego. Dlatego nosi brodę i czarny sweter. Oglądał pewno na wystawach własny towar.

– Ale co robi w tej chwili? Kto leży na ziemi?

– Fobusz – odpowiedział Maciek Osa i chłopcom znowu dreszcz przeleciał po plecach. Osa podniósł głowę do góry i uśmiechnął się.

– Czyje to nogi? – zapytał jeszcze Felek.

– Fobusz – powtórzył Maciek z przekonaniem.

Spomiędzy liści kasztana wysunęły się nogi w trampkach i Fobusz zjechał po pniu na ziemię.

– Lipa – mruknął.

– Kasztan – odpowiedział zastępowy. Fobusz obejrzał się.

– A tak, to kasztan – przyznał i machnął ręką. – Zmarnowaliśmy tyle czasu, a Marka nie ma.

Kim jest brodacz?

Wrócili do szkoły, żeby opowiedzieć Andrzejowi Wróblowi o swoim niefortunnym pościgu. Spotkali go na schodach. Mówili jeden przez drugiego, a on słuchał w roztargnieniu barwnej opowieści na temat rzeźbiarza nagrobków. Nie śmiał się. Kiwał potakująco głową, mieli jednak wrażenie, że myśli o czym innym. Wreszcie zapytał:

– Chcecie ze mną iść? Zobaczycie, jak mi się zdaje, brodacza, który nie obciął swojego reprezentacyjnego paznokcia.

Chłopcom od razu poprawił się humor. Więc nie było to tak całkiem bez sensu, że tropili ponurego olbrzyma?

– Przy cmentarzu? – zapytał ostrożnie Felek.

– Nie. Znacznie bliżej.

Poszli. Drużynowy polecił im zostać przed domem, umieścili się więc pod krzewem bzu, skąd mogli widzieć okna mieszkania na parterze. Kiedy Andrzej Wróbel zadzwonił, w drzwiach ukazał się brodacz. Był zupełnie inny niż ten, którego tropili po południu. Znacznie starszy. Niższy, barczysty.

– Pan do kogo? – zapytał i podrapał się małym palcem lewej ręki po nosie. „Reprezentacyjny" paznokieć miał istotnie ze dwadzieścia milimetrów.

– To ten gość szedł dziś z Markiem. Na pewno – szepnął Fobusz.

– Teraz wszystko się wyjaśni – mówił Felek.

– Druh rozszyfruje faceta.

– No!

– Ciii-sza – skarcił ich Maciek Osa.

Andrzej Wróbel i brodacz weszli do pokoju. Okna były otwarte, na ulicy panowała cisza.

– Wiedziałem, że pan przyjdzie – zaczął brodacz. – Powiedziałem dziś rano temu szczeniakowi, że skoro pan druh ma do mnie jakiś interes, to niech tu sam przyjdzie i poprosi. Może się zgodzę.

Zapadło milczenie. Chłopcy wstrzymali oddech. Andrzej Wróbel odezwał się spokojnie:

– Gdzie Marek?

– Cha, cha, cha! Gdzie Marek! Dobre sobie. Jestem opiekunem, ale nie stróżem tego pętaka. Pan drużynowy chciałby ich zabrać na obóz, i to jak najwięcej. Ale Marek nie pojedzie, bo ja pieniędzy nie dam i już. Proszę na niego nie liczyć. Jestem opiekunem, panie drużynowy. Ja mam nad nim absolutną władzę, rozumie pan? Ja! Ja! Ja! Wakacje spędzi razem ze mną. Ja sam pokieruję wychowaniem tego zuchwalca! Ja! Ja! Łatwo go przerobię na swoje kopyto.

Stukał dłonią w szeroką pierś. Zapewniał o niepodzielności swojej władzy. Sięgnął do kredensu, napełnił dwa kieliszki, postawił na stole.

– Napijemy się? – zapytał i patrzył ironicznie na drużynowego.

– Dziękuję. Nie.

– Jak to? Pan gardzi? Mężczyzna niepijący to gorsze niż baba. Wypij pan. Dogadamy się. No, siup! Nikt nie widzi, panie kleryk. Zdrowie Marka!

Wypił. Wypił znowu. I jeszcze raz. Patrzył z pogardą na drugi kieliszek i na gościa.

Chłopcy, ukryci w cieniu rozłożystego bzu, widzieli dokładnie, jak poruszają się szczęki drużynowego, z trudem panującego nad oburzeniem.

– Czy Marek jest u pana? – zapytał.

– Cha, cha, cha! Nie powiem. Nie powiem. Chyba że pan wypijesz do dna. Wypij pan. Opowiem wtedy wszystko, jak na spowiedzi, dlaczego wyrzuciłem Marka do internatu. Nie tylko dlatego, że za dużo jadł, chociaż oczywiście to też grało swoją rolę. Chłopak rośnie, zjeść potrzebuje,ho, ho, służy mu apetyt nie najgorzej. Na co mi taki wyjadacz. Niech go żywią w internacie. Ale to nie wszystko. Marek ma buntowniczy charakter i spaczony pogląd na świat. Inny od mojego światopoglądu. Na obóz go nie puszczę. Chociaż może źle zrobiłem. On by panu zbuntował wszystkie łebki. I całą komendę, he, he, he... Miałby pan za swoje. Całą tę harcerską bandę rozwaliłby w dwa dni. Ręczę.

– Marek pojedzie na obóz, oświadczam to panu.

– O! To nowina...

– Proszę mi powiedzieć, gdzie on jest.

– A szukaj go pan. Był tu, w lewej kieszeni mojej marynarki. Pewno go zgubiłem przy cmentarnym ogrodzeniu. Hi, hi, hi.

Napełnił znowu kieliszek. Wypił. Dostał czkawki. Chłopcy z ulgą spostrzegli, że drużynowy odchodzi. Przez chwilę zdawało im się, że mijając pijaka chwyci go za brodę i wytrząśnie z niego wiadomości o Marku. Ale on tylko patrzył uważnie na tego człowieka, jak gdyby próbował coś zrozumieć albo zapamiętać. Wyszedł wreszcie. Rozpiął kołnierz munduru, wciągnął głęboko powietrze.

– Słyszeliście i widzieliście, prawda?

– Tak, druhu.

– Teraz zrozumiecie, że ten rodzaj brodaczy jest o wiele bardziej szkodliwy i niebezpieczny niż odmiana, z jakiej pochodzi rzeźbiarz nagrobków.

Szli szybko ulicami. Trwało milczenie. Rozmyślali. Można mieszkać wspólnie w tym samym internacie, kopać piłkę na szkolnym boisku, chodzić do tej samej klasy, mieć kłopoty z algebrą czy ortografią, można się od dawna znać, a tak mało wiedzieć o sobie. Kim był ten człowiek? Dlaczego Marek nigdy o nim nie wspominał? Jak wyglądało życie Marka, zanim przyszedł do internatu? Jak żył w okresie, gdy wedle słów brodatego mężczyzny miał stanowczo za duży apetyt? Chętnie porozmawialiby o tych sprawach, usłyszeliby opinię drużynowego – ale więziło ich niewytłumaczone zawstydzenie. Jakże wchodzić w trudne i często niezrozumiałe sprawy dorosłych? Jak je krytykować, będąc młodym, skłonnym do psot i krytykowanym.

Szli więc w milczeniu. Fobusz wzdychał często i głośno, jakby chciał okazać, że wytrzymałość szkolnego wesołka wyczerpała się zupełnie w zetknięciu z problemami życia.

Felek powiedział stłumionym głosem:

– No tak. Ale gdzie Marek? W dalszym ciągu nie wiemy, gdzie on teraz może być.

Fobusz westchnął znowu:

– Już wieczór. A jutro rano wyjeżdżamy.

Przyspieszyli kroku. Rytm marszu stawał się równy, jakby jeden człowiek szedł sprężyście i energicznie. Mieli nadzieję, że zastaną Marka w internacie. Biegli po schodach.

– Marek jest? – zapytał Andrzej Wróbel.

– Gdzieś na pewno jest – odpowiedział Puma.

– Tylko żebyśmy wiedzieli, gdzie...

Diabeł o północy

Położyli się wcześnie spać pamiętając o jutrzejszej podróży. Nie rozmawiali. W ciemnej sypialni nachodziły ich myśli, dręczyły niepokoje.

Zegar na korytarzu szedł ze zgrzytem, poświstywał i podchrapywał, a chłopcy czuli, że jutro będzie im smutniej odjeżdżać sprzed szkolnego budynku, skoro nie wiedzą, co się stało z Markiem.

Oprócz postukiwań mechanizmu w zegarze słyszeli szmer szczotki sunącej korytarzem od strony kuchni, zamiatanie, człapanie filcowych pantofli gospodyni Walerii, narzekania w pobliżu wieszaków i półek na buty. Potem odgłosy te przycichły, wsiąkły za skrzypiące drzwi jadalni. Chłopcy już usypiali. Słychać było równe, spokojne oddechy.

Nagle wrzask. Przerażenie brzmiało w zmienionym, jąkającym się głosie. Wyskakiwali z łóżek. Usnęli chyba, czy może zaczynali drzemać, a teraz po plecach przebiegały im dreszcze. Słyszeli tupot kroków na korytarzu, sami wybiegli także.

Pośrodku ciemnego pokoju stołowego, gdzie tylko promień księżycowy dawał nieco zielonej poświaty, stała Waleria. Dolna jej szczęka kłapała niezwykle szybko, z ust wydobywał się przerywany szept. Nie mogli zrozumieć ani słowa. Otoczyli ją. Przemawiali do niej łagodnie i długo, nim skłonili ją do odezwania się.

– Umrę dziś w nocy. Już nie zobaczę słoneczka bożego – szeptała. – Pokazał mi się szatan, a to jest wróżba. Czy ja zgrzeszyłam tak ciężko? Przeleciał po ścianie nad szafkami. Wcale podłogi nie dotykał. Oj! Oj!Oj! Nie chciałabym go więcej razy widzieć.

Andrzej Wróbel podszedł do ściany, przekręcił kontakt raz i jeszcze raz. Światło napełniło pokój. Waleria westchnęła z ulgą. Wyprostowała się. Spojrzała po twarzach obecnych.

Andrzej odezwał się do niej łagodnie:

– No i gdzie ten diabeł, pani Walerio? Niech wyjdzie. Niech mi się pokaże, jeżeli jest.

Waleria zadrżała. Drużynowy dotknął jej ramienia.

– Chłopcy, zaprowadźcie panią Walerię do jej pokoju. Zapalcie światło. Sprzątania już dziś nie będzie. Ja tymczasem obejrzę kąty. Może diabeł okaże się mniej tchórzliwy niż dotąd i wyjdzie tu, na środek.

Maciek Osa podniósł szczotkę i ruszył w stronę drzwi, a za nim pochód złożony z Walerii kłapiącej ciągle szczęką i z chłopców ubranych najdziwaczniej w przykrótkie albo przydługie piżamy, w nocne koszule, kurtki albo płaszcze zarzucone pospiesznie na ramiona. Drużynowy został sam. Harcerze mieli nadzieję, że pozwoli im zostać i wziąć udział w poszukiwaniu diabła, rychło jednak zrozumieli, dlaczego wyrzuca ich wszystkich z jadalni.

– Zdaje się, że druh się domyśla, jak ten diabeł ma na imię – powiedział Maciek Osa.

Drużynowy nie odpowiedział. Kiedy został sam, rozejrzał się uważnie po wielkiej sali, zmrużył oczy, jakby próbował ocenić stopień przydatności lokalu dla osobników z piekła rodem. Uchylone drzwi na balkon zainteresowały go najpierw. Zbliżył się ostrożnie, wyjrzał. Nikogo. W świetle ulicznej latarni zobaczył niski stołeczek, a na nim oprawioną w płótno książkę. Schylił się, wziął tom do ręki. „Mały Bizon" Arkadego Fiedlera. Przeglądał ją uważnie. Cóż może komuś wyjaśnić książka ze stemplem i numerem szkolnej biblioteki? Harcerze jednak, zwłaszcza tacy jak Andrzej Wróbel, od lat zakochani po uszy w harcerskim życiu, mają dodatkowy zmysł, który ćwiczą i rozwijają. Zmysłem tym jest spostrzegawczość. Zanim Andrzej odłożył książkę, wiedział już, kto był jej czytelnikiem. Spomiędzy kartek wypadł mały kartonik, używany może jako zakładka. Była to karta czytelnika. Przyjrzał się jej uważnie i przeczytał:

Marek Osiński.

Pokiwał głową. Więc tu siedział i czytał, a może także rozmyślał zbuntowany przeciwko życiu druh z najmłodszego zastępu.

Drużynowy rozejrzał się. Balkon był jednak pusty. Wrócił do jadalni. Naokoło, pod ścianami szafki chłopców, a między nimi pękata, rozłożysta, wspólna szafa.

– Diable, gdzie jesteś? – zapytał basem Andrzej Wróbel, otworzył szafę i dał nura za wiszące gęsto płaszcze. Rozgarniał je ramionami, jakby pływał żabką, zmieniał styl, wykonywał kilka zamachów kraulem i wracał znowu do żabki. Jego nogi ledwo czubkami palców trzymały się podłogi, cała reszta wsiąkała coraz bardziej w czeluście szafy. Przeszukał ją gruntownie, ale nie wyczuł nigdzie kosmatej skóry szatana. Zajrzał na górną półkę i właśnie trzymając się jedną ręką, drugą po omacku sięgnął do kąta, gdy zdarzyło się coś niezwykłego. Zegar zaczął wydzwaniać północ. Natychmiast zgasło światło. Księżycowy blask padł na podłogę jadalni. Chłopcy zaglądający przez uchylone drzwi struchleli: pod sufitem śmignęło coś czarnego, przeleciało tak nagle, jakby dało wielkiego susa zza szafy, machnęło krętym ogonem, wysunęło rogi do przodu i spadło na głowę Andrzejowi, oplątując go dokładnie.

Zawrzała walka. Wróbel szarpnął się cały, zamachnął ramionami, chciał zrzucić napastnika. Tamten jednak miał przewagę, jego rogi sterczały zwycięsko do góry, złączone z sylwetką drużynowego, jakby on cały zmieniał się w diabła. Chłopcy wpadli do jadalni.

– O, ty czorcie!! – krzyknął Andrzej uwalniając się.

Rzucił na ziemię ciemny kształt, chłopcy zapalili światło. Na podłodze u nóg Andrzeja podskakiwała czarna poczwara ze spiralnie skręconym, drgającym ogonem. Rogi sterczały nad paszczą wykrzywioną straszliwym, pełnym okrucieństwa wyrazem.

– Umarł diabeł, umarł, już leży na desce... – zanucił Andrzej Wróbel, gdy czarna figura przestała się miotać po ziemi.

Chłopcy otoczyli go zaciekawieni.

– Skóra diabelska – szepnął Felek, a jego sterczące uszy poruszyły się kilka razy niespokojnie na znak podniecenia.

– Ciekawe, co ten diabeł ma w środku?

– Ciekawe, czy komuś nie zimno bez czarnego swetra.

– Bez czarnych spodni.

Andrzej Wróbel uniósł diabła wysoko nad głową, potem rzucił go z rozmachem o podłogę. Diabeł odbił się plecami, podskoczył na metr w górę, znów upadł i znów się odbił kilka razy. Chłopcy pochwycili koziołkującego czorta, podziwiali jego brzuch wypchany wielką piłką, jedni chcieli go nieść do gospodyni Walerii, żeby jej przywrócić odwagę, inni mieli ochotę zrzucić go na ulicę i zobaczyć jego skoki.

Drużynowy nie pozwolił na to.

– Kładźcie się chłopcy – powiedział. – Ja tu jeszcze zostanę.

Nareszcie wróciła cisza. Zasypiali. Andrzej Wróbel zgasił światło w jadalni, trzasnął drzwiami, jakby wychodził, a potem wstrzymał oddech i czekał na progu. Diabeł leżał na podłodze w pozie niedbałej.

Westchnienie za szafą

Nagle trzasnęła deska. Ciche westchnienie rozległo się wyraźnie tuż blisko. Drużynowy nasłuchiwał. Czy to wiatr albo szum liści za oknem? A może kierownik internatu z westchnieniem obraca się na drugi bok?

Czas upływa.

Cisza nigdy nie jest pozbawiona szmerów, ale harcerz uczy się je rozróżniać, orientuje się w nich znakomicie. Chyba dlatego Wróbel uśmiecha się, czeka na potwierdzenie swoich domysłów.

– O – och!!! – wzdycha ktoś teraz ciężko, głośno, z rozpaczą.

Wróbel idzie w tym kierunku. Chwyta mocno krawędzie szafy, przesuwa tyle do siebie, że tworzy się szpara między rozłożystym meblem i ścianą. Zapala kieszonkową latarkę. Westchnienie powtarza się znowu. Jest głębokie, jakby ktoś zapłakał. Andrzej Wróbel jeszcze bardziej odsuwa szafę. Ukazuje się obszerna wnęka w niezwykle grubym murze, niewidoczna od strony jadalni i pewno zapomniana. We wnęce drzwi, wychodzące na korytarz, od dawna zamknięte na klucz. Od strony korytarza jednak nie widać ich, bo właśnie na nich urządzono wieszaki. Od strony jadalni szafa zasłania wytworzony tu ciemny kąt. Ale ktoś przecież lubi samotność, bo zamieszkał we wgłębieniu, jak w mikroskopijnym pokoiku. Drużynowy oświetlił chudą postać skuloną na stołku. Plecy zgarbione, broda przyciśnięta do klatki piersiowej, ramiona obwisłe, jakby mięśniom zabrakło siły.

Tak siedzą czasem starcy, w których zgasła ostatnia iskra energii. Zapadają w długi letarg; organizm oszczędza kalorie, których ma za mało do życia. Drzemią. Wspominają. Rozstali się już z tym światem i czekają tylko na sygnał do dalekiej podróży.

Ale ten jest młody. Jego plecy nie osiągnęły jeszcze rozmiarów właściwych dorosłemu mężczyźnie. Jego mięśnie jeszcze nie nabrały mocy dojrzałości, a już osiada w nich trucizna rezygnacji. Dlaczego?

Dlaczego siedzi za szafą, pomiędzy pająkami, w kurzu i ciemności, zamiast razem z innymi chłopcami drżeć radośnie w oczekiwaniu każdej następnej godziny życia, tęsknić do jutrzejszego dnia, do wielkiej przygody, jaką będzie pierwszy w życiu wyjazd na obóz, ładowanie ciężarówki, rozśpiewana podróż i ponad wszystko wspaniałe urządzanie obozu. Śpi? Czy może zasłabł? Andrzej wie doskonale, że ani jedno, ani drugie. Zgasił latarkę, schował do kieszeni. Położył dłoń na ramieniu samotnika.

Milczenie. Plecy drgnęły.

– Do łóżka, Marek! Czeka nas długa droga. Natychmiast idź spać.Milczenie.

– Słyszałeś?

– Dlaczego druh nie żąda wyjaśnień?

– Bo nie są mi potrzebne, wszystko rozumiem.

– To niemożliwe...

– Dalej! Do łóżka!

– Druhu!

– Porozmawiamy w obozie. Pod Radostową. Na zboczu Kamienia,gdzie staną nasze namioty. O tym zboczu mówią także: Kamień Diabelski. Ty lubisz podobne miejsca. Hm?

– Ja nie mogę jechać.

– Twój opiekun mówił o tym. Ale pojedziesz.

– Jak to?! Więc on był u druha? Jak on śmiał tu przyjść... w takim stanie!

– Ja byłem u niego.

– Druh tam był... Ooo... Co za wstyd! Nie chcę jechać na obóz. Ja się wstydzę. Nie, nie druhu. Nie pojadę. Żeby nie wiem co.

Było to powiedziane tonem płaczliwym, z drżeniem głosu, z westchnieniem pełnym rozżalenia.

– Wiesz, co mężczyźnie przynosi naprawdę wstyd? Histeryzowanie. Zmień płytę, mój drogi. Mów ze mną innym stylem. Jak mężczyzna z mężczyzną.

Zapadło milczenie. Kilka głębokich westchnień i znowu cisza. Drużynowy odszukał wygięte w łuk plecy. Wyprostował je kilkoma lekkimi stuknięciami dłoni.

– Nie wolno ci się garbić. A teraz do łóżka, bracie. Prędzej. Twój diabeł od dawna śpi w kącie pod stołem. Jutro pogadamy sobie spokojnie,jeżeli się nadarzy wolna chwila. Chociaż przekonasz się, że pierwszego dnia w obozie nie ma spokojnej sekundy... Ale to dobry pomysł z tym diabłem nadziewanym piłką. W jesieni zamierzamy stworzyć teatr dużych kukieł. Twój czort może wtedy zrobić karierę sceniczną.

Marek milczał w dalszym ciągu, wobec tego drużynowy ujął go silnie za ramię, wyprowadził z kąta.

– Za pięć minut musisz leżeć w łóżku.

Chłopcy znali dobrze swojego drużynowego. Domyślili się, kogo znalazł za szafą, i pragnęli, żeby dalszy ciąg potoczył się po ich myśli. Zgasili światło w sypialni, zachowywali się cicho nasłuchując i obserwując. Ułożyli wcześniej pościel na łóżku Marka i teraz wysuwali nosy spod kołder, zadowoleni, że uciekinier wraca znowu na swoje miejsce.

Słyszeli, że się rozbiera, wyciąga piżamę. Skrzypnęły sprężyny. Ciche westchnienie ulgi wyrwało się z kilkunastu piersi, a potem Marek westchnął głośno i z takim bólem, że mieli ochotę wyleźć z łóżek i pogadać z nim serdecznie. Leżeli jednak cicho, pewni, że Andrzej Wróbel nasłuchuje przez otwarte drzwi.

Nie taki diabeł straszny jak go malują

Drużynowy nie spał dobrze tej nocy. Śnił mu się czarny stwór z rogami, siedział zgarbiony za szafą, a kiedy Wróbel schylił się nad nim i zajrzał w oczy, zobaczył wykrzywioną brzydkim uśmiechem twarz brodacza.

„On będzie pił lepiej ode mnie – szeptał. – Cały obóz panu rozpije. Mogę się założyć o litr. Stawiasz pan? Stawiasz pan? Dobra! Moja wygrana. Moja. Pan przegrałeś. Przegrałeś. Prze-gra-łeś..."

Obudził się z ciężkim uciskiem w piersiach. Bolały go skronie. Ból promieniował aż na kark, drążył ciemię, wiercił w oczach.

„Przegrałeś!" – wołał nad nim ten sam głos i drużynowy zdumiał się niepomiernie. Już się ocknął, widzi swój zegarek na stoliku przy łóżku, wie, że jest w internacie, a słyszy ciągle to słowo: „Przegrałeś!"

Ktoś usiadł mu na nogach, przycisnął barki, potrząsnął nim kilka razy tak silnie, że ból głowy spotęgował się ogromnie i oślepił go niemal.

– Prze–gra–łeś! –wołał głos ochryple, ze śmiechem.

Andrzej szarpnął się. Jak pstrąg wyskoczył z łóżka zrzucając napastnika.

– Przegrałeś – mówił oboźny. – Założyłem się wczoraj z tobą, że nie wstaniesz pierwszy. Mam u ciebie porcję lodów. Od pół godziny jestem na nogach.

Był umyty, uczesany, miał na sobie harcerskie spodnie i koszulkę gimnastyczną z głębokim wycięciem, odsłaniającym opalone na brąz ciało.

Andrzej spojrzał na zegarek. Była trzecia pięć.

– Zaspałem. I potwornie boli mnie głowa.

– Nic dziwnego. Łapanie diabła nie wyszło ci na zdrowie. Zresztą, jeżeli mam być szczery, trochę mnie martwi twoja wczorajsza decyzja. Całemu obozowi może to nie wyjść na zdrowie. Sam na pewno dojdziesz wkrótce do wniosku, że lepiej było nie zabierać Marka na obóz. Ale, zdaje się, już mu powiedziałeś, że może z nami jechać.

– A ty jesteś przekonany, że powinien zostać?

– Oczywiście! Wystarczy jeden taki ananas i cała robota wychowawcza leży.

– Więc wedle ciebie pracę z młodzieżą należy rozpocząć od usunięcia trudnych, zamkniętych w sobie, skomplikowanych ananasów. A po dokonaniu selekcji można się bawić z grzecznymi w kosi, kosi łapci.

– Andrzej, po co ta mowa? Sam wiesz, ile kłopotu przysparza w obozie jeden zbuntowany przeciwko całemu światu.

– Mów konkretnie. Co zarzucasz Markowi?

– No jak to? Wystarczy jego wczorajsze zachowanie. Zamiast przyjść na zbiórkę, symuluje jakieś ucieczki, łazi po cmentarzach, zgrywa się.

– To wszystko?

– Nasi chłopcy są w wieku cielęcym, kiedy przykład – zły albo dobry– wyciska wpływ na zawsze, na całe życie. Spaczonego charakteru nie wyprostujesz tak łatwo.

– Lepiej więc zrezygnować?

– Marek ma dzikie wyskoki.

– Bardzo wielu młodych ma dzikie wyskoki. Czy to znaczy, że wszyscy są społecznie szkodliwi?

– Na pewno tak bywa.

– Wielu swoją postawą, najdzikszymi wybrykami protestuje przeciwko cuchnącym formom życia, chce zwrócić uwagę sprawiedliwych ludzi na ognisko krzywdy, woła SOS. Jak myślisz, do kogo są skierowane te sygnały? Rodzice i opiekunowie nie zawsze dają sobie z tym radę; bywają bardzo różni... Nauczyciele są przepracowani. A my, harcerze...

– My, sprawiedliwi ludzie – powiedział ironicznie oboźny.

– Kpisz z tego, co mówię. Dobrze. Nie powiem ci więcej ani słowa o swoich wczorajszych obserwacjach. Spróbuj sam dojść do sedna sprawy. Jestem pewny, że ci się uda, kiedy się postarasz.

– A Marka zabieramy?

Drużynowy skończył zapinać pas, obciągnął kurtkę. Milczał.

– Odpowiedz, Andrzej. Zabieramy go?

– Jak najbardziej – powiedział drużynowy i przyłożył gwizdek do ust.

Na zboczu Diabelskiego Kamienia

Ciężarówka jechała w chmurze pyłu. Po pierwszej godzinie zawartość odkrytego pudła nabrała białego koloru i gdyby nie głośny śpiew, trudno byłoby rozróżnić, co było bagażem, a co harcerzami. Cała gromada stała początkowo za budką szofera, wrzeszcząc jedną piosenkę po drugiej. Potem usiedli na ławkach, ale nie przestali śpiewać. Słońce prażyło mocno, wiatr chłodził skórę, droga razem z drzewami, rowami pełnymi zieleni, domkami i ludźmi błyskawicznie mknęła do tyłu. Właściwie było to nie mniej ciekawe niż film i nikt nie miał ochoty zrezygnować z patrzenia. Wiedzieli, że Góry Świętokrzyskie jeszcze daleko, mimo to szukali oczyma ich pierwszego zarysu na horyzoncie. Przybliżały się z każdą chwilą, chociaż nie było ich jeszcze widać. Miały zapach wiatru zmieszanego ze spalinami benzynowymi.

Felek otworzył pudełko napełnione czerwonymi porzeczkami, puścił je z rąk do rąk, żeby gasić pragnienie. Więc Góry Świętokrzyskie miały smak porzeczek: cierpki, świeży.

– Wcinajcie, chłopaki. Mama jeszcze przyśle – zapraszał Felek i czerwienił się.

– No to dawaj, zniszczymy porzeczki – zgodził się Błyskawica.

Maciek Osa sięgnął do plecaka wypchanego pięknymi jabłkami.

– Nie ma porzeczek, niech nie będzie jabłek! – zawołał słowami Wiecha.

Drużynowy Andrzej Wróbel siedział razem z oboźnym Kazimierzem Kazimierskim na końcu pudła ciężarówki. Nikogo nie puszczał na swoje miejsce.

– No, bo druh się boi, żebyśmy się nie wysypali jak ulęgałki. No, bo na kogo by druh wtedy krzyczał – oświadczył mały chłopak, zwany wszkole No-Bo.

Andrzej przyglądał się drużynie. Najbardziej uparci, nieposłuszni, ci, których dzienniki usiane były jak makiem uwagami wychowawców, chłopcy, na których żalili się nauczyciele i rodzice, teraz byli niby odmienieni. Każdy rozkaz, wypowiedziany jednym słowem, półgłosem, spełniali w biegu, w podskokach, jeden przez drugiego.

– Widziałeś? Anioły w harcerskich mundurach – Andrzej Wróbel uśmiechnął się do oboźnego.

– Ba! Żeby tak przez cały miesiąc!

– Większość pierwszy raz jedzie na obóz. Uszy im się palą z ciekawości, jak to będzie...

– Zaleją nam jeszcze sadła za skórę. Mamy tu paru ananasów. Ten-twój Osiński...

– Słucham!

Marek poderwał się z głębi ciężarówki, stracił równowagę pod wpływem dzikich podrzutów i skoków pudła, wylądował na kolanach druhów po przeciwnej stronie. Usłyszał z dala swoje nazwisko, poznał je wzrokiem i słuchem, a koledzy także pospieszyli z życzliwym szturchaniem i szeptami.

– Druh oboźny cię woła.

– Słucham – powtórzył, usiłując iść bez zataczania się. Stanął przed nim, czekał.

Oboźny przyglądał mu się długo, spokojnie, wreszcie dobył fińskiego noża.

– Mam uciąć guzik czy sam przyszyjesz?

Marek szybko spojrzał po sobie. Zaczerwienił się. Kieszeń munduru była odpięta. Guzik dyndał na długiej i bardzo cienkiej nitce, a w miarę jazdy chybotał się wesoło.

– Druhu! Przyszyję. Zaraz na pierwszym postoju.

– Nici masz?

– Mam w plecaku.

– Odmaszerować!

Marek uśmiechnął się zawstydzony, ale rad, że minęła go pierwsza nagana. Rozstawiał nogi szeroko, żeby nie stracić równowagi, i wracał na swoje miejsce. Właśnie ciężarówka zahamowała ostro, poleciał więc głową naprzód, prosto w ramiona kolegów.

Na postoju, kiedy oboźny posłał chłopców do zagajnika, żeby zobaczyli, czy nie ma grzybów, drużynowy powrócił do przerwanej rozmowy.

– Chciałbym, żebyś traktował Osińskiego jak wszystkich innych. Skoro rada drużyny zgodziła się na jego wyjazd z nami...

– Ba! Rada drużyny przyjęła tę decyzję pod twoją presją.

– Co?!

– Chciałem powiedzieć: pod twoim wpływem.

Kierowca ciężarówki, tata żółtowłosego Zenka, przyłączył się do rozmowy.

– Mnie się wydaje, że to wcale niegłupia decyzja. Ktoś musi o takim facecie myśleć. Albo mama, albo tata, albo babcia. A jak brakło mamy,taty, babki, to ma się go wykreślić?

Oboźny machnął ręką.

– Tak, ale pan się nie orientuje, co to za kawał ananasa.

– Proszę pana – powiedział kierowca – oni wszyscy jednakowi. Mój Zenek na przykład. Głupi jak but, włosy ma jak żółtko, czasem jest egoistyczny, uparty. Ale, wie pan, oboje z żoną bardzo go kochamy. Dla nas on jest miły i ładny. I to już tak bywa. Każdy potrzebuje mieć na świecie kogoś, kto by w nim zawsze dopatrzył się najlepszych intencji, zrozumiał go, wybaczył. Ja bym radził traktować go jakby nigdy nic. Żeby chłopak zapomniał o swoich niepowodzeniach i zaczął żyć na nowy rachunek. O! Na nowy rachunek.

Schylił się, obejrzał opony, zakrzątnął się koło motoru. Andrzej Wróbel nic nie powiedział oboźnemu. Patrzył tylko z uśmiechem na jego zmarszczone czoło.

– Lecimy bardzo ładnie – zaczął kierowca z innej beczki. – Droga jak stół, pogoda na medal. Rozprostowało się nogi, można zasuwać dalej...

Nie przestali śpiewać do końca podróży. Gdy ciężarówka stanęła, wrzeszczeli dziko jeszcze przy wyskakiwaniu. Potem ochrypli. Zaniemówili. Stracili głos niemal jednocześnie. W uszach im huczały kilometry, godziny, warczał motor. A tu cisza. Cykają w trawie polne koniki. Trawa po kolana i pełno rumianku. Pachnie! Zapach ziemi, trawy, drzew odurza, mroczy głowę. Poszłoby się spać. Odespać od razu cały rok szkolny. Ale żeby mieć dach nad głową, trzeba go sobie ustawić. I żeby mieć posłanie, trzeba je własnoręcznie zrobić.

Witają ich dwaj bracia. Puma, student Akademii Wychowania Fizycznego, i jego brat, zwany Hindusem. Zdobyli siano, ustawili dwa największe namioty, w jednym stół oraz ławy, w drugim prycze.

– Latrynę róbcie sami. Najważniejsze, że kuchnia gotowa.

– Robimy landrynę!

Zaczęto rozładowywać auto. Kotły, namioty, plecaki leciały na ziemię w ślad za chłopcami. Andrzej Wróbel doglądał wszystkiego. Biegł zboczem pnącym się łagodnie ku górze. Stanął na środku polany. Peleryna furkotała za nim jak zielone skrzydło.

– Tu maszt! – oświadczył.

Chłopcy patrzyli na niego z uwielbieniem. Dorodny, wysoki, zręczny jak jeleń – to był ich własny druh!

– Chciałbym ustawić maszt – westchnął Marek Osiński.

– A pod masztem co rano i co wieczór odprawy – powiedział Wróbel, układając w myśli plan zajęć. Poszedł kilka kroków naprzód. Zatoczył krąg ramieniem.

– Tu namioty.

„Zgłaszam się do naciągania linek namiotowych” – postanowił Marek.

Drużynowy pokazał krzaki w pobliżu.

– Tam urządzimy magazyn. W cieniu. A tu... zgadnijcie.Chłopcy wstrzymali oddech. Ustało wszelkie paplanie. Jędrek Wróbel rozejrzał się, później wrócił do chłopców i patrzył długo, jakby ich liczył. Opuścił dłoń, wskazał krąg ziemi zarośnięty gęstym mchem.

– A tu powinno być ognisko.

Słuchali. To wszystko lada chwila zacznie być. Sam drużynowy powiedział, że będzie. Niby niechcący sformowali szereg, ustawili się wedle wzrostu. Na końcu wylądował Marek. Najmłodszy.

„Wczoraj działy się ze mną ponure rzeczy – myślał Marek – a dziś już o nich wcale nie pamiętam”.

Andrzej kazał odliczyć. Potem krzyknął:

– Hip, hip!

– Hurrra! – wrzasnęła gromada z entuzjazmem, wobec którego chrypka była niczym i zwyczajnie ustąpiła.

– Czuj, czuj!
– Czuwaj!
Ptaki frunęły w popłochu i roztapiały się pod lazurowym niebem.

Własny namiot nad głową

Echo powtórzyło: Hip, hip, hurra!

– Czuj, czuj, czuwaj! – zawołały z akcentem ogromnej radości lasy,wąwozy, pagórki, łąki, zboża, piasek, rzeka.

Po tym powitaniu chłopcy raźno zabrali się do roboty. Już rozwijano pierwszy namiot. Mocny zapach brezentu był zapachem harcerskiego domu.

– Słuchajcie, patałachy, włóczykije, łachmyty nakrapiane piegami! Dziś po zachodzie słońca będzie tu stał obóz harcerski. Wiecie, co to znaczy?! – wołał drużynowy.

– Wiadomo! – pisnął Felek. – Pięćset procent normy. Żebyśmy mieli popękać. Do wieczora cały obóz musi być urządzony.

– Przynajmniej z grubsza – wyjaśnił Andrzej. – Przez pierwsze dni obozownictwo będzie naszym głównym zajęciem.

Ucichły rozmowy. Wkrótce sapnięcia i pojedyncze słowa ludzi czynu towarzyszyły wysiłkowi.

– Saperkę!
– Kop!
– Toporek, ofermo!
– Trzymaj! Rozwiązuj sznury!
– Przybij!
– Głębiej!

Andrzej naznaczył miejsce pod każdy namiot. Praca wrzała w kilku punktach jednocześnie. Każdy sam wiedział, co ma robić. Ręce wyciągały się do wszystkiego, co mogło przyspieszyć i jak najlepiej zrealizować marzenie całego roku: obóz. Marek Osiński biegał, pomagał, nosił. Chciałby robić wszystko naraz, a ponieważ nie dostał odpowiedzialnego zadania, pędził tam, gdzie go wołano.

– Żywność w krzaki. Słonina, kasza, groch. I mały namiot. Pamiętajcie, w głębokim cieniu.

Spod płachty namiotu wydobywały się pojedyncze stłumione okrzyki:

– Dobrze, namiot stoi. Mamy już dach nad głową. Czaszka pracuje. Jak nie twoja, to drużynowego.

Andrzej, zgięty nad linką przy ostatnim namiocie, krzyknął:

– Marek, leć no prędko po zapałki! Przynieś też od razu śledzie, ile tylko znajdziesz!

– Śle... Przepraszam, co takiego, druhu drużynowy?

– Śledzie, patałachu. Mówię wyraźnie: zapałki i śledzie. Coś tak oczy wybałuszył na mnie?! Ganiaj!

Marek odwrócił się. Wyraz niepewności malował się w jego rysach. Uszedł kilka kroków, obejrzał się, nikt jednak nie zwracał na niego uwagi. Śledzie? Nagle stuknął się w czoło i skoczył szybko. Zniknął w gęstwinie krzaków.

Upłynęły może dwie minuty, a już zaczęto go niecierpliwie nawoływać.

– Prędzej, gdzie te śledzie? Poszedłeś po nie do stolarza? Marek nadbiegł wreszcie potrząsając pudełkiem zapałek.

– Druhu drużynowy, melduję: w magazynie żywnościowym śledzi nie ma, są tylko piklingi. Kucharz kazał się dowiedzieć, ile potrzeba...

Wróble, co młóciły pobliski łan żyta, zerwały się nagle podcięte śmiechem całej gromady.

– O rany kota! Druhu! Takiego patałacha tośmy jeszcze między sobą nie mieli.

– Marek! A może w sklepiku wiejskim dostaniesz? Ganiaj. Zakup całą beczkę... tylko żeby były dobrze nasolone!!! Chciał umocnić namiot pudełkiem zapałek i wędzonymi piklingami.

Kończono zbijać prycze, kiedy rozszedł się zapach dymu, zakręcił w nosie, przypomniał, że bywają na świecie pory tak miłe, jak godziny posiłków. Potem woń kawy zbożowej uniosła się nad obozem i druhowie zaczęli coraz częściej oglądać się w kierunku małego namiotu skrytego w krzakach. Aż nagle buchnął stamtąd werbel wspaniały. Kucharz bił pałką w pokrywę kotła rytmicznie, szybko, coraz prędzej, dźwięk stał się samym wibrowaniem i napełnił wszystkich błogą nadzieją. Nikt się jednak nie ruszył, a drużynowy milczał. Trzymał ich w napięciu niedługo, tyle, ile uznał za konieczne dla ćwiczenia woli.

– Kolacjaaaa!!! – wrzasnął nagle i pognał po menażkę.

Rozsypka, biegi, zwroty – wszystko to trwało kilka sekund. Już ustawiał się w marszu rząd entuzjastów chleba z masłem i mlecznej kawy. Pięści spadały na dna menażek, podczas gdy ochrypłe głosy skandowały na melodię „Zdechł kanarek":

– Jeść nam się chce, jeść nam się chce, jeść nam się chce, jeść!!

Kucharz promieniał. On pierwszy skończył swoją pracę. Teraz podawał, nalewał i śmiał się uszczęśliwiony. Rozgrzane ogniem policzki błyszczały.

– Komu dolewkę? Komu dolewkę? Komu?

– Komu z mróweczką? Komu z traweczką? – parodiował go Marek, ale tuż za sobą usłyszał głos Wojtka.

– Komu śledzika? Komu piklinga? Komu jeszcze śledzika?Gruchnął śmiech. Opowiadano teraz chłopcom z innych grup, jak to Marek, posłany po drewniane wzmacniacze, zwane potocznie w języku harcerskim śledziami – och, co za gapa! – szukał śledzi w magazynie żywnościowym.

– Wiesz? Słyszałeś? Ale się zblamował!

– Ciamajda! Fujara! Ciapa! Noga! Łyso mu, co?

Żarty i uwagi na jego temat powtarzano każdemu, dodając i uzupełniając, aby tylko było bardziej śmiesznie.

Marek wziął kawę, chleb z masłem i wyszedł z szeregu. Schylił głowę, niósł ostrożnie kubek. Byle dalej od rozwrzeszczanej hałastry! Na skraju polany, gdzie zbocze stawało się płaskie, stał dąb rozkrzewiony tak nisko i szeroko, że konary dotykały trawy. Tam już był cień i z tego miejsca zaczynał się wieczór. Marek usiadł po turecku. Chleb ułożył na nodze, kawę trzymał tak, żeby móc wąchać aromat zbożowej mieszanki. Głód ustąpił. Było mu smutno. Chciał przecież najlepiej, a oni go wyśmiali...

Siadają teraz dookoła miejsca, gdzie ma być ognisko. Przestali hałasować. Wcinają. Drużynowy przyszedł ostatni. Kiedy skończył jedzenie, zaczął opowiadać swoim czystym i dźwięcznym głosem. Marek słyszał dokładnie każde słowo.

– Jesteśmy więc na zboczu Diabelskiego Kamienia. Góra naprzeciwko nazywa się Radostowa. Teraz uwaga. Zgaduj zgadula. Kto pierwszy powie, po czyich śladach będziemy chodzić przez miesiąc obozowania w tej okolicy?

Milczenie. Milczenie. Milczenie. Słychać, jak woda chlupocze w głębi wąwozu i jak osiczyna klapie nerwowymi liśćmi.

– Stefan Żeromski napisał książkę pod tytułem „Puszcza jodłowa" – mówi stłumiony głos. – Myślę, że będziemy na tropie Żeromskiego...

Andrzej rozgląda się.

– Widzicie? Żaden z was nie pośpieszył z odpowiedzią, więc ktoś nam tu podpowiada. Niech się pokaże. Kto to?

– Ja – przyznał się Marek cicho.

– Nikogo nie widzę – zawołał Jędrek.

Szedł wielkimi krokami po zboczu, zajrzał w dębowy gąszcz.

– Co to za straszydło? Marek? A co? Ty czytałeś „Puszczę jodłową" Żeromskiego? I co jeszcze?

– „Syzyfowe prace"... „Siłaczkę"...Drużynowy stanął tyłem do Marka.

– Fiu! Fiu! Widzicie, patałachy! – wołał, aż dudniło. – Śmialiście się z Marka. Teraz on może śmiać się z was. Wygrał. Zapędził was w kozi róg. Jest oczytany. Zostaje bibliotekarzem obozu. Kwatermistrz od razu wyda ci klucz od skrzynki, żebyś jutro mógł się rozejrzeć. A teraz nie siedź tu jak odludek. Jazda!

Zawrócił i szedł pod górę. Sięgnął po gwizdek. Ostry świst przeciął ciszę.

– Zastępami zbiórka! Odliczyć i meldować, jakie nazwy bierzecie na czas obozu.

– My Państwowy Instytut Hydrologiczno-Meteorologiczny. Mamy już okrzyk. Pihm, pihm, pihm – zgłosił Dąbrowski.

– My Żurawie. Naszą specjalnością będą nocne warty, na które zamierzamy chodzić z kamieniem trzymanym w ręce. Hasło: Czujność – recytował Longinus jednym tchem.

– A my Białe Foki z bieguna północnego, pisał o nas Czesław Centkiewicz – powiedział chłopak o przydomku Patelnia.

– Żebyście tylko nie leżeli całymi dniami – zażartował drużynowy.

– Białe Foki, a zastępowy Biała Patelnia – szepnął Fobusz. Marek stał na końcu swojego zastępu, z nosem za plecami Felka.

– Żadne tam indory ani kaczory, żadne ryby, gady, płazy – szeptał w podnieceniu do Maćka Osy, który był ich zastępowym.

– Chyba żeby Osy... – wtrącił Fobusz.

– Lepiej kacze nosy – odciął Maciek Osa.

– Coś indiańskiego – prosił Marek.

– Ale co? Rusz głową.

– Może by Czarne Stopy? Wiesz, Osa, to z „Małego Bizona".

Drużynowy był coraz bliżej. Właśnie przyjął meldunek Puchatka zgłaszającego zastęp Kontiki i zwrócił się do Maćka Osy:

– A wy?

– Zastęp Czarnych Stóp melduje! Dziesięciu, wszyscy obecni! – wykrzyknął Maciek głośno, aż echo w górach odpowiedziało mu ostatnimi sylabami.

Czarne Stopy nad Lubrzanką

Zamiast ogniska mamy dziś napychanie sienników – ogłosił oboźny.

Zastępy otoczyły górę siana. Zapach, świeżość, oczekiwanie snu w namiocie. Robota szła szybko, nikt nie traktował jej poważnie, dopóki Fobusz nie krzyknął:

– Mój siennik będzie najgrubszy.

– Słusznie. Jak sobie pościelesz, tak się wyśpisz.

– A ja więcej nie napycham – oświadczył Longinus i ciągnął po trawie siennik, równie chudy, jak i jego właściciel.

– Mój siennik świadczy o mnie! – krzyknął Fobusz i pokazał sterczący, nabity, gruby walec.

– Mój będzie jeszcze grubszy! – sapał Marek, zwijał twarde kule z siana, ubijał je tak pracowicie, że krył się z głową i ramionami w środku.

Nieśli napełnione sienniki do namiotów, układali rzędem, próbowali, czy będzie wygodnie.

Dopiero teraz ogarnęła ich senność i znużenie całego dnia zaczęło brać nad nimi górę. Brezent nagrzany słońcem parował, unosiło się pod nim ciepło miłe i rozleniwiające. Fobusz pierwszy wyciągnął się na sienniku, westchnął z ulgą.

– Spać. Oooo, jaki jestem senny.

Inni także próbowali ułożyć się pośrodku swoich walcowatych sienników sterczących wysoko wskutek ciasnoty na pryczach.

– Nie wstanę już dziś.

– A brudne nogi?

– Nie myję się. Nie mam siły.

W tej chwili odchylono płótno namiotu. Biała koszula oboźnego na tle brunatnej skóry zarysowała się wyraźnym kształtem.

– A, to ładnie! Czarne Stopy wprowadzają nowe zwyczaje harcerskie. Kładą się spać na brudno, z czarnymi nogami, tak?

– Eee, nie, druhu, to tylko żarty...

– Macie szczęście, że dziś pierwszy dzień w obozie. Kiedy indziej wlepiłbym wam karniaka za takie pomysły.

Przyłożył gwizdek do ust. Zagwizdał, potem wołał donośnie:

– Zbiórka!!!

Kiedy stanęli przed nim, objaśnił krótko:

– Maszerujemy na dół do rzeki. Najpierw umyjecie menażki, później generalne szorowanie nosów, rąk i nóg. Nie zapomnieć o mydle i szczotkach do zębów. Rozejść się.

Zapadał mrok. W namiotach było już całkiem ciemno. Po omacku szukali swoich rzeczy nieodzownych do mycia. Biegli w dół zastępami – Kontiki, Żurawie, Czarne Stopy, PIHM, Białe Foki. Spadzistość zbocza dawała ich susom olbrzymią długość. Dopiero na łące nad rzeką przyhamowali drobnym truchtem, piętami.

– Co za łazienka!

– No!

– Król angielski nie ma takiej.

– Pewno! A zgadnijcie, dlaczego nie ma?

– Bo w Anglii jest królowa, a nie król.

Wieszali ręczniki na gałęziach, szczotki do zębów i mydło kładli w rozwidleniu konarów. Rozbierali się. Woda muskała ich nogi falą ciepłą i miękką. Płynęła po piaszczystym dnie i, chociaż było już ciemnawo, budziła zaufanie. Drużynowy Jędrek Wróbel stąpał poważnie wzdłuż brzegu.

– Piętnaście minut kąpieli. Ani sekundy dłużej. Zaczynać od gruntownego mycia szyi – oświadczył.

Prychali. Piszczeli. Wyskakiwali na brzeg ociekając wodą. Strząsali na sąsiadów prysznice zimnych kropli. Osuszali skórę w biegu, w galopie, ścigając się po łące. Gwizdek wywołał żałosne i długie: Ooooo! Chwytali odzież, ubierali się szybko, machali nogami po trawie dla wysuszenia stóp i zaczynali bieg do góry. Tu jednak spotkała ich niespodzianka. Za krzakiem u podnóża Diabelskiego Kamienia schował się wcześniej Andrzej Wróbel.

– Stój. Kto idzie? – mówił cicho.Następowało jąkanie:

– Druhu drużynowy, melduję, że eeee... ja z zastępu Żurawi...

Ostro błyska latarka elektryczna, prawdziwy reflektor. Oświetla na wpół ubraną postać, zatrzymuje się na jej stopach, które przed chwilą wdepnęły w czarny szlam i lśnią teraz, jakby je obuto w nowe, błyszczące kalosze.

– Pokaż nogi. Lewa. Prawa. Jaki zastęp? Czarne Stopy?

– Nie. Żurawie!

– Dziwne. Bo ja widzę czarne stopy.

– Druhu drużynowy, melduję, ja z zastępu Żurawi – wyjaśnia speszony delikwent, który nie może pojąć, o co drużynowemu chodzi. Taki dorosły, poważny Żuraw, a tu druh myśli, że on z najmłodszego zastępu Czarnych Stóp.

– To dlaczego masz czarne stopy? Tylko jeden zastęp nazywa się Czarne Stopy, a i to nie upoważnia ich do chodzenia z brudnymi nogami. Przeciwnie: Czarne Stopy będą musiały świecić przykładem i czystymi piętami. Tak zamierzałeś iść spać? Z tym błotem na nogach?

– Po drodze było trochę mokro...

– Marsz do rzeki. Możesz przyjść z powrotem wedle własnej recepty, jak ci się podoba, nawet na rękach albo na głowie. Ale nogi muszą być czyste, do stu tysięcy fur beczek oskalpowanych patałachów! Zrozumiano?

– Tak jest! Zrozumiano, druhu drużynowy! – krzyknął zatrzymany patałach, a za nim powtórzyły to samo inne patałachy, po czym wstydliwie wyszły spomiędzy drzew i poczłapały z powrotem.

– Nie pójdziecie spać, dopóki choć jeden z was będzie miał czarne stopy! – wołał za nimi drużynowy.

– Te szczeniaki najmłodsze tak nas urządziły – złościli się starsi druhowie. – Nie mieli co wymyślić jako nazwę dla swojego zastępu, tylko Czarne Stopy. Jędrek teraz będzie miał konika...

Skradali się zboczem wąwozu porośniętym bujnie trawą. Ci, którzy mieli obuwie, pożyczali kolegom jednego buta, i, skacząc na lewej albo prawej nodze, unikali najmniejszego brudu. Wybuchami śmiechu przyjmowano wyrok drużynowego:

– Czarne stopy!

Właściciel brudnych nóg odchodził w dół, ku wodzie. W świetle reflektora zjawiała się inna, wyciągnięta ku sprawiedliwej ocenie noga.

– Białe stopy – wołał coraz częściej drużynowy.

– Białe stopy!

– Białe stopy!

Marek szedł ostatni. Wyszorowana skóra błyszczała różowo. Pod podeszwami nóg umocował sobie sznurkiem płaty kory drzewnej znalezione przy wodzie. Był pewny swojej czystości, mimo to zadrżał, gdy latarka przejechała po nim raz i jeszcze raz.

– Czarne Stopy! – stwierdził spokojnie Jędrek.

– Naprawdę? – Marek nie panował nad zdziwieniem.

– Czarne Stopy! – powtórzył drużynowy z uporem.

– Myłem... Słowo honoru, druhu drużynowy – chłopak skulił się na myśl, że zamiast wylądować w ciepłym namiocie, gdzie pachnie brezentem i sianem, pójdzie znów do rzeki.

Podniósł nogę, przyjrzał się skórze lśniącej czystością.

– Więc wedle ciebie czarne?

– Nie...

– No, proszę. Zapomniał, do jakiego zastępu należy. Czarne Stopy?

– Czarne Stopy, druhu drużynowy!!! A nogi mam czyste?

– Tak. Masz białe stopy.

Pognał do namiotu. Chłopcy byli już w komplecie. Maciek Osa policzył i kazał im się natychmiast położyć. Sam zajął już miejsce na brzegu pryczy.

– Marek! Właź od ściany. Szybko. Zanim druh przyjdzie, my będziemy chrapać jak aniołki.

Marek zdjął mundur. Złożył go w coś, co tylko po ciemku można było nazwać kostką. Wciągnął na siebie piżamę. Przekroczył ostrożnie Fobusza leżącego na szczycie walcowatego siennika, potem Zenka i na końcu Felka. Chciał się już ułożyć, ale był jeszcze ktoś czwarty, dziwnie gruby i pękaty. Poznał, że to koce zwinięte w rulon imitują ludzki kształt.

– Co mam zrobić z tym grubasem? – zapytał. Odpowiedziały mu równe oddechy.

– Śpicie? Strugacie ze mnie wariata?

– Kładź się! Drużynowy idzie! – wrzasnął gdzieś z zewnątrz namiotu oboźny.

Marek przeturlał się tak energicznie na drugą stronę wałka, że spadł o centymetr za daleko i o pół metra za nisko. Musnęło go po twarzy namiotowe płótno. Zapachniała trawa. Księżyc patrzył mu prosto w oczy. Świerszcze cykały tuż blisko, miał pełne uszy ich muzyki. Westchnął. Jeszcze nigdy nie było mu tak dobrze na świecie, jak w tej chwili. Nigdy jeszcze, tak jak teraz, nie spostrzegł fantastycznej urody ziemi, zwilżonej rosą, oświetlonej migotaniem dalekich gwiazd.

– Kto tu?! – zawołał surowy głos nocnej warty.

Był to zawinięty w koc i z kijem harcerskim w dłoni Kazio Bochenek. Bochenek nie byle jaki, tylko pięknie wyrośnięty, jak na drożdżach, przewyższał o ćwierć włosa najwyższych w obozie z komendą i Longinusem na czele...

– Wyleciałem z pryczy – tłumaczył się Marek. – Siennik mam trochę za wysoki.

– Ty zawsze wylatujesz jak nie z procy, to z pryczy, jak nie z pryczy, to z konopi – gderał Bochenek niskim głosem, podnosząc w ten sposób ważność swojej funkcji, już i tak dostatecznie podkreślonej wzrostem. Podszedł bliżej. Schylił się w cieniu za namiotem i wyciągnął rękę.

– Spójrz.

Mikroskopijna latarka świeciła na jego dłoni. Dawała odrobinę światła, rozjaśniała fałdy skóry.

– Co to?

– Reflektor na wartę.

– Nie. Powiedz.

– Lampa Aladyna.

– Co, balona ze mnie robisz?

– Nie robię. Od dawna jesteś balonem. Łyso ci?

– E, tam. Nie wymądrzaj się.

– Nocoświetlik, robak świętojański. Czytałem o nim w encyklopedii przyrodniczej, ale widzę pierwszy raz.

– O rany! Ja jeszcze nigdy...

– Tam, pod dębem, aż widno, taka chmura. Chcesz zobaczyć?

– No, chyba!

– To chodź. Przy okazji sprawdzę teren.

Dwa nierówne cienie wymknęły się spod namiotowego skrzydła, skoczyły w poprzek polany, śmiesznie i nieproporcjonalnie zniekształcały się na każdym krzaku i załamku ziemi. Księżyc obrysowywał ostro ich kontury, prowadził je po miejscach otwartych, ale pod dębem rozstał się z nimi. Tu zasłonięta konarami leżała głęboka, czarna, ślepa noc. Marek i wartownik przykucnęli. Pomiędzy liśćmi, których nie było widać, krążyły bez pośpiechu pojedyncze światełka, spotykały się z innymi, wymijały je, zataczały koła, wracały.

Marek wstrzymał oddech.

– Ale zabawa – śmiał się Bochenek.

– Ciiii-cho! Nie spłosz ich – szeptał Marek.

– One się nie boją. Pewno nie słyszą.

– Nie słyszą? To może też nie mają zielonego pojęcia, że my je widzimy? – zastanowił się. – Jakby były gwiazdami, co?

– No, dobra. – Bochenek znowu mówił urzędowo, basem. – Hulaj do namiotu, bo jutro gotowi nam obu wpakować szorowanie kotłów za karę. Zaraz nam głupstwa wywietrzeją z głowy.

Beczka śmiechu

Nie mogę spać – oświadczył Marek po daremnym liczeniu białych i czarnych baranów, białych i czarnych nici, po wielokrotnym układaniu się na lewym boku, na prawym boku, na wznak, na brzuchu, prosto i z podwiniętymi nogami.

„Trudno, nie mogę zasnąć. Tyle rzeczy dzieje się dookoła, miałbym ochotę zobaczyć jeszcze raz obóz przy księżycu, zamiast leżeć w pozie noworodka i pogrążać się w bezczynności. Tyle gwiazd było nad Ziemią! Czytałem, a może słyszałem przez radio, że okrążająca Ziemię kabina kosmonauty, widziana gołym okiem, błyszczy silnym światłem, jakby była gwiazdą pierwszej wielkości. Już wkrótce dowiemy się tylu rzeczy o kosmosie... Chciałbym odbyć podróż na nową planetę, porośniętą dżunglami pełnymi najdziwniejszych zwierząt. Ooooo, na pewno wielu zgłosiłoby się, żeby tam zamieszkać, ale powinni wybierać tylko takich, którzy podpiszą, że nie zaczną rozrabiactwa. Żadnych napaści, zbrojeń, bo inaczej wysiadka z planety!!! Jaka szkoda, że nie mam z kim pogadać. Owinięci niby mumie, moi koledzy stali się przedmiotami pozbawionymi czucia. Czy myślą w tej chwili o czymkolwiek? Czy pamiętają, że przyjechaliśmy dziś i nocujemy w namiotach? Czy nurtuje ich ciekawość albo chęć poznania najbliższej okolicy? Ech, do licha, zaczynam udawać myśliciela, a sen, jak nie przychodzi, tak nie przychodzi. Wstanę! Zobaczę, co robią wartownicy".

Na piżamę włożył sweter, potem ubranie treningowe. Zaciągnął suwak pod szyję. Nie czynił najmniejszego hałasu. Koledzy spali spokojnie, oddychając głęboko. Rozchylił płótno namiotu, wyjrzał. Wszedł w zielone powietrze, przezroczyste i widzialne, jak woda morska. Kępy traw i kwiatów zniekształcone światłem księżyca i ciemnością miały dziwaczne kształty polipów i koralowców. Była cisza. Pachniały sosny. Wiatr uderzał w korony drzew i wtedy gałęzie stukały wzajemnie jedna o drugą, stuk, stuk, albo skrzypiały przeciągle.

Marek słuchał tego trzaskania. Podobało mu się. Było nierytmiczne, dziwne. Tu dołem nie czuło się wcale wiatru, a w górze łoskot konarów przypominał o wichrze, o zimnie. To dawało miłe uczucie zaciszności.

Szedł w zamyśleniu pomiędzy krzewami, które graniczyły ze ścianami namiotów. Nagle drgnął. Ostro i głośno zafurkotało coś nad głową. Ptak uniósł się w powietrzu, jego rozłożysty, ruchliwy cień płynął po ziemi. Wartownik okazał się czujny.

– Stój! Kto idzie?! – zawołał w podnieceniu. Światło ręcznej latarki ukłuło Marka w oczy.

– To ja... Nie mogę zasnąć.

– Zastęp?

– Czarne Stopy.

– Słuchaj no, mały! Co zamierzasz robić?

Był to harcerz z dziewiątej klasy, który swoją dorosłość podkreślał w ten sposób, że do chłopców młodszych mówił z upodobaniem „ty,mały!". Sam był wielki jak korek od butelki, nazwano go więc Korkiem i ta nazwa przyschła do niego błyskawicznie.

– Odpowiadaj!

– Połażę. Chętnie wyręczę któregoś z was.

– To niemożliwe. Dziś wartę pełnią Białe Foki, nie Czarne Stopy.Poza tym pamiętaj, mały, że wychodzenie w nocy poza teren obozu jest surowo wzbronione.

– Tylko nie mały! Tylko nie mały!...

– Rano pierwszym pociągiem wyjechałbyś z obozu.

– No to pokaż, gdzie teren się kończy, żebym nie przekroczył granicy nogą.

– Jeszcze nie wyznaczony. Jutro się zrobi.

– Jak to? Jeszcze nie wyznaczony, a ty już chcesz karać za jego przekroczenie? Ładna mi praworządność!

– Mały, nie bądź taki mądry!

– Duży, tylko żebym ci nie powiedział, jaki ty nie powinieneś być.

– Idź lepiej spać, nie gadaj.

– A ja myślę, że weźmiemy się razem i oznaczymy granicę terenu.Co?

– Zwariowałeś? Oboźny albo sam druh wyznaczą granicę. Wtedy wbije się słupki, poukłada kamienie...

Kiedy tak rozmawiali, błysnęło światło pomiędzy krzewami.

– Kto tu gada?! – groźnie zawołał basowy głos.

Marek poznał Bochenka, który mu pokazywał świętojańskie robaczki.

– To ja! – zawołał z otuchą. – Zrozum, bracie, nie mogę spać. Oczu dotąd nie zmrużyłem.

Bochenek roześmiał się cicho. – Ja to rozumiem. Sam też pierwszą noc w obozie markowałem. A reszta śpi kamiennym snem. Powiązać, powynosić można. Zabrać ubranie...

Marek aż podskoczył. Złapał Bochenka za ramię.

– Zróbmy to. Zabierzmy im wszystko. Schowajmy. Albo wypchajmy ubranie sianem, zróbmy kukły. Będzie heca nie z tej ziemi. No co? Nie nudzi się wam na warcie?

Milczeli. Marek przystąpił do sprawy rzeczowo.

– Głosujemy! Kto za?

W ciemności wyciągnął rękę i wyczuł, że Bochenek robi to samo.

– Kto przeciw? Kto się wstrzymał? Nie słyszę. Wniosek uważam za przyjęty.

Chłopcom nie wypadało już teraz protestować. Rozumieli, że klamka zapadła. Zresztą Bochenek wykazywał żywe zainteresowanie.

– To co robimy?

Marek objął chłopców, przechylił ich ku sobie, żeby lepiej słyszeli jego szept.

– Chłopaki – zaczął tajemniczo. – Wiecie, co? Zrobimy taki kawał!Uważajcie. Mam plan gotowy. Największy namiot jest pusty.

– Stoi tylko stół na krzyżakach – przypomniał Bochenek – i ławy.

– Nie szkodzi. A więc lepiej. Zabierzemy chłopakom ubrania. Nie mundury, tylko swetry, wiatrówki. Wypchamy sianem albo kocami.

– Koce są jeszcze w magazynie – wyjaśnił Korek.

– Posadzimy dokoła stołu całą radę drużyny.

– To mi się lepiej podoba niż podwójna porcja lodów – oświadczył Bochenek. – I co? Komendę też przerobimy?

– Komendę przede wszystkim. Coś ty myślał? O własnych władzach obozowych mógłbyś zapomnieć? – poważnie zapytał Marek.

– Sie wi!! Komenda ma pierwszeństwo! – zawołał Bochenek urzędowo, a więc najniższym tonem.

Od tej chwili rozumieli się niemal bez słów i pracowali w natchnieniu. Stopniowo rozchylały się płótna namiotów pod ostrożnymi dłońmi nocnej warty we wzmocnionym składzie. Ubrania treningowe, kombinezony, kurtki, długie spodnie dostawały nóg, podnosiły się ze snu, znikały. Jednocześnie noc i świetne samopoczucie trzech kolegów rodziły genialne pomysły.

– Czyja ta kraciasta koszula?

– Nie poznajesz Patelni? Waszego zastępowego?

– Prawda! Bez niego wyszczuplała jakoś. Ale z czego stworzymy Patelnię? Tylko z siana?

– Słuchajcie! Mam myśl. Magazyn kuchenny. Widziałem ogromną patelnię przy rozpakowywaniu.

– Wspaniale! Ta koszula wypchana sianem plus patelnia i Patelnia będzie jak żywy.

– Siana zostało na placu tyle, że można wypchać sto figur.

– Więc napełnijmy brzuch druhowi Patelni! Dalej! Od góry, przez kołnierz. Dół trzeba związać.

– Wypchaj się sianem, druhu Patelnio. Taak. Uciśniemy, zapinamy guziki. Wsadzamy patelnię. Cudo!

– Chłopaki. Mam kredę.

– Dobry harcerz ma wszystko.

– Rysujcie mu oczy, nos, wesoły uśmiech.

– Patelnia patrzy na nas!

Nagle zaczęli się śmiać. Kukła zastępowego Patelni była tak zabawna, tak podobna, że natychmiast musiało się zgadnąć, kto to. Pokładali się ze śmiechu. Kiedy minął atak wesołości, sięgnęli po dalsze części garderoby. Marek uderzył się ręką w czoło.

– Macie jakiś ołówek?

Korek wydobył wieczne pióro, podał mu. Marek podniósł ogromną marchew przyniesioną z magazynu. Oznaczył atramentem kilka czarnych kropek, następnie przyłożył ją do twarzy. Nadął się dumnie, głowę trzymał wysoko.

– Kto to jest?

Zaniemówili. Potem zaczęli chichotać.

– O–bo–źny!

– Portret oboźnego!

– Nos opalony na kolor marchwi.

– I te wągry.

– Nic więcej nie trzeba.

– Tylko wiatrówka i nochal.

– Obowiązkowo podniesiony do góry. Ma się tę dumę na tak odpowiedzialnym stanowisku...

Wiatrówkę uzupełnili czarnymi farmerkami, posadzili oboźnego grzecznie na ławie za stołem, założyli mu nogę na nogę.

– W ręce fiński nóż!

– A w drugiej guzik na nitce! Dalej! Kto przyniesie z plecaka sznurek i guzik?

– Obok oboźnego powinien siedzieć druh drużynowy.

– To później. Chwilowo brak mi pomysłu – wyjaśnił Marek. – Załatwimy tych, których od razu można zrobić.

– Zastępowi. Nasz Patelnia już jest. Następny wasz Maciek Osa.

– Jak zrobić Osę? – zastanowił się Korek.

– Mam koszulkę w żółte i czarne pasy – powiedział Bochenek. Marek podchwycił jego pomysł:

– Wypchamy sianem, ściągniemy sznurkiem w pasie. Oczy z dwu pokrywek, skrzydełka z papieru pakowego.

– Już się robi! – zawołał Korek.

Ani się spostrzegł, jak z dobrego wartownika przedzierzgnął się w nadzwyczaj gorliwego wykonawcę Markowych projektów.

– Zastępowy PIHM, Dąbrowski, żadnych znaków szczególnych nie posiada... – mówił Korek.

– Jak to nie posiada? – Bochenek już opanował prawidła gry. – Każdy coś posiada, trzeba mu się tylko dobrze przyjrzeć. Dąbrowski ma bardzo długie, nastroszone, jasne włosy. Przypomnij sobie, jak on wygląda, kiedy wieje wiatr. Prawdziwy strach na wróble.

– Przecież nie robimy stracha na wróble – martwił się Korek. – Co by o tym pomyślał drużynowy, Andrzej Wróbel? Strachy na niego?...

– Za namiotami rośnie trawa... taka miotła. Ja bym narwał i zobaczycie, jaką zrobię fryzurę kukle Dąbrowskiego – mówił Bochenek. – Ręczę, że każdy go pozna!

Zastępowy PIHM czekał właśnie na ukończenie ondulacji z trawy, a tymczasem Korek przy pomocy Marka czy Marek przy pomocy Korka montowali figurę kwatermistrza. Na zrolowany brezent, umocowany palikami, wsadzili menażkę jako nakrycie głowy, twarz oznaczyli tylko lekko kredą, natomiast zrobili mu z kawałka tektury wielkie okulary słoneczne, szczegół tak znamienny dla kwatermistrza. Przy nim usadzili wypchany sianem biały fartuch obozowego lekarza, studenta medycyny. W papierowej twarzy pod nosem wycięli otwór i umieścili w nim szczoteczkę do butów, jak wąsy. Prawa ręka spoczywa na stole zagięta w sierp i przytrzymuje dużą butelkę z napisem „OLEJ RYCYNOWY". Tuż obok zjawia się kucharz, znawca harcerskich apetytów.

– Proszę o pełny szacunek dla jego królewskiej mości pana kucharza! – wołał Marek. – Brzuch napchać odpowiednio sianem! I czapa z papieru.

– Słuchaj no, mały – mówi Korek – nie wrzeszcz, bo wszystkich obudzisz.

Na kukle zawisa gumowy fartuch w kolorze łososiowym z białymi szelkami. Wielki papierowy beret umocowano po prostu na piłce nożnej, co daje kucharzowi zdrowy, czerstwy wygląd. Przed nim na stole wyciągnięta z magazynu taca pełna szyszek. Karteczka i jedno słowo: „DESER!".

Chłopcy już teraz nie mają czasu na śmiech. Twórczy zapał ogarnął ich bez reszty. Gonią swoje pomysły, chwytają je w lot, realizują.

– Zapomnieliśmy o Puchatku, zastępowym Kontiki – mówi Marek.

– Ale co z nim zrobić?

– Może by się wspinał na sznurach, pod dachem namiotu?

– Znakomicie. Kapitan tratwy reguluje żagiel.

Wykonanie tego pomysłu okazało się wyjątkowo trudne. Przede wszystkim trzeba było zajrzeć do Wojtkowego plecaka i znaleźć zapasową koszulę. Uczepiona ramionami do sznurów namiotowych kukła to spuszczała nisko głowę, to gubiła nogi, to sypało się z niej siano. Zresztą przypominała bardziej anioła w locie niż dzielnego marynarza. Dopiero zaopatrzenie jej w kompas i marynarski beret od razu wyjaśniło sprawę.

– Puchatek zrobiony. Kto następny?!– wołał w podnieceniu Korek.

– Co się pytasz? – odpowiedział poważnie Bochenek. – Oczywiście drużynowy! Bez niego cała heca do chrzanu.

– Spokojna głowa. Już mi świta pomysł. – Marek machał rękami, co pozwalało kolegom widzieć jak na dłoni jego wielkie możliwości.

– Spokojna głowa! – powtórzył Korek. – On coś wymyśli.

– Więc róbmy Hindusa.

– Nic prostszego.

Kukła w buraczkowym swetrze z ręcznikiem imitującym turban nie mogła budzić wątpliwości.

– Kto nam jeszcze pozostał?

– Drużynowy, listonosz i Puma.

– To róbmy Pumę – zaproponował Marek.

– A wiecie, która godzina? – Korek uśmiechnął się tajemniczo. – Chłopaki, nasza warta skończona. Powinniśmy piętnaście minut temu obudzić następnych.

Marek zaniepokoił się nagle.

– Oj, może ich nie ruszać... Jeżeli ważniaki. Mogą wszystko zepsuć. Bochenek uderzył go w plecy, wcale zresztą nie słabo.

– Co ty? Chłopaki w naszym zastępie?

– W nocy poczucie humoru może słabnie? – martwił się Marek.

– Róbcie Pumę. Pospieszcie się! – huczał basowo, tonem rozkazu-Bochenek. – Marek, kiedy w końcu wymyślisz Wróbla?

– Już wymyśliłem.

– Niemożliwe!!

– Powiem, jak przyjdziesz z tamtymi. Tylko ich ugłaskaj. Żeby się nie wściekli z wrażenia.

– Powiedz od razu.

– Idź. Teraz nie powiem.

Student AWF nazywany Pumą, brat Hindusa, zaproszony na obóz jako instruktor sportu i gimnastyki, powstał jako kukła bardzo łatwo. Jaskrawozielony dres instruktora wypchano przepisowo sianem, twarz osłonięto siatką szermierczą, na ręce i nogi dano mu płetwy nurka. Całość ulokowano na drabince i zawinięto w siatkę.

– Cud, miód, ultramaryna – szeptał Korek.

– Zapomnieliśmy o Longinusie, zastępowym Żurawi – przypomniał Marek.

– Jeszcze gotów by się obrazić! Na pewno! Każdemu byłoby przykro, gdyby widział, że nie zrobiliśmy jego kukły!

Na ścieżce przed namiotem trzasnęła szyszka nadepnięta butem. Marek odwrócił się do wyjścia. Co zwycięży? Poczucie humoru czy nadętość i ponuractwo?

Wszedł Patelnia. Za nim Adamczyk.

– Druhu zastępowy! Melduję. Za pięć minut rozpoczyna się Rada Drużyny. Brak tylko was...

Patelnia milczał. Płynęły sekundy. Bochenek ukryty za jego plecami zrobił paskudną minę. Cisza się przedłużała. Marek poczuł drapanie w gardle, ale bał się chrząknąć. Był podwójnym winowajcą, stał oto naprzeciw swojego dzieła w nagłym olśnieniu, że cała rzecz nie ujdzie na sucho.

Patelnia palnął dłonią w swe gołe kolana.

– A niechże was! A niechże was! O! Ooo! Trzymajcie mnie, bo pęknę ze śmiechu. Najchętniej poszedłbym od razu budzić komendę.

– Jeszcze nie gotowe – jęknął z ulgą Bochenek.

– Jak to? Kogo brakuje? Patelnia podoba mi się najbardziej. No i oboźny. Po prostu na medal!

– Nie ma druha komendanta – wyjaśnił Korek.

– Zaraz będzie – Marek odważył się wyjść przed oblicze Patelni. – Zrobimy tylko Longinusa i Felka, potem zaczniemy ustawiać Wróbla.

– Dobra. My tymczasem pójdziemy skontrolować teren, bo wy tu zdaje się nosa poza namiot nie wystawiacie.

– Dlaczego nie? – Marek nabrał odwagi. – Ciągle się biega po siano, po ubranie, po drobiazgi potrzebne do stwarzania kukieł.

Patelnia uśmiechnął się szeroko. Miał ochotę dodać: „Po zapałki, po śledzie i piklingi wędzone", daleki był jednak od tego, żeby robić Markowi przykrość. Przejechał więc tylko dłonią po czuprynie harcerza i skierował się do wyjścia. Jego wspólnik na wartę, Adamczyk, powiedział:

– Trzeba było kukłę oboźnego wynieść pod maszt i ustawić. Ten by wam przypilnował terenu...

Na Longinusa, zastępowego Żurawi, już im trochę brakło sił. Nawlekli więc na tyczkę jego kombinezon, czym osiągnęli najbardziej pożądany efekt. Longinus był właśnie taki chudy, odzież wisiała na nim luźno i niedbale, nawet głowa ulokowana krzywo nadawała mu wyraz melancholii, znamienny dla Longinusa. Żeby nikt nie miał wątpliwości, dano mu do ręki tom „Ogniem i mieczem".

Obozowa poczta w osobie Felka to była mała główka z kłębka szpagatu uzupełniona dwiema rakietami pingpongowymi. Oznaczały one nie tylko rozmiary, ile umuzykalnienie Felkowych uszu. Na ramię jego kukły założono skórzaną torbę na listy.

– Koniec! Koniec! Koniec! – ogłosił Marek.

– Pozostał nam tylko Wróbel! – Bochenek zacierał ręce z uciechy. Figury nie budziły w nim teraz wesołości, tylko dumę.

– Zaczekajmy na Patelnię – proponował Korek.

Usiedli. Wodzili wzrokiem od jednej do drugiej poczwary. Wstawali, żeby coś uzupełnić. Odchodzili tyłem, gotowi wrócić i poprawić, gdyby ich twory wydawały się nie dość urocze.

– Marek, zamorduję cię natychmiast, jeśli nie powiesz, jak ma wyglądać Wróbel.

– Pst! Pst! Pst! Uwaga! Zaczynamy!

Marek wybiega. Wraca razem z Patelnią i Adamczykiem. Niesie mundur Wróbla. Zgrabną kurtkę i długie spodnie w kolorze khaki. Chwila zastanowienia czy może wahania.

Kilka pytających spojrzeń i potem decyzja:

– Wróbel na dachu! W mundurze. Służbowo!Wszyscy są zachwyceni.

– Wróbel na dachu namiotu! Znakomicie! Ale jak?

– Umieścimy go nad wejściem.

– Na żerdziach.

– Namęczymy się porządnie, ale Wróbel będzie na dachu. Świtało, kiedy niesforna kukła drużynowego przestała spadać za lada powiewem wiatru. Przymocowana wszelkimi możliwymi sposobami, „na mur" i „na beton", sterczała nad wejściem do namiotu, jakby Wróbel był lunatykiem.

– Idźcie spać – rozkazał Patelnia. Marek próbował się sprzeciwić.

– Ja zostanę. Dopilnuję...

– Nie ma gadania! Ja wydam rozkaz u siebie w zastępie. Chłopaki dopilnują wszystkiego.

Korek poparł swego zastępowego.

– Jazda, mały. No już. Uciekajmy spać.

Biegli po rosie. Przed namiotem stanęli. Patelnia szedł na końcu.

– Spać, spać – szeptał uśmiechnięty dobrodusznie. – Obudzę was, jak zacznie pękać beczka śmiechu.

Artyści w terenie

Beczka śmiechu zaczęła pękać bardzo wcześnie. Przed gwizdkiem na wstawanie Marek ocknął się nagle zaatakowany słowami, które – wiedział o tym – były niezmiernie ważne. Coś mu przypominały. Nie mógł ich zrozumieć, był jeszcze nieprzytomny. Zaczął się do nich przedzierać, jak samolot lecący z wysokości kilku tysięcy metrów wytrwale, z wysiłkiem i w skupieniu załogi, prosto na światło lotniska.

Słyszał śmiech kolegów, okrzyki, fragmenty słów, ale ciągle jeszcze był rozespany. Nie wiedział, gdzie jest. Zawisł w próżni, w nicości. Co chwila dawał z powrotem nura w twardy sen, ale to, co działo się dokoła, kazało wracać. Nie otwierał oczu, nie ruszał się jeszcze. Napełniało go ciepło. Potem przyszło niejasne wspomnienie tego, co tak wyraźnie przyśniło mu się tej nocy. Śniła mu się prawdziwa beczka śmiechu: kukły władz obozowych usadzone dookoła stołu w namiocie, a na dachu wypchany żerdziami sam druh Wróbel! Ale się chłopaki uśmieją, kiedy im opowiem. Beczka śmiechu! Sto beczek śmiechu! Milion beczek śmiechu!

Marek odwrócił się na drugi bok, wjechał głębiej pod koce i już był gotów uciąć dodatkowo kawałek porannej drzemki, gdy za namiotem usłyszał okrzyki:

– A to ci beczka śmiechu!

– Patrzcie! Wróbel na dachu! Podobny! Niepodobny? Przecież niemusi być podobny. Każdy i tak się domyśli, kto to jest. Wróbel na dachu!

Marek wyskoczył spod koca. Nieprzytomnie szukał swego munduru, z uporem zaczął wciągać spodnie na głowę, błędnymi rękami szukał guzików. Odtańczył coś dziwnego, ni to calypso, ni to rock and rolla, w pogoni za trampkami. Zamiast się zadowolić tym, że lewy trampek miał już na nodze, a prawy trzymał w ręce, on wirował jak bąk albo zginał się i wstawał, jakby z kimś grał w kucanego berka. Inni jeszcze spali w namiocie, nie słyszało się gwizdka na pobudkę, mimo to Marek spieszył się gnany dziwnym niepokojem.

„Jak to się stało – myślał – że ja miałem sen, a oni coś o tym wiedzą".

W tej chwili usłyszał głos oboźnego. Wyjrzał. W jaskrawym porannym słońcu na tle dumnie podniesionej głowy błyszczał opalony i trochę spuchnięty purpurowy nos, bardzo jakoś podobny do marchwi.

Tu już pamięć Marka zaczęła znacznie sprawniej pracować, do tego stopnia, że nogi się pod nim ugięły, a zimny dreszcz przeleciał po plecach. I kiedy nos razem z oboźnym zaczął się zbliżać do namiotu Czarnych Stóp, najmłodsza Czarna Stopa bez wahania dała nura pod koc. Leżał i dławił się ze śmiechu. Śmiech zresztą co chwila zrywał się w obozie. Gwizdek na wstawanie wyzwolił istną nawałnicę wesołości. Marek zapragnął obejrzeć w dziennym świetle „Radę Drużyny", wyskoczył więc i gnał w stronę dużego namiotu. Był już całkiem przytomny. Stał się nagle iskrą, drżał z pośpiechu, nie mógł dłużej marudzić ani chwili. Sznurowadła przy trampkach wiewały mu beztrosko i taplały się w bujnej tego dnia rosie, sznurowanie i wiązanie, czynności raczej przyziemne i zbędne, odłożył bowiem na później. Zrobi to w wolnej chwili.

Nie zdążył jednak przepchać się do wielkiego namiotu, przed którym gromadzili się chłopcy, bo ktoś właśnie ich stamtąd odpędzał, a jednocześnie gwizdki świdrowały natrętnie w uszach i głos oboźnego twardo, surowo, zwięźle rozkazywał:

– Pod maszt! Wszyscy pod maszt! Odprawa!

Markiem znowu targnął niepokój. Odprawa! Na jaki temat? Czy aby nie w związku z „Radą Drużyny"?

Przystanął. Przede wszystkim starannie zasznurował trampki, zawiązał mocno, później obciągnął mundur, sprawdził, czy wszystkie guziki zapięte. Ach, te guziki, ulubiony konik oboźnego! Dopiero później obejrzał się na wielki namiot. I zadrżał. Na dachu nie było kukły drużynowego. Zniknęła. Sterczały druty i sznurki, którymi ją wczoraj tak pracowicie umocowano. To zły znak. Nie wszystkim dopisuje poczucie humoru!

Maciek Osa wyszedł właśnie z dużego namiotu. Śmiał się do Marka.

– Musisz obejrzeć, póki oboźny nie każe tego rozwalić. Dziś w nocy przerobili całą komendę. Wszystkich rozstawili po kątach. Warta miała niezłe zajęcie – informował go życzliwie.

– Odprawa jakaś ma być – zagadnął Marek.

– No właśnie. Oboźny się wściekł o te manekiny. Chce ukarać nocną wartę. Że druhowi zniszczyli mundur.

– Jak to?

– No bo deszcz padał nad ranem i mundur niemożliwie zmoknięty.

– Wielkie rzeczy! Wyschnie...

– Tak, ale przy zdejmowaniu żerdź przebiła spodnie. Dziura jak licho. Pies by przeszedł. Rozumiesz? W nowych portkach.

Marek rozumiał. Opuściło go podniecenie. Poczuł chłód poranny. Dopiero w tej chwili spostrzegł, że drzewa są mokre i drżą przy lada podmuchu. Wtedy kapią z nich krople wilgoci.

– Znowu sobie nawarzyłem piwa – szeptał. – Nie panuję nad sobą.Myślałem o podróżach kosmicznych, ale skąd mi się wziął pomysł robienia kukieł? Jestem idiota. Coś jak ciężarówka bez hamulców. – Zaciskał pięści, zdawało mu się, że ciągnie z całych sił drążek hamulcowy. – Na łeb i w przepaść – powiedział jeszcze ze smutkiem, a myślał, że mogą po prostu kazać mu wyjechać z obozu. Rozejrzał się po namiotach, po terenie, gdzie dopiero dziś mają w pełni ruszyć obozowe prace, po zboczu i dalszej okolicy, gdzie chłopcy pójdą na podchody, na gry harcerskie, na wycieczki.

Szedł prosto do namiotu komendy. Spadek terenu przyspieszał jego kroki, wydłużał je. Serce dławiło go niepokojem, postanowił jednak iść do druha

Wróbla i przyznać się, powiedzieć wszystko. Dlaczego mają karać tylko nocną wartę?

„Co mnie zawsze skusi? Czy kto mnie namawiał?"

– On przecież namówił innych – odezwał się tuż blisko głos w namiocie.

Marek poznał, że to mówi oboźny.

– Podsunął się jeszcze parę kroków i tak stanął przed wejściem do namiotu, żeby Wróbel mógł go zobaczyć, a oboźny nie. Chciał w tej trudnej sytuacji prosić o rozmowę samego drużynowego, nikogo więcej. Ale drużynowy siedział ze spuszczoną głową i słuchał, co mówi oboźny.

– Pomyśl, Andrzej, ten smarkacz umie wywierać zły wpływ na chłopców o parę lat starszych od siebie. Korek, Bochenek, Patelnia, tacy poważni chłopcy posłuchali go. Cały obóz nam się rozleci, jeżeli...

– Przesada – powiedział spokojnie Wróbel.

– Tak? A spodnie kto ci zniszczył? Nowy świąteczny mundur. Zapomniałeś już, ile taka wełna kosztuje? Chyba nie chcesz puścić tego płazem?! Ile godzin korepetycji musiałeś odwalić, zanim go kupiłeś?

– Ostatecznie, mój drogi, pamiętaj, że każdy z nas jest panem swoich portek. Pozwól więc, żeby decyzja, czy się obrazić, czy uśmiać, należała do właściciela. Ciebie nie interesuje, co ten figiel wyraża? Chłopcy liczyli na nasze poczucie humoru. Chcesz im sprawić zawód? Wykazali sporo dowcipu, zręczności, a przede wszystkim zdolności artystycznych. Wprawdzie chwilowo nie przewidujemy przyznawania sprawności za wariackie kawały, po co jednak mielibyśmy ich karać?

– A jeżeli cały obóz pójdzie w jego ślady, podobne wybryki zaczną się powtarzać? Co wtedy? Jak wybrniemy z tym diabłem?

Wróbel zaczął się cicho śmiać.

– Na tym polega praca harcerska. Umiejętność skierowania nadmiaru energii z dzikich psikusów, czasami graniczących z chuligaństwem, stopniowo i coraz bardziej w stronę zajęć organizowanych: samarytanki, terenoznawstwa, techniki... co ci zresztą będę gadał, mój drogi. Sam wiesz równie dobrze jak ja...

Marek postąpił kilka kroków naprzód. Odkręciło się coś w nim, nie rozumiał, co to, czuł jednak wyraźnie ucisk i obrót jakiejś ważnej korby. „Jaki równy gość z tego Wróbla. Takiemu robić na przekór? Nigdy! Nigdy! Przysięgam sobie. I jemu! Żeby tylko spojrzał i zobaczył, i zrozumiał".

– Więc odprawy ma nie być? – pytał oboźny dość kwaśno.

– Po co? Chyba że masz jakieś rozkazy porządkowe.

Wróbel wstał. Wyszedł przed namiot. Zobaczył, że naprzeciwko pod sosenką stoi najmłodsza Czarna Stopa z wytrzeszczonymi, pełnymi radosnego wyrazu oczyma, z poruszającym się gardłem, jakby w pośpiechu łykała coś i nie mogła przełknąć.

Uśmiechnął się do Marka. Mrugnął lewym okiem. Marek otworzył usta, wciągnął tak dużo powietrza, jakby chciał wygłosić dłuższe przemówienie. Nie powiedział jednak nic. Milczał i patrzył z radosnym napięciem w oczy druha Wróbla. Potem odwrócił się, pognał do namiotu bijąc się piętami po siedzeniu i skacząc nad krzakami.

Po śniadaniu oboźny stanął poważnie przed wyprostowanym szeregiem.

– Ośmiu druhów z artystycznymi zdolnościami. Wystąp!

– Artystycznymi? Niby że jak? Malarstwo? Śpiew? Muzyka? Rzeźba? – szeptano i bezradnie spoglądano w stronę zastępowych.

– Potrzebujemy artystów uniwersalnych. Żeby znali różne dziedziny informował oboźny.

Marek wystąpił pierwszy. Razem z nim ustawiło się jeszcze sporo chętnych i każdy próbował nadrobić miną, żeby właśnie jego wybrano do zajęć artystycznych. Podnosili głowy jak najwyżej, co pozwalało im patrzeć z góry na pozostałych. Niepostrzeżenie wysuwali się do przodu, przed innych, mniej godnych wyróżnienia.

Druh oboźny namyślał się, marszczył brwi. Po dojrzałym zastanowieniu wybrał ośmiu. Byli to, dziwnym zbiegiem okoliczności, sami twórcy manekinów siedzących w dużym namiocie. Felek zaplątał się pomiędzy nimi chyba naprawdę przypadkowo. Na skutek mylnych informacji – jak sam twierdził. Oboźny wywoływał ich po kolei uśmiechając się zagadkowo.

– Dosyć. Więcej chwilowo nie trzeba. Słuchajcie, druhowie. Piętnaście minut namysłu. Kwatermistrz wyda wam saperki. Zastanówcie się,jak urządzić ognisko. Myślę, że wykopiecie najpierw rowek w kształcie koła o średnicy, powiedzmy, ośmiu metrów. Za dwie godziny przyjdę zobaczyć, jakie macie rezultaty.

– Druhu! A na co zdolności artystyczne? Żeby ładnie kopać rów?

– To tak jak pianiści do noszenia fortepianów? – zauważył Felek.

– O właśnie! Coś w tym rodzaju.

Ośmiu chłopców uzdolnionych artystycznie wolało się nie przyznawać przed sobą do tego, że oboźny paskudnie ich nabrał. Zwyczajnie balona z nich zrobił. Postanowili wykonać robotę tak, żeby świadczyła o ich wyjątkowych talentach. Odbyli więc naradę, potem rozbiegli się dla szukania materiałów zdobniczych i przystąpili do pracy. Wykopali rzeczywiście rowek, i to przy nieustannych żartach przechodzących zastępów.

– Eee! Ty ze zdolnościami artystycznymi! Dobrze ci się kopie?

– Tylko uważaj, żebyś łopatę malowniczo trzymał!

– Oni w nocy przerobili oboźnego. Teraz oboźny ich przerobił.

Ośmiu kopaczy przyjmowało te drwiny wyniosłym milczeniem. Odkładali ziemię z kolistego rowu na zewnętrzną stronę, potem uklepali ją starannie, pokryli płatami darni, wykopanymi na zboczu, gdzie trawa była gęsta i mocno zakorzeniona.

– Mucha! – mówili między sobą i śmiali się.

– Mucha nie siada na naszej zielonej ławie – cieszyli się.

– Co to dla nas – uśmiechał się Patelnia. – Mamy już praktykę.

– Samemu druhowi musi oko zbieleć.

– A te psie języki będą jeszcze swój sąd odwoływać.

– Zwłaszcza gdy zobaczą całość!

Miejsce przeznaczone na ogień obłożono wieńcem z kamieni, przy czym wybierano same białe. Marek zwrócił uwagę na niezwykle wyraźne żyłki, jakimi w dziwne wzory porysowany był każdy złom kamienia.

– To marmur? Ależ tak! Marmur kielecki otoczy nasze ognisko!

– Będzie więc artystycznie – Korek przedrzeźniał ironiczny ton oboźnego i przedłużył swój nos szyszką.

– Możemy tak urządzić, żeby się paliło artystycznie – powiedział Felek tajemniczo. Potem zamilkł. Najwyraźniej czekał natarczywych pytań. Jego niska postać sterczała pośrodku grupy chłopców, a w miarę powiększania się ich zainteresowania, uszy podobne do pingpongowych rakiet robiły się coraz bardziej czerwone.

– Nafta? – zapytał Marek. Felek skrzywił się tylko.

– Skąd nafta? Jaka nafta? – pogardliwie śmiał się Adamczyk.

– Ben-zy-na!

Felek bez słowa pokręcił głową.

Patelnia, który był już nie pierwszy raz na obozie, patrzył na nich z politowaniem.

– Ale z was patałachy! Ognisko harcerskie i nafta, benzyna. Może jeszcze żarówka? Najlepiej od razu reaktor atomowy!

Felek miał pełne zadowolenie. Jego uszy poruszały się wolno w górę i w dół, w górę i w dół, co zjednywało mu zawsze podziw u kolegów.

– Tam – powiedział – za wąwozem.

I poszedł naprzód mały, przygięty jeszcze do ziemi, krokiem ostrożnym, jakby zamierzał wytropić czujne zwierzę. Chłopcy pospieszyli za nim. Zjechali na dno wąwozu po żwirze, który wymykał się im spod nóg, przeskoczyli strumień i wdrapali się na przeciwległą ścianę.

Za wąwozem był las, ale zupełnie inny niż znane dotychczas. Wykroty, rozpadliny, doły zarośnięte zielem, że można było w nie wpaść jak śliwka w kompot. Felek szedł pierwszy. Nie przestawał ruszać uszami, które na tle zieleni płonęły poziomkową barwą. Mech ustępował miękko pod stopami, zajęcza koniczyna wydzielała swój kwaśny zapach. Przeleźli pień zwalonego świerka porośnięty brodami mchu, zsunęli się z niego w rozpadlinę pomiędzy dwoma garbami terenu. Wspięli się pod górę. Felek stanął i nie powiedział ani słowa.

– Co? Zbłądziłeś? – wyrwał się Korek.

Nie słuchali go. Przed sobą na polanie mieli całe gniazda krzaków jałowca. Dużo z nich uschło i płonęło rudą, marchwiową niemal barwą. Bochenek roześmiał się głośno.

– Rozumiem. Najlepszy opał na ognisko, jaki można znaleźć pomiędzy równikiem i dwoma biegunami. Buchnie z tego w górę kupa iskier! A jak będzie trzeszczało! Można fałszować, ile chcemy. Akompaniament iskier okaże się głośniejszy i wszyscy będą go słuchali, a potem powiedzą: „Ach, jak druhowie pięknie śpiewali"...

Chłopcy nie zwracali uwagi na tyradę Bochenka. Wiedzieli, że przy każdej okazji lubi się mądrzyć. Pobiegli naprzód. Obejrzeli jałowce. Korzenie kilku ledwo trzymały się miękkiej gleby. Inne, chociaż już uschły, tkwiły mocno w podłożu i chłopcy przekonali się rychło, że wyrwanie ich to wcale niełatwa sprawa. Gięli, skręcali, próbowali złamać łodygi, które z mocą lin okrętowych pozwalały im na wszelką gimnastykę, po czym wracały do poprzedniej pozycji. Pokłuci, naszpikowani suchymi kolkami, spoceni, wściekli, nie rezygnowali jednak, dopóki nie wyczyścili całej polany z najmniejszego nawet uschniętego jałowca.

Po złożeniu wszystkiego, przekonali się, że urosła ruda góra imponujących rozmiarów. Objuczyli się krzakami i karawana ruszyła dawną, urozmaiconą drogą w stronę obozu. Musieli wracać trzy razy, zanim znieśli swoją zdobycz. Ułożyli wysoką piramidę w kole z kamieniami.

– Tylko zapalać! – wołał Patelnia.

– I kto ma zdolności artystyczne? – pytał Korek. – Druh drużynowy będzie musiał sam przyznać. A zwłaszcza oboźny, bo chciał z nas balona zrobić.

– O, drużynowy doskonale wie wszystko – westchnął Marek.Stanęli przed jałowcową górą, podnieśli brody, patrzyli z zachwytem na jej wierzchołek. Co chwila któryś z nich schylał się, dorzucał szyszkę, poprawiał układ gałęzi, wzmacniał konstrukcję. Potem znowu patrzyli pełni dumy, ciekawi chwili, kiedy przyjdzie wieczór i pod misternym stosem będzie można zapalić ogień. Stali tak w podziwie przed własnym dziełem, gdy za plecami rozległ się głos oboźnego:

– No? Podziwiacie tę kopę siana?

Milczeli. Oczekiwali słów pochwały. Zamiast nich oboźny powiedział:

– Ognisko przygotowane. Pozostaje dookoła sprzątnąć. Weźcie w garść saperki, rozejdźcie się w osiem stron. Przejrzyjcie trawę i krzaki. Żeby tu nie zostały żadne krowie placki ani inne wonności. Papiery też muszą zniknąć.

– To znaczy, że będziemy mieli zajęcie jeszcze bardziej artystyczne – zaczął Marek.

– Terenoznawstwo! – krzyknął oboźny. – Ludzie paśli tu bydło i gęsi. W naszym obozie nie możemy tolerować podobnych śladów... Przyjdę za godzinę, sprawdzę.

Podniósł dumnie głowę, nosem wycelował w niebo, zupełnie jakby chciał pokazać, że jest podobny do własnej kukły, zrobił zwrot i odmaszerował. Patelnia mruknął za nim:

– Ważny. Nie widzieli!!

Felek ujął mocno saperkę i ruszył naprzód krokiem przyczajonym, tropiącym. Po chwili chłopcy usłyszeli, że nawet sobie podśpiewuje przy tej mało zaszczytnej funkcji.

Marek szedł naprzód i zamyślił się głęboko, choć sam nie wiedział o czym. Aż drgnął, kiedy zza krzaka wyszedł Adamczyk.

– Masz rezultaty?

– Nie. A tobie się powiodło?

– Jak najbardziej – mówił Adamczyk. – Obmyśliłem system. Uważaj. Metoda węchowa. Najpierw idzie mój nos, węszy, rozpoznaje teren, składa mi meldunek, a ja podążam za nim. Oczywiście, jeżeli zapachy pozwalają się domyślać, że w terenie jest coś do sprzątnięcia. Zobacz, jak to robię.

Adamczyk istotnie wyciągnął szyję, wystawił zadarty nos i tropił. Marek dla zabawy zaczął go naśladować i wkrótce stwierdził, że węchowa metoda porządkowania terenu daje znakomite rezultaty. Za pomocą wcale nie reprezentacyjnego, przeciwnie, całkiem zwyczajnego perkatego nosa znalazł istne gniazdo krowich placków i przystąpił gorliwie do zasypywania ich ziemią. Pracował w pocie czoła, gdy posłyszał za sobą kroki. Wzmógł wysiłek, pewny, że to druh oboźny przyszedł skontrolować ośmiu artystów w terenie. Zamiast obejrzeć się, Marek machał pracowicie saperką, gdy nagle tuż za sobą usłyszał pozdrowienie:

– Dzień dobry!

Zrobił w tył zwrot i równocześnie ukrył saperkę za plecami.

Trzymał ją oburącz, niby od niechcenia, żeby nie zauważono, czym była pomazana. Pomyślał, że to ktoś z pobliskiej wsi przywędrował tu w poszukiwaniu malin albo poziomek. Rozejrzał się. Pomiędzy krzakami szły trzy harcerki. Były coraz bliżej i Marek zesztywniał ze swoją haniebnie zamazaną łopatką, schowaną za plecami. Dwie dziewczynki były zagadane, jak sroki, zresztą prawdziwy mężczyzna w rodzaju Marka wie, że dziewczyny chętnie pytlują. Trzecia jednak odłączyła się od swoich koleżanek, okrążyła kępę drzew i szła w stronę Marka.

– Przepraszam – powiedziała z uśmiechem.

– Przepraszam – bąknął Marek. – To jest... Proszę bardzo.

– Czy druh z tego obozu? Będziemy więc sąsiadować.

– Masz babo placek!

– Bo my przyjechałyśmy dziś rano. Dopiero się urządzamy.

W głowie Marka błysnęła myśl o pomocy sąsiedzkiej obowiązującej każdego harcerza i każdą harcerkę.

– Dopiero się urządzacie? – zapytał ni w pięć, ni w dziewięć, a jednocześnie cofnął się o krok, chcąc niepostrzeżenie wepchnąć saperkę w krzaki. Ledwo jednak ruszył nogą do tyłu, poczuł, że wdepnął w coś miękkiego. Struchlał. Dla odwrócenia uwagi od swych nóg i saperki zaczął wykręcać szyję w dziwaczny sposób i spoglądać w niebo.

– Deszczu nie będzie – powiedział w końcu. – Możecie spokojnie pracować cały dzień. U nas jeden zastęp nazywa się PIHM. Oni nas uczą przepowiadać pogodę.

Harcerka roześmiała się.

– Nie wierzę. Nikt nie potrafi przepowiadać pogody. Prawdziwy PIHM także się myli.

Marek śmiał się zadowolony, że tak szczęśliwie udaje mu się odwrócić uwagę dziewczyny od przedmiotu swojego działania. Jeszcze raz podniósł głowę i patrzył do góry.

– Chmur nie ma. Z czego miałby padać deszcz? Zapadło milczenie. Po chwili dziewczyna spytała:

– Co druh właściwie robi? Kretów szuka?

Marek czuł, jak rumieniec wyłazi mu zza kołnierza, pełznie powoli niby gąsienica wyżej, wyżej, a sama myśl o tym, że druhna może spostrzec jego zawstydzenie, potęgowała jeszcze nowe fale gorąca. Spocił się. Głosem, którego sztuczne brzmienie wcale mu się nie podobało, wykrztusił parę słów:

– Eeee... tak sobie tylko... terenoznawstwo... Sama druhna wie, jak to bywa w obozie.

– Terenoznawstwo? – powiedziała z pełnym uznaniem. – O, to się doskonale składa! Skoro, druhu, znacie teren, może wiecie, gdzie jest źródło z czystą wodą nadającą się na herbatę?

Marek znowu spojrzał w niebo. Miał ochotę poradzić, żeby sobie nałapała wody deszczowej, ale czysty błękit uniemożliwił taką sąsiedzką pomoc.

– A z rzeki? Nie bierzecie z rzeki? – pytał i uśmiechał się nieporadnie.

– Fe! Z kijankami! Pełno pijawek.

– Nam takie przyprawy nie psują apetytu. My wszyscy lubimy rosołek. Ale jeżeli druhnie koniecznie potrzebne jest źródło, to proszę iść w prawo i wąwozem do jarzębiny. Tam leży płaski, biały kamień i pod nim woda prosto z elektrycznej lodówki. Serio!

Chciał jej wskazać kierunek i uniósł rękę z saperką, cofnął jednak natychmiast i znów uczuł rumieniec na policzkach.

Dziewczyna przez chwilę patrzyła niedowierzająco, później poszła we wskazanym kierunku.

Marek westchnął z ulgą, cisnął saperkę, aż się zakurzyło, i zaczął oglądać swój sandał. To, w co przed chwilą wdepnął, było po prostu ziemią rozmiękłą po ostatnim deszczu.

– Niepotrzebnie się denerwowałem – powiedział. – A w ogóle wszystkiemu winien oboźny.

Po tym stwierdzeniu spojrzał w ślad za harcerką, ciekawy, czy znajdzie źródło. Naturalnie! Wpakowała się w krzaki jeżyn, zamiast je ominąć. Tylko dziewczyna może być podobną gapą! W dodatku ma długie włosy związane wstążką, która zaczepiła o gałąź.

Druhna szarpnęła głową. Jeszcze raz. Włosy posłusznie odskoczyły i poleciały za nią. Nawet nieźle. Pomiędzy liśćmi została błękitna kokarda.

Chwiała się lekko, podobna do dziwnego kwiatu. Dziewczyna spostrzegła zgubę. Szła z powrotem. Marek czym prędzej odwrócił się. Jeszcze by sobie mogła co myśleć! Nawet zacisnął powieki. Niebiesko, błękitnie, lazurowo... Czy to wstążka miała tak intensywny kolor, czy zdziwione oczy druhny jaśniały jak niebo nad obozem? Zerknął ostrożnie w stronę krzaków.

Za późno! Już odeszła.

Ze zdwojoną energią zagłębił saperkę w piasek, żeby wykonać zadanie nazwane przez oboźnego terenoznawstwem.

„Rada Drużyny" – kukła robi zeza

Grupa ośmiu „artystów" powracała do obozu z niepokojem. Upłynęło parę godzin, a tymczasem „Rada Drużyny" zniknęła na pewno z powierzchni ziemi. Może oboźny pozbył się ich tylko dlatego, żeby nie mogli przeszkodzić wyrzuceniu manekinów na cztery wiatry?

Szli gęsiego, na początku Bochenek, na końcu Marek. W dłoniach błyskały saperki wyczyszczone piaskiem. Kiedy mijali namiot komendy, druh zwany Patelnią zawył przeciągle:

– Pożałowaaaać!

Jękliwie, żałośnie, z bólem odpowiedzieli mu:

– Uoooo! Uoooo! Uoooo!Powtórzyli to kilka razy:

– Pożałowaaaać!

– Uuuuoooooo!

– Po – ża – ło – waaać!

– Oooooch!!!

Andrzej Wróbel wyjrzał z namiotu.

– Kogo tak żałujecie?!Milczeli zakłopotani.

– No? Sami siebie, tak? Artyści, których się nie docenia? Pracowaliście całą noc nad stworzeniem dzieła, którego świat nie zrozumiał? Oboźny, ten okrutny człowiek, dał wam kilka prozaicznych zadań do wykonania – ironizował drużynowy. Uśmiechał się przy tych słowach tajemniczo, jakby tym razem on postanowił zrobić kawał, i to bez porównania mocniejszy.

– Będziecie zrehabilitowani – powiedział uprzejmie. – Ludzkość pozna waszą „Radę Drużyny". Powiem wam w tajemnicy, że wasze sprawy nie wyglądają tak źle.

Zamiast artystów stało teraz przed namiotem komendy osiem znaków zapytania. Nosy, uszy, oczy razem z brwiami, nawet fryzury, bez względu na ich kształt czy zgoła brak, wyrażały zdziwienie i ciekawość.

– Nie do wiary! – zdawali się mówić.

– I co dalej? – pytali wstrzymaniem tchu, niemym zagapieniem. Drużynowemu się zdawało, że jego słowa są natychmiast połykane przez łapczywe ptaszyska.

– Przyjechała do obozu Polska Kronika Filmowa. Zobaczyli, jak się urządzamy. Tu namioty, tam ognisko, dalej kuchnia. Powiedzieli: „Tego nie warto kręcić. To wszystko już było". Tymczasem ktoś z naszej komendy bardzo, za wszelką cenę, chciał ich zainteresować, żeby nasz obóz znalazł się na filmie.

Drużynowy zamilkł. Patrzył na nich z uśmiechem.

– O-bo-źny? – zapytał Patelnia, któremu się zdawało, że zaczął już wszystko pojmować.

– Oboźny. Pokazał im „Radę Drużyny". Krótko mówiąc, będą to kręcić. Już instalują reflektory. Czekają tylko na was.

Osiem groźnych mruknięć albo westchnień. Chłopcy mieliby ochotę krzyknąć: „Jeżeli i ty robisz z nas balona!...".

W tej chwili uchylono płótno wielkiego namiotu i wyszła stamtąd najpierw ogromna fajka na co najmniej ćwierćmetrowym cybuchu, a za nią gruby człowiek w berecie, bardzo dziwacznie ubrany. Nie ulegało wątpliwości. Tak mógł wyglądać tylko filmowiec. Obejrzał się i nie przestając pykać zawołał:

– Dawajcie w końcu tych artystów! Nie mamy czasu, musimy jeszcze zajrzeć do harcerek. Czy nikt inny nie może wsadzić Wróbla na dach?

– Uszczypnij mnie – powiedział szybko Marek.

Nie kierował tych słów do nikogo. Nikt zresztą nie zwracał na niego uwagi. Za plecami bardzo dziwacznie ubranego pana pokazał się czerwony od nadmiernej opalenizny nos. Oboźny zaaferowany i przejęty mówił bez przerwy:

– W tej chwili zawołam. O, już są. Przyszli. Biegł w ich stronę machając rękami.

– Chłopcy. Bierzcie kukłę drużynowego. Wsadźcie ją na dach namiotu. Zróbcie to tak, jak w nocy. Rozumiecie?

Marek znowu powiedział:

– Uszczypnij mnie...

Chwycili manekin, mocno zresztą pokiereszowany na skutek ściągania go na ziemię. Bochenek nie wytrzymał. Ryknął na całą polanę swoim basem:

– Hurrrra!!!

Podrzucany w górę manekin wierzgał nogami, wywijał rękami przy triumfalnych okrzykach coraz większej gromady:

– Hurra! Hurra! Hurra! Niech żyje!

Andrzej Wróbel patrzył na to z pogodnym uśmiechem. Kiedy skończyli, powiedział spokojnie:

– Mam u was jedną reperację spodni. Pamiętacie?

– Druhu! – wołali rozgorączkowani – wszystko, wszystko zrobimy! To nie rozdarcie. Nitka puściła na szwie. Zeszyjemy. Nie będzie znać.

Ustawili kukłę na deseczce nad wejściem do namiotu, tak jak w nocy, poprawili jej chustę, czapkę na głowie, potem odeszli. Stanęli z boku.

Reżyser bez słowa pykał olbrzymią fajkę. Patrzył. Mrużył oczy, cofał się, podchodził. Wreszcie mruknął:

– Możemy.

Jego współpracownicy przybrali skupiony wyraz twarzy.

– Jeszcze słówko. – Reżyser odwrócił się w stronę drużynowego. –Więc to jest cała „Rada Drużyny"? Wszystkie funkcje? Mówiliście, że kogoś brakuje. Bibliotekarza?

Drużynowy potwierdził.

– Właśnie. Tylko jego kukły nie ma. Jakoś artyści zapomnieli o nim.

– Szkoda – szepnął filmowiec i porozumiewawczo ruszył brwią w stronę drużynowego. – Ale jest wyjście. Widzę tu karton z napisem „BIBLIOTEKA CZYNNA OD 5 DO 7". To będzie zabawne. Żywy harcerz i nieruchoma „Rada Drużyny". Proszę, niech bibliotekarz usiądzie tu,przy kucharzu.

Marek poczuł nagle, że staje się kukłą. Nogi, ręce, język zdrętwiały najpierw. Nie mógł zaprotestować gestem ani, co gorsza, słowem. To mu się jeszcze nigdy nie zdarzyło. Stał sztywny, jak Wróbel na dachu, wzrokiem szukając ratunku w manekinie drużynowego. Tymczasem oboźny podał mu kartonik z wielkimi literami „BIBLIOTEKA CZYNNA OD 5 DO 7". Popchnął go lekko. Powiedział:

– Idź!

Marek poszedł krokiem automatu. Reżyser zaprowadził go na miejsce, dał kilka wskazówek. Błysnęło jaskrawe światło. Zabrzęczał aparat. Kręcono.

– Proszę wolno podnosić kartonik do góry. Dobrze. Teraz opuścić.Operator podjeżdżał bliżej do poszczególnych figur, później cofał się, zachodził z boku, przysiadł i niezmordowanie kręcił.

Trwało to zresztą krótko. Marek zdążył się spocić, ale nie wiedział, czy może wytrzeć sobie czoło.

Światła zgasły. Reżyser krzyknął:

– Proszę się nie ruszać!!!

Podniósł ostrzegawczo dłoń, jakby się bał, że Puma wyskoczy z siatki, lunatyk odzyska świadomość, a kucharz pochwyci patelnię i pogna do kuchni kończyć obiad.

– Powtórzymy to samo z publicznością. Proszę kolejno wchodzić.Oglądać „Radę Drużyny" i mijać. Uwaga. Zaczynamy. Najpierw artyści.Proszę śmiało!

Zmieniono kąt padania światła. Obiektyw skierowano na wejście do namiotu. Reżyser wpuszczał teraz obozowe władze, a więc tych, których manekiny pyszniły się wokół stołu. Drużynowy. Longinus. Oboźny. Lekarz. Felek. Reflektory zatrzymały się chwilę na każdym z nich. Warkot aparatury, błyski lamp onieśmielały znacznie bardziej żywą „Radę Drużyny" niż jej portret utrwalony dzięki kukłom.

– A teraz publiczność ogląda wystawę! – woła reżyser i Marek widzi w zdumieniu, że to nie tylko Czarne Stopy, Kontiki, Żurawie, nie tylko PIHM i Białe Foki wchodzą do namiotu, lecz o hańbo! przy wejściu widać także dziewczyny. Dziewczyny! Druhny w szarych mundurkach. Parami grzeczniutko, niby przedszkole idące na spacer. A ile ich jest!!

– „Więcej was matka nie miała?!" – chciałby wykrzyknąć, ale zdążył pomyśleć, że tylko spokój zdoła go uratować. Jeżeli pozostanie bez ruchu, mogą go nie odróżnić od kukieł. Co prędzej, póki jeszcze nie wyszły, cofnął się za ramię kucharza i przybrał sztywność manekinów. Łokcie oparł na stole, co mu pozwoliło trzymać karton z napisem „BIBLIOTEKA CZYNNA OD 5 DO 7" na wysokości twarzy.

Nie zasłonił oczu. Gdyby go zapytano, dlaczego wolał patrzeć, trudno byłoby mu znaleźć odpowiedź. Tak sobie, bez powodu chciał obserwować zachowanie druhen. Czuł się portretem w galerii obrazów, który nagle ożył, ale jeszcze się nie ujawnia, tylko patrzy, ciekawy, jak wygląda publiczność.

Obiektyw i światła skierowano na harcerki. Mrużyły powieki, wykrzywiały się. Inne robiły bohaterskie próby zapanowania nad sobą, wytrzeszczały oczy, przez co stawały się podobne do lalek. Zajęte pozowaniem, nie zwracały w ogóle uwagi na „Radę Drużyny". Śmiały się, bo reżyser uprzedził je, że zobaczą coś zabawnego, były jednak bardzo sztuczne.

Marek patrzył na nie z pogardą. Jak można nie mieć poczucia humoru!? Gęsi! Wpędzono tu stado gęsi.

Właśnie wtedy usłyszał ciche „phy! phy! phy!". Kilka dziewcząt zatrzymało się przy wejściu. Oglądały „Radę Drużyny" z dziecinnym rozbawieniem i były przy tym tak śmieszne, że Marek z trudem zapanował nad atakiem wesołości. Policzki druhen stawały się coraz większe, pełniejsze, jak baloniki. Nosy wyparte powietrzem szły do góry, zadarte nagle i karykaturalne. Niektóre zasłaniały twarze dłońmi i wtedy spomiędzy palców prychały kocim sposobem: „phy! phy! phy!". Filmowano je szybko, na co nie zwracały uwagi. Mijały wolno stół, co chwila spostrzegały nową kukłę, pokazywały ją palcami, robiły do niej zabawne miny. Były już przy Marku, gdy operator skończył swoją pracę. Reflektory zgasły. Dziewczyny zamrugały powiekami. Zdawało się, że lada chwila wyjdą. Nagle jedna z nich wyciągnęła palec i zaczęła wołać:

– O, o, o! Kukła robi zeza! Robi zeeeza! Robi zeeeza!

– To o mnie – jęknął w duchu Marek i zrobił zeza jeszcze okropniejszego. Po prostu zobaczył swój własny perkaty nos. Ale jakże inaczej miał uniknąć patrzenia wprost na druhny i ściągania ich wzrokiem? Otoczyły go. Zrobiły odkrycie.

– Ten manekin żyje! To nie manekin! Ale dlaczego w takim razie jest pomiędzy wypchanymi sianem? Druhu, czy druh także czuje się wypchany sianem? Ha, ha, ha, ha! Hi, hi, hi, hi! Ho, ho, ho, ho! He, he, he,he!

Marek znosił wszystko mężnie. Trzymał kartkę sztywno, nieruchomo. Czekał. Znudzą się w końcu. Gęsi! Chyba całą noc nie będą tu chichotały!! Kiedy zerknął, żeby sprawdzić, czy mają wreszcie zamiar odejść, spotkał wzrok dziewczyny, która wydała mu się znajoma. Zanim zdołał sobie cokolwiek przypomnieć, już oblał się rumieńcem. Żar sunął w górę przez policzki, dotykał czoła i włosów. Tak samo jak dziś rano, podczas terenoznawstwa. Tak. To właśnie ona! Niebieska wstążka na włosach, oczy rozszerzone zdziwieniem, usta bez uśmiechu. Ziemia zachwiała się pod nogami Marka. Z całej siły zacisnął powieki. Pozostał tak długo, najbardziej nieruchomy z manekinów i nie zmieniał pozycji, chociaż ucichły już kroki druhen i nie było słychać uprzykrzonego chichotu: „phy, phy, phy". Dopiero gwizdek oboźnego wyrwał Marka z zadumy i skłonił do opuszczenia „Rady Drużyny".

Tego dnia na obiad była znakomita zupa jabłkowa. Menażki podsuwały się w niepohamowanej chęci wyczerpania całej zawartości kotła. Kucharz uśmiechał się bardzo dumny i kontent, nalewał, dolewał, patrzył na jedzących z uwagą i radością. Na drugie podał fasolkę, żółtozłotą, suto polaną tłuszczem.

– A na deser – oświadczył i sprawdził, czy wszyscy podnieśli głowy znad jedzenia – na deser przygotowałem niespodziankę.

Natychmiast wzrosło tempo, widelce ostrzej atakowały dna menażek, a kto skończył, ten stawał w ogonku zerkając na kucharza. Mistrz uśmiechał się tajemniczo, poprawiał białą czapkę na głowie, jakby chciał być piękniejszy w uroczystej chwili.

– Na pewno poziomki ze śmietaną – zgadywali chłopcy, którzy poznali już bogactwo tutejszego lasu.

– Albo maliny z cukrem.

– Eeee, zastęp służbowy nie zbierał dziś jagód.

– A może budyń czekoladowy?

– A może lody?

– A może lody?

– A może lody?

Lody były nierealne. Mimo to wywoływano je, bo słońce prażyło, więc chociaż wspomnieniem przysmaku chcieli się ochłodzić. A jednocześnie mieli nadzieję, że kucharz nie wytrzyma dłużej i zechce swoim deserem rozwiać marzenia o lodach. On tymczasem wyglądał jak człowiek najbardziej zadowolony i całkowicie pewny, że jego niespodzianka wytrzyma wszelkie konkurencje. Mrugał do chłopców, przeciągał czekanie, podniecał ich ciekawość i apetyt. W końcu zniknął w magazynie żywnościowym. Po chwili zjawiła się w rozchyleniu płótna jego głowa i uśmiech od ucha do ucha, pełen triumfu. Oburącz niósł tacę wyłożoną białą ściereczką, a na tacy...

– Chłopaki! Co to jest?

Ogonek się ścieśnił. Chociaż nie rozpoznawali potrawy, menażki trzymali w pogotowiu. Kucharz podszedł całkiem blisko, stanął i najspokojniej zaczął wydawać. Puk! Puk! Puk! Deser spadał hałaśliwie na dno.

– Dla naszych artystów po dwie – powiedział uprzejmie. Milczenie. Kilka ukradkowych spojrzeń na potrawę i z dołu w górę na kucharza. Zwariował? A może robił deser dla wiewiórek?

On spokojnie dźwigał tacę pełną wielkich, kostropatych szyszek. Uśmiechał się w dalszym ciągu i powiedział:

– Mam nadzieję, druhowie, że wykażecie należyte poczucie humoru. Nie krępujcie się. Komu dokładkę? Komu dokładkę?

Reżyser i operator nakręcili scenę rozdawania deseru, potem zwrócili obiektyw w stronę polany.

– Co oni tam widzą? – dziwił się Patelnia.

– Krajobraz – objaśniał Zenek poważnie.

– Takie stare dęby nie rosną przy każdej ulicy.

Między dębami snuły się dwie znajome sylwetki: zielona peleryna drużynowego znikała na tle drzew, to zjawiała się znowu przesłaniając wyprostowaną postać oboźnego. Drużynowy milczał i szedł spokojnie. Natomiast oboźny wymachiwał rękami, zatrzymywał się, podnosił ramiona gestem księdza Skargi z obrazu Matejki, groził, jakby chciał powiedzieć: „Poczekaj. Przekonasz się".

– Co on tak rezonuje? – zastanawiał się Felek. Marek uśmiechnął się.

– Nie wiem. Ale spójrz na drużynowego. Słucha i milczy. Uśmiecha się. To jest prawdziwy mężczyzna.

Pierwsze ognisko

Druhu, kiedy zapalimy ten artystyczny stos jałowca? – pytali autorzy, oglądając podrapane, nadziane kolcami ręce. – Może już dziś?

Andrzej Wróbel zbywał ich milczeniem, ale domyślali się, że nie bez powodu trzyma ich w napięciu. Znali jego system, lubili czekać na dalszy ciąg zdarzeń. Pod wieczór usłyszeli ciche, stłumione, słabe gwizdki. Nie reagowali na nie. Żartowali.

– Ktoś obiadu nie jadł.

– Tchu mu brakło.

– Świstak jakiś uczy Białą Fokę gwizdania.

– To chyba drzewo skrzypi.

Nagle Błyskawica podskoczył i krzyknął:

– O, gapy! Ja lecę...

Zniknął między drzewami. Spostrzegli go jeszcze raz, na brzegu polany, jak w przysiadzie, na skulonych nogach gnał naprzód. Maciek Osa patrzył za nim z wyrazem bezgranicznego zdumienia.

– Zwariował? Ale na jakim tle?

Nikt mu nie zdążył odpowiedzieć, bo Maciek Osa w tej chwili rzucił się naprzód i pomknął za Błyskawicą. Jako zastępowy nie zapomniał jednak o swoich Czarnych Stopach. Śmigał nad jałowcami, wymijał namioty, przeskakiwał linki krzycząc falsetem, ogłaszając nowinę z fantazją pędzącej lokomotywy.

– Chłopaki!!! Ogniskoooooo!!!!

Zrywali się jeden za drugim i biegli w stronę rudego pagórka, pod którym siedział przygarbiony Andrzej Wróbel i lekko, jakby od niechcenia dmuchał w gwizdek. Za Czarnymi Stopami pospieszyli także chłopcy z innych namiotów.

– Ognisko? – pytali.

Drużynowy skinął głową. Uśmiechnął się do nich. Obsiedli krąg wykopany w ziemi, artystycznie przybrany darniną, nogi umieszczali w artystycznym rowku. Gołe kolana sterczały naokoło, lśniły różowo po niedawnej kąpieli.

Drużynowy wstał.

– Czy są już wszyscy?

– Czarne Stopy są.

– PIHM w komplecie.

– Na Kontiki nie brakuje nikogo.

– Białe Foki już leżą.

– Żurawie są.

Andrzej Wróbel schylił się. Niebieskie cienie pierwszego zmierzchu załamały się na jego twarzy i osiadły na powiekach. Było dość widno, chociaż cienki rożek księżyca wiszący nad sosnami nie dawał wcale światła. Zapadła cisza. Chłopcy wyczekiwali w napięciu, co zrobi drużynowy. On wziął oburącz osmolony, czarny, przeżarty ogniem konar, uniósł go wysoko.

– Przechowaliśmy w harcówce tę głownię z ostatniego ogniska, jakie paliliśmy przed rokiem na obozie. Taki jest zwyczaj. Przestrzegajcie go zawsze na swoich następnych obozach – mówi i przykłada kitkę zapalonego jałowca do brzegu głowni.

Płomyk skacze nierówno, z trzaskiem, owija wysuszoną korę, przenosi się na nią. Druh umiejętnie przechyla drzewo, żeby płomień był u dołu i mógł sobie znaleźć więcej żaru. Szybkie błyski odbijają się w guzikach munduru, potem znikają pochylone wiatrem i wydaje się, że ogień zgasł. Ale to tylko złudzenie. Już uniósł się zapach dymu z palonego drzewa, najpiękniejszy zapach leśnej włóczęgi. Powiew ucichł, płomyki pełzają na powierzchni gałęzi, rozpalają się. Nazbierał wysuszonych gałęzi i kory, przyrzucił nimi zarzewie, całkiem je przykrył. Kończył to robić i nie cofnął jeszcze dłoni, gdy ogień zaczął trzaskać i pojedynczymi wstążkami pomknął w górę stosu. Chwilami płomień był niewidoczny, ale powietrze drżało nad ogniskiem i drżał na błękicie wąski paznokietek księżyca, ile razy przysłaniało go pasmo dymu.

– *Płonie ognisko i szumią knieje* – zaczęli chłopcy nieśmiało, lecz sami się zdziwili. Głosy ich tak niezharmonizowane, gdy śpiewali w szkole, teraz mają piękne, łagodne brzmienie: łączą się z szumem drzew i pluskiem potoku, należą całkowicie do natury, znajdują akompaniament w echu gór. Obudziła się melodia ziemi, bo sami przecież nie umieją tak wspaniale śpiewać. Zasłuchali się w pieśń i jej znajome słowa:

O rycerzach spod kresowych stanic,
o obrońcach naszych polskich granic.
A ponad nami wiatr szumny wieje
i dębowy huczy bór...

Echo powtarza bardzo długo słowa i melodię. Harcerze siedzą zapatrzeni w ogień. Jałowcowe suche kolki, rude gałązki, ciemne owoce strzelają na wiwat. Lekki wiaterek od strony wody chłodzi, a kiedy ustępuje, natychmiast ogień przypieka ciepłem i szczególnie dokucza tym, którzy już pierwszego dnia zanadto sobie opalili plecy. Krąg wokół ogniska zmienia nieco kształt, koło staje się wydłużonym owalem.

Teraz oboźny zaczyna pieśń o niespokojnej, żywej melodii:

Już z ogniska iskra tryska, zasiedliśmy w krąg,
czarny nad nami w mroku stoi bór...

Od razu wszyscy chwytają znajomy rytm czardasza. Słowa mówią o rzeczach najbliższych i oczywistych. Iskra naprawdę wystrzela nad ogniskiem i bór stoi czarny dokoła skupionych przy ognisku harcerzy. Potem przychodzą zwrotki dalsze i też wydaje się druhom oczywiste to, co wyrażają śpiewem:

Odrodzimy, odmłodzimy starą świata twarz...

Ognisko pali się teraz pełnym blaskiem, płomień chwilami jest niewidzialny, tylko drzewa naprzeciwko drżą, mają pnie sfalowane, migają w oczach. Zrobiło się gorąco. Zapada chwila ciszy po skończeniu czardasza. Słychać, jak ogień gryzie gałązki, trzaska, strzela. Z lasu nadciąga zapach żywicy, a tu pachnie dym i wszystko, także ubranie i skóra, nabiera dymnej woni.

Teraz nawet najbardziej skłonni do bzikowania spoważnieli, nie zaczną się wygłupiać, nikt nie kichnie, choćby go naprawdę łaskotało w nosie, nikt nie wsadzi sąsiadowi szyszki czy sosnowej szpilki za kołnierz. O wystawianiu dwu palców nad głową serdecznego przyjaciela także nie ma mowy w tej dziwnej chwili. Śpiew poszedł echem przez las i zapadło milczenie. Teraz drzewa śpiewają. Harcerze słyszą pieśń lasu. Czują świeżość rosy padającej na ziemię. Ta chwila zapisuje się na całe życie w ich pamięci.

Andrzej Wróbel patrzył długo w ogień, wreszcie powiedział:

– To nasze pierwsze ognisko. Chciałbym, żebyście na ostatnim odpowiedzieli sobie sami, w jakim stopniu poznaliście ziemię kielecką i czy stała się wam bliska.

Chciałbym dziś, na pierwszym ognisku, postawić wam zadanie. Z urządzeniem obozu już niewiele będziecie mieli kłopotu. Zaczną się normalne dni. Zajęcia sportowe, obozowisko. Każdy z was wypełni sobie, jak zechce, godziny wolne. Żeby się nikomu nie nudziło, proponuję zorganizować konkurs między zastępami.

Za kilka dni wyruszycie na wędrówkę. Czas wyjścia będzie dla wszystkich ten sam. Czas powrotu powinien być ten sam. Będzie to marsz na punktualność. Trasę wybierzecie sobie wedle mapy i wedle własnych zainteresowań. Proponuję, żeby dać nagrodę temu zastępowi, który przyniesie z wędrówki najwięcej rewelacyjnych albo po prostu ciekawych informacji o ziemi kieleckiej, o Puszczy Jodłowej, o Górach Świętokrzyskich. W ciągu dni, które poprzedzą wędrówkę, możecie naturalnie przygotować się wszelkimi dostępnymi sposobami, z chodzeniem do wróżki czy do czarownic z Łysej Góry włącznie.

Zapadła cisza. Potem pierwsze pomysły, namowy, szepty. Pilnowano, żeby genialne plany nie przedostały się do kogoś ze współzawodników. Korek przyłożył do ust dłonie zwinięte w trąbkę i szeptał w ucho zastępowemu, zwanemu Patelnią.

– Weźmiemy Bartka!!! Wiesz? Mucha nie siada! My bierzemy Bartka. Tylko nie mów nikomu.

Bochenek okazał wyciąganiem szyi, jak podziałał na niego konkurs. Teraz wiercił się między Korkiem i zastępowym, ale nie mógł niczego zrozumieć.

– Jaka mucha nie siada?!! – zawołał rozpaczliwie. – Jaki znowu Bart...

Korek błyskawicznie położył mu rękę na ustach.

– Ach, ty paplo! Konkurs to jest próba pod wieloma względami. Pary z ust! Rozumiesz, ofiaro?

– Zaraz widać, kto się uczył piąte przez dziesiąte – powiedział z pogardą Patelnia.

W ciągu minionego roku szkolnego zdarzało mu się co prawda bez porównania częściej niż Bochenkowi miewać trója z dwoma dyszlami, ale to było dawno, tak dawno, że chyba nieprawda. Zresztą pogarda wobec głupszych to taka przyjemna rzecz!

– Ustalone – szeptał Korek. – Inni w zastępie też się zgodzą. Zwłaszcza gdy im opowiem szczegółowo...

Dalszy ciąg przekazywali sobie szeptem, na ucho, jak podczas gry w głuchy telefon, żeby nawet mrówki nie mogły dosłyszeć.

Księżyc na ciemnym niebie otworzył oczy. Podobały mu się szalenie takie tajemnice. Sam chciałby je poznać... Postanowił być bliżej, przepychał się więc między chmurami, żeby zawisnąć nad ogniskiem i słuchać.

– Druhu! – zawołał Józek. – A ile dni mamy na przygotowanie wycieczki?

– Tu was czekałem z otwartym parasolem! – zawołał Andrzej. – Tacyście mądrzy! Chcecie odłożyć wszystko na ostatni dzień. Znam ja was. Ale nic z tego. Możecie wyjść na wędrówkę choćby za dwa dni. Wystarczy wam czasu na przygotowanie?

– Ale nas druh przerobił! – jęknął Maciek Osa. –Wypadnie czarną kawę pić i po nocach ślęczeć. Jak nad maturą.

Kucharz roześmiał się.

– Od dziś zacznę wam dawać kawę bez mleka. Jeżeli wam to pomoże. Księżyc nachylał się coraz niżej, osiadł na młodym buku, słuchał i patrzył w napięciu. Miał minę, jakby zadawał sobie pytanie:

– Może warto byłoby wstąpić do harcerstwa?

Z kroniki obozu

6 lipca

Już pięć dni mieszkamy w namiotach, na Diabelskim Kamieniu. Przed nami Radostowa, bliżej rzeczka Lubrzanka, w której się myjemy i pływamy. Wkrótce pójdziemy dalej, poznamy Puszczą Jodłową i pasmo Łysogór. Pogoda na blachę. Nawet w czasie deszczu jest nam wesoło, siedzimy w namiotach i śpiewamy po kolei wszystkie piosenki. Kiedy robi się cicho, słychać stukanie kropel o brezentowy dach namiotu i jest jeszcze weselej.

7 lipca

Skończyliśmy najważniejsze prace obozowe. Namioty otoczone przeciwdeszczowymi fosami. Zresztą stoją na zboczu góry, woda nam nie grozi. Kuchnia ma swój daszek i pod nim stół do przygotowywania potraw. Kucharz udekorował Puchatka orderem lizaka. Za latrynę Żbiki dostały wielką nagrodę landrynki. Ognisko robili artyści, dlatego ma nie bardzo wygodne miejsca siedzące. Ale już miejsca stojące są bez zarzutu. Stół podoba nam się najbardziej, bo przy nim wcinamy. Pozostały nam ozdoby przed każdym namiotem. Ale to nie takie proste wykonać godło zastępu z mchu, szyszek albo z kory! Później oboźny zawiadomi nas, który zastęp dostał najwięcej punktów i sprawności.

9 lipca

Wierzyć się nie chce, że jesteśmy tu już dłużej niż tydzień. Obóz jest „w dechę". Codziennie coś nowego!

Przyszedł dziś do obozu stary dziadek, co mieszka w Mąchocicach. Obejrzał namioty, prycze, koce, potem zapytał:

– A gdzie poduszki?

My mu tłumaczymy, że harcerzowi poduszka nie jest potrzebna.

– Kto by tam spał na pierzu?! – powiedział Maciek Osa.

Dziadek zaczął sią trząść ze śmiechu, aż baliśmy się, żeby mu to nie zaszkodziło. Kiedy wreszcie przestał chichotać, wytarł oczy i opowiedział nam o Sowizdrzale.

– Sowizdrzał zobaczył kiedyś poduszki wietrzące się na płocie. Pyta,co to jest. Gospodyni wytłumaczyła mu, że na tym się sypia. Bierze się bardzo dużo ptasich piór, a jeszcze lepiej puchu, napełnia się woreczek materiału i wsuwa się pod głowę, żeby wygodniej było spać. Sowizdrzał postanowił spróbować tego sposobu. Znalazł duże gęsie pióro, położył je na przydrożnym kamieniu, przycisnął je głową i spał całą noc, chociaż nie było mu zbyt wygodnie. Rano wstał z okropnym bólem w skroni. Podeptał pióro i wyrzucił precz. Od tamtej pory śmieje się z ludzkiej głupoty. „Wyobrażam sobie – mówi – jak muszą cierpieć ludzie, którzy śpią na pełnym worku piór, skoro ja się tak umęczyłem na jednym".

Staruszek pytał nas, czy podzielamy pogląd Sowizdrzała i czy może sami jesteśmy do niego podobni.

Przed wieczorem odszedł uśmiechnięty. Mruczał sobie: – Sowizdrzały, Sowizdrzały...

Ledwo zniknął nam z oczu, Marek wziął pióro, położył na kamieniu i zaczął demonstrować przygodę Sowizdrzała.

Zobaczył to kucharz i powiada:

– Kto, jak kto, ale ty jesteś do Sowizdrzała podobny, jak dwie krople wody.

Czarna warta

Po skończonym ognisku Maciek Osa przyłożył gwizdek do ust, zwołał swój zastęp i ogłosił:

– Czarne Stopy! Dziś pełnimy wartę w obozie.

Marek poderwał się. Wykonał najdzikszy taniec radości. Pióropusz włosów sterczących niesfornie nad czołem odchyłił mu się przygięty wiatrem i szybkością zwrotów.

– Ja chcę ciemną wartę. Kiedy noc najczarniejsza. Maciek, zapisz mnie. Najgorszą. Najtrudniejszą!

– Ze mną – prosił Felek i już nie odstąpił Marka ani Maćka, dopóki rzecz nie została utrwalona na piśmie w notesie zastępowego.

– Macie godzinę duchów. Od dwunastej do drugiej. Uważajcie, żeby was co nie nastraszyło.

– Straszku, nie strasz – odpowiedział Felek i roześmiał się głośno. – Czarna warta dla nas najlepsza. Prawda Marek?

– No chyba!

Po kolacji poszli szybko spać. Tylko Błyskawica z Józkiem odchodzili właśnie na pierwszą wartę. Ważni, z kijami w dłoniach, z kocami przewiązanymi przez ramię.

– Która godzina? – spytał Marek.

– Za siedem dziesiąta. Spać. Już was nie ma! – wołał zastępowy. Niebo miało głęboki odcień kobaltu. Po upalnym dniu ziemia pachniała mocno zwilżona rosą. Pierwsze ochłodzenie dawało płucom ulgę.

– Zazdroszczę im – szeptał Felek. – Najchętniej poszedłbym od razu.

– No! Ja bym całą noc wartował, żeby mi pozwolili.

– Spałbyś jak suseł – oświadczył Józek z wyższością.

– Ja?! Mysz by się nie przemknęła!

– Mysz, owszem, zgodzę się. Z myszą na pewno byś zwyciężył. Ale się bracie przekonasz, jak będziesz walczył z sennością. Życzę ciekawej warty!

Poszedł, a Marek i Felek patrzyli na jego sylwetkę, jak sunęła między cieniami na trawie, wsiąkając między drzewa i namioty.

Felek odwrócił się na drugi bok, żeby nie widzieć księżyca, który jak pomidor okrągły, dojrzały, soczysty wyrósł pomiędzy liśćmi. Wtedy poczuł słodki zapach. Tuż nad głowami chłopców, przy wejściu do namiotu, zwisał gruby konar lipy, obsypany drobnymi kwiatami.

– Szkoda gadać. Nie zasnę. Pachnie jak w zakładzie fryzjerskim. I w ogóle – lipa.

– Ja też chyba doczekam tak naszej warty. Niecałe dwie godziny. Betka!

Zasnęli jednak potężnym, twardym snem, jaki przychodził po całodziennym hasaniu na świeżym powietrzu. Ktoś trząsł ich nieustępliwie, mocno, wytrwale. Wiedzieli już, że trzeba wstawać, ale nie mogli się podnieść i spali dalej.

– Za dziesięć minut wasza warta. Felek! Hej, Felek! Marek! Ale twardy sen! Jeszcze nigdy nie budziłem takich kamieni. Co, może nie chcecie wstać?

– Idziemy. Już idziemy – bełkotali nieprzytomnie, zasypiając.

– Na szczęście ja wiem, jak z takimi postępować – uśmiechnął się Józek. Wyszedł z namiotu. Zerwał trochę trawy mokrej od rosy. Wrócił szybko, przyłożył na szyję za uchem każdemu z chłopców.

– Idziecie czy nie? Warta!!! Wasza warta.

Zerwali się. Ciemność zupełna. Nic nie widać. Felek chwycił spodnie i zaplątał się w długich nogawkach, wierzgał, skakał bez nadziei wyswobodzenia. Marek chodził w kółko, krążył jak na karuzeli, nie mógł jednak znaleźć ubrania, chociaż je wieczorem ułożył tuż obok siebie.

– Złodzieje przyszli po twoje ubranie? Co? – drwił Józio. – Właśnie na mojej warcie byli tu straszni kasiarze, cała szajka. Nieśli na drągu twoje spodnie. Będą już pod Kielcami. Chyba żeby postanowili zmylić tropy i umknąć do puszczy...

Marek dotykiem badał przedmioty, wytrząsnął koc, potem schylił się, suwał dłońmi po wilgotnej trawie. W końcu sięgnął pod pryczę, cofnął jednak od razu ręce na myśl o żabach.

– Ziemia się rozstąpiła! Diabli porwali moje ubranie! Złożyłem o tu, żeby szybko znaleźć. I nie ma.

Józio spojrzał na zegarek.

Za sześć minut wasza warta. Niańka powinna z takimi jeździć na obóz. Chciałbym was widzieć podczas nocnego alarmu. Pewno pognalibyście nago!

Felek nagle wrzasnął:

– Nogawka zawiązana w węzeł! No? To jakieś kawały!

– Nogawka zawiązana? – spytał Marek. – Przed snem zawiązałem prawą nogawkę swoich spodni, żeby o czymś nie zapomnieć. Sam już nie wiem o czym.

– Prawa związana! – wołał Felek. – A więc to twój mundur.

– Ech wy, patałachy! – Józio naśladował głos drużynowego. – Sięgnij, Felek, na posłanie. Twój mundur pewno tam leży i nic nie mówi. Czy może latarką poświecić?

– Nie pal!!!

Ambicją chłopców było wstawać na wartę szybko i bez światła. Felek skoczył na pryczę. Bez trudu znalazł ułożone wczoraj ubranie.

– Są przeklęte łachy. To ja zabrałem Markowi. Nie złodzieje. Ani diabły.

– Za trzy minuty wasza warta.

– W porządku.

Sapali z pośpiechu. Zaciągali pasy, nałożyli czapki.

– Gotowe...

– Możemy iść.

Kij do ręki. Koc na ramię. Wyszli. Mieli nadzieję, że księżyc świeci jak o dziesiątej, gdy się kładli. Z ciepłego wnętrza namiotu pełnego oddechów i snu weszli w zimną ciemność. Ani śladu kobaltowego nieba z czerwonym księżycem ukrytym w krzakach. Józio podał Felkowi latarkę, klepnął ich obu po plecach.

– Jest północ – powiedział. – Oddajemy wam wartę. Błyskawica, idziemy spać! Dobranoc...

Ostatnie słowo było ziewnięciem. Słyszeli, że Błyskawica przeszedł obok nich dość szybko, jakby nawykł do mroku; już w namiocie odpowiedział:

– Dobranoc! Bawcie się dobrze, chłopaki.

Odeszli cokolwiek naprzód, bo nie chcieli, żeby tamci kpili z nich, ale nie słyszeli swoich kroków i nic nie widzieli. Mogli wdepnąć na polującego jeża, wejść do wody, spaść w przepaść.

– Atrament – powiedział Marek usiłując opanować drżenie głosu. – Jakbym nurkował w atramencie.

– Zi-imno – zaczął Felek, ale tak dzwonił zębami, że natychmiast przestał mówić.

– Owiń się kocem.

– Uhm.

– Jakoś tak od środka chłodno. Tobie też?

– No!

– Chodź. Obejdziemy teren. Rozruszamy się, wzrok się przystosuje. Szli przez absolutną ciemność. Posuwali się krótkimi, hamowanymi krokami. Wstrzymywał ich każdy szelest. Osiczyna klapotała liśćmi nie głośniej i nie inaczej niż w dzień, ale teraz usłyszeli nagle tuż przed sobą szept zaczajonego potwora, potem oddech, kroki, skradanie. Coraz bliżej nich. Wyraźniej. I cisza. Jakby tamten czekał. Milczeli. Bali się głosem zdradzać, co się z nimi dzieje. Marek pociągnął Felka za ramię. Zmienił kierunek. Szli teraz wzdłuż namiotów. Mijali odsznurowane, rozsunięte wejście. Biło stamtąd ciepło, słychać było głębokie oddechy. Trzymali się więc tej okolicy pod pozorem chęci sprawdzenia, czy wszystko tu w porządku. Przechodzili na tyły namiotów, oglądali, czy są zamknięte, potem wracali na stronę wejściową.

Nagle ktoś zabełkotał, jęknął dziwnym nieludzkim głosem. Znieruchomieli. Zamiast odskoczyć, odbiec dwa kroki, stali w miejscu, ale było to gorsze od wszelkiego ruchu. Nogi zdawały się mieć żelazne korzenie, wrastać, trzymać ich właśnie w tym miejscu. Jak w snach koszmarnych, kiedy nie można się ruszyć, a groza nadchodzi, jest coraz bliżej.

– Stój, kto idzie?! – powiedział Felek drżącym głosem.

Bełkot powtórzył się znowu. Tym razem uchwycili nawet kilka słów. Nareszcie pojęli, jakie jest tego źródło.

– Błu, błu, błu, błu, błu – mamrotał przez sen jakiś ochrypły głos.

– Pocałuj mnie w piętę... Błu, błu, błu...Wybuchnął śmiechem. Przyniosło im to ulgę.

– To Biała Foka tak bełkoce – powiedział szeptem Marek.Usłyszał głębokie westchnienie Felka. Później ostrożny, nieśmiały głos:

– Można się nasłuchać, co gada we śnie...

Postali czas jakiś przed wejściem do namiotu, wdychali ciepło bijące spod brezentu i czekali, czy Biała Foka uraczy ich jeszcze jakimiś wyrażeniami. Daremnie nadstawiali uszu. Śpiący harcerz nie robił już nikomu żadnych propozycji, chociaż od czasu do czasu mruczał i powtarzał swoje „błu, błu, błu...".

– Chodźmy stąd – powiedział stanowczo Marek. – Już kawał czasu, jak zaczęliśmy wartę. Trzeba przejść teren po tamtej stronie.

– Która godzina? – zapytał Felek sam siebie z nadzieją w głosie. Zapalił latarkę. Spojrzał.

– Zegarek stoi? Bo chyba niemożliwe, żeby dopiero było pięć minut po północy!

– O, licho – szepnął Marek i zamilkł. Nie chciał się przyznać, że mu się dłuży ta wybrana, czarna warta. Pozostało więc jeszcze sto piętnaście minut. Ostatnie dziesięć zużyje się na budzenie kolegów. Ale co robić z ogromną czarną przestrzenią, tyle razy dłuższą niż ta, jaka minęła od wyjścia z namiotu?

– Widzisz co? – zapytał Marek.

Felek szarpnął go gwałtownie do tyłu. Głos jego nabrał niebezpiecznego drżenia.

– Gdzie? Gdzie???

– Co ty! Nigdzie. Pytam, czy ci się trochę wzrok przyzwyczaił.

– Eee...

– No, więc jak?

– Eee tam.

– I mnie też nie. Atrament zmienił kolor z czarnego na granatowy, ale figę widać. A jeszcze robaczki świętojańskie migają mi przed oczami... Ciuciubabka, więcej nic.

– Oj, żeby mnie moja babka widziała. Miałbym obóz harcerski. Do domu kazałaby jechać. Taka jest. A żebyś zobaczył mojego wujka! Ten się nikogo nie boi. Dla niego nasza warta? Zero!

– Babka babką, wujek wujkiem, a my musimy więcej chodzić po terenie. Może byśmy obeszli magazyn żywnościowy?

– Dlaczego nie! Potem usiądziemy, opowiem ci, jakie hece były z moim wujkiem, kiedy chodził do szkoły.

Nagle zakotłowało w ciemnościach, tupnęło i Marek odczuł, że Felek znika z okrzykiem: „O rany!". Chciał go ratować, ale w tej chwili dostał kijem w głowę.

– Stój! Kto idzie?! – wrzasnął bohatersko, pełen oburzenia i zapominając o strachu. Była cisza. Wiatr wiał, szumiały liście. Po chwili zaczęły się rozlegać stłumione jęki. Dochodziły gdzieś z dołu. Marek poznał głos kolegi.

– Gdzie ty jesteś, Felek! Odezwij się. Coś kotłowało się na ziemi.

– Wpadłem w rowek przy ognisku. Nic, nic. Już się wygramoliłem.

– Kto mnie zaczął tak naparzać po głowie?

– Gdzież mi się podział kij?

– Więc to pewno kij-samobij! On mi guza nasadził.

– I przepadł. Skrył się pod ziemię?

– Ja bym też to zrobił, gdybym kogo zbił niesprawiedliwie.

Felek nie odpowiedział. Schylony zamiatał rękami trawę w poszukiwaniu kija. Znalazł go wreszcie. Stanęli obok siebie, rozejrzeli się. W ciemności dostrzegli kontury namiotów i wielkich drzew, a między tymi sylwetkami wyłaniały się z mroku zarysy czegoś o wzroście i rozmiarach ludzi. Jałowce – nie jałowce? Świerki – nie świerki. Stali tak dłuższą chwilę, wreszcie Marek zapytał szeptem:

– To co? Pójdziemy razem czy podzielimy teren między siebie. Felek odchrząknął i powiada nieśmiało:

– Może już trzymajmy się razem. Obóz nie taki wielki. Pogadamy sobie.

– Dobra. Tylko z gadaniem trzeba uważać. Gdyby ktoś nas podchodził, od razu by wiedział, gdzie warta.

– No to co? Najwyżej spłoszymy każdego!

– Figa! Przyczai się, poczeka. My pójdziemy w przeciwną część obozu, a on tymczasem hyc i już jest pod masztem. Udałyby się podchody. Warta musi być niedostrzegalna, łazić jak najciszej. Słyszałeś, co mówił drużynowy.

Szli wolniutko dokoła masztu, przecięli w poprzek miejsce, gdzie palono ognisko. Popiół spod ich nóg dmuchał w górę, poczuli zapach jałowcowego dymu. Znów okrążyli namioty po zewnętrznej stronie, choć to wymagało silnej woli oraz panowania nad własną fantazją, która jak na złość podsuwała głupie zjawy, pomysły, licho wie co. Kilka namiotów przylegało jedną stroną brezentu do gęstwy drzew i to miejsce nie było najłatwiejsze do przebrnięcia. To, że się potykali o linki namiotowe i śledzie, że wpadali w rowki, było niczym. Ale spomiędzy drzew sięgała do nich ciemność najgłębsza i cichy jak szept łopot liści. Czasem słyszeli stukot i zamierali.

– Szyszka spadła – wyjaśniali sobie.

– Wiatr ociera gałąź o gałąź – tłumaczyli inny rodzaj odgłosu.

Podeszli znowu do kępy drzew, gdzie stał magazyn żywnościowy. Zajrzeli tam. Namiot z białego brezentu rysował się wyraźną plamą na tle otaczających go krzaków.

– W porządku – powiedział Felek i odwrócił się. Marek poszedł za nim. Osiczyna trzepotała liśćmi zajadle, potem, kiedy wiatr ustawał, nieruchomiała, cichła, czaiła się. Najmniejszy podmuch sprowadzał szept jej liści. Właśnie cisza, jaka zapadała pod osiczyną, i dziwne szmery powodowały, że chłopcy tym razem znów ominęli namiot gospodarczy. Nie zajrzeli do środka, nawet nie obeszli go z bliska, po linii sznurów i kołków.

– Czy musimy tak łazić przez dwie godziny? – zapytał Felek.

– A co? Nogi cię bolą?

– No!

– Może gdzieś przykucnąć. Obeszliśmy naokoło. Wszędzie spokój. Usiedli na skrzynkach pod małym namiotem z narzędziami.

– Moglibyśmy stąd widzieć cały teren, gdyby było trochę widniej – powiedział Marek.

Felek cofnął swoją skrzynkę i zaczął się owijać kocem przy nieustannych stękaniach.

– No, mumia egipska już gotowa – ogłosił. Było mu widać nos, oczy i uszy. Głowę nakrył rożkiem koca, usiadł, skulił się. –Tu ciepło – powiedział. – Wsuń się do namiotu choć trochę, żeby ci wiatr nie przewiewał skóry. Co za różnica!

– Naprawdę, tu znacznie zaciszniej – przyznał Marek i przesunął się do tyłu, tyle jednak, żeby stopy mieć przed namiotem. Otulił się również i już po chwili czuł w sobie ciepło. Rosło, wciągało go, napełniało ręce, zaczęło niebezpiecznie ćmić i mroczyć głowę. Było jak olbrzymia, ciepła, miękka gąbka. Rozumiał, że nie wolno mu w to zapaść, ale coraz trudniej myśleć, kiedy głowa nabiera ciężaru, chyli się, szuka oparcia na dłoni, coraz częściej dotyka harcerskiego kija.

– Chce ci się spać? – zapytał Felek.

– Eeee, nie bardzo – skłamał Marek. – Miałeś opowiedzieć o swoim wujku, jakie robił kawały w szkole. Mów. Czas nam przeleci. Parę minut sobie posiedzimy.

– Szkoda, że go nie znasz. Jest wdeseczkowy. Kiedyś opowiadałem w domu, jak przyniosłeś do szkoły parasol. Pamiętasz? I na niemieckim, ile razy nasz Otto zwracał się do tablicy, żeby coś objaśnić, ty siedziałeś pod parasolem, a cała klasa zamiast uważać patrzyła na ciebie. Profesor się odwraca, ty raz! i parasol zamknięty. Zabawa! Mój wujek powiedział, że ty jesteś wesoła małpa.

– Dziękuję za uznanie – szepnął Marek.

Felek śmiał się cichym chichotem, co brzmiało jak „fhi, thi, thi". Marek uśmiechnął się. Ciepła, leniwa senność rozluźniała go wewnętrznie. Mówił cicho, powoli. Myśli płynęły głębiej, a słowa padały nie kontrolowane, jakby się oderwały i stoczyły siłą bezwładu.

– Małpa. Tak, z tym się można zgodzić. Ale to raczej smutne. Czasem robię to wszystko, żeby zapomnieć, jak mi jest beznadziejnie. Wiesz, przy ojcu siedziałem godzinami, jak przy dziecku. Miałem z nim kłopoty jak z dzieckiem. Opowiadałem ci. A teraz niespodziewanie nadchodzi czasem ochota, żeby z nim pogadać. Zapominam, że to niemożliwe.

Felek powiedział:

– Tak. – Brzmiało to, jak westchnienie. Po chwili dodał: – Nie myśl o tym.

Zapadła cisza. Marek na przekór słowom Felka snuł dalszy ciąg rozmyślań, ale zaczęły mu się one zmieniać we wspomnienia przeżytych ciężkich dni, potem nadeszły pojedyncze obrazki z dzieciństwa, pływanie balią po sadzawce, łowienie ryb z rówieśnikiem i najlepszym kolegą Romanem.

– Żeby tylko nie spać – szepnął i zaczął powtarzać z uporem, choć chwilami nie mógł sobie przypomnieć, co te słowa znaczą.

– Żeby tylko nie zasnąć. Żeby tylko nie... Ja, to spokojna głowa. Roman, ale ty nie drzemiesz? Romek! Romek!

Odpowiedziała cisza. Marek odwrócił głowę, sięgnął ręką.

– Romcio – mruczał i dotknął opatulonego harcerza. – Romek, ty antylopo rogata, śpisz? Roman! Roman!

W tej chwili nad kocem znalazł odstające ucho, po którym natychmiast mimo ciemności rozpoznał Felka. Zrobiło mu się gorąco. Wstał.

– A więc usnęliśmy – powiedział. – Oboźny miałby jutro zabawę. Na porannym apelu roztrąbiłby, że wartę pełnił Orfeusz. Morfeusz – poprawił sam siebie. – Morfeusz, bóg snu, wszystko mi w głowie pomieszał, niech go indor kopnie lewą nogą! Co gorsza, Romciu, to jest chciałem powiedzieć, Felku, że i tobą się zajął...

Odpowiedziało mu równe, spokojne sapanie.

– Śpisz jak u babci na wakacjach – śmiał się i postanowił wytrząsnąć drzemkę z Felka.

Chwycił go za ramiona, przyłożył usta do ucha:

– Wstawaj! Przespaliśmy całą noc. Już rano. Kucharz dzwoni na śniadanie.

Felek wyskoczył ze swojego strąka jak śliskie ziarno, zostawił koc na ziemi, zaczął gorączkowo zapinać pas, obciągał mundur. Oprzytomniał dopiero po dłuższej chwili.

– Bujasz! Ciemno jak u Murzyna w ślepej kiszce.

– No to co, że ciemno? Dlatego pełni się wartę w nocy. Powiem ci teraz prawdę, sam drużynowy tu był.

– Jędrek Wróbel? Nie nabierzesz mnie. Już on by nas ochrzanił, spokojna głowa! I miałby rację! Kiedy zasnąłeś? Bo ja nie mam pojęcia, jak mnie bezszmerowo zamroczyło.

– Wiesz co, Feluś? Gadanie to ty masz. Proponuję, żebyś opowiadał coś ciekawego. To nas utrzyma. Nie zaśniemy.

– Dobra. Tylko co?

– Wszystko jedno. Coś o wujku na przykład...

– O wujku? A wiesz, ja mam jeszcze jednego wujka. Jest za granicą. Pisuje nadzwyczajne listy. Całe swoje życie nam opisał. Posłuchaj tylko.

Tu zaczęła się długa i zawiła lista wojennych przygód Felkowego wujka. Marek zmuszał się do słuchania, szybko jednak znużył go temat obcy i odległy. Zawinięci w koce chłopcy siedzieli obok siebie, Felek opowiadał na zamówienie. Marek odbiegł myślami daleko, postanowił jednak odzywać się co pewien czas na dowód, że nie zasnął. Jego wtrącenia były krótkie i sam nie zauważył, że przychodziły coraz rzadziej.

Przy bohaterskich wyczynach wujka zdobył się na kilka uwag:

– Hm!

– To dopiero...

– Nad-zwy-czaj-ne.

– Co ty mówisz?Felek był zadowolony.

– To jeszcze nic! Ale posłuchaj dalej! – mówił i wsiadał znów na konika własnej fantazji.

Marek przestał w ogóle zwracać uwagę na jego opowiadanie i nie dawał odpowiedzi. Przyciszony, monotonny głos kolegi działał jak brzęczenie pszczół. Kołysał. Usypiał. Znów ogarnęło go ciepło, krążyło po rękach i nogach, a gdy podeszło do piersi, nie słyszał już nic.

– Ty śpisz? – zapytał go Felek.

Cisza, jaka zapadła po tych słowach, obudziła Marka.

– No i co dalej?! – zawołał.

– Ciekawi cię to? Bo tak nic nie mówisz.

– Opowiadaj, opowiadaj.

– A potem wujek leciał nad Atlantykiem – zaczął Felek tym samym, trochę nosowym, usypiającym głosem.

Marek postanowił trzymać się mocniej w garści. Nie drzemać ani chwili. Rozmową dawać samemu sobie dowód czuwania. Wprawdzie coraz trudniej uchwycić sens Felkowych słów. O co go zapytać? Głowa była pełna ciepłej drzemki, nie mógł się zmusić do myślenia.

– A jak znosił nieważkość? – zamruczał w pewnej chwili. Felkowi zdumienie odjęło mowę. Potem wyjąkał:

– Kto?!! Mój wujek?!!!

Marek się zawstydził, że jego drzemka wyszła na jaw.

Postanowił to natychmiast naprawić. Zebrał całą siłę woli, żeby zmusić odrętwiały sennością język do mówienia. Co prawda nie wiedział, że zamiast mówić bełkocze i mruczy bez poruszania wargami.

– Felek? Słuchaj. A czy on tu jest???

– Takiemu warto coś opowiedzieć! Oczy ma otwarte, gada i śpi w najlepsze. Marek! Przewróć się na drugi bok!

Oburącz pchnął go tak silnie, że Marek o mało nie zleciał ze skrzynki. Wstał natychmiast, wyplątał się z koca.

– Dość – zdecydował po męsku. – Trzeba stąd wyłazić. Obejdziemy teren, posłuchamy, co w trawie piszczy.

– Koniecznie? Tak zimno w nogi...

Marek odczuł nagle przyjacielską chęć wyręczenia kolegi. Zdawało mu się, że jest jego starszym bratem.

– Wiesz co? – zaproponował. – W takim razie posiedź sobie. Tymczasem ja przejdę po terenie. Później się zmienimy. Głodny jestem jak licho! Gdzie by tu można było znaleźć coś do jedzenia?

Wyszedł. Przekroczył „próg" namiotu i próg własnego niepokoju. Noc okazała się teraz przytulna. Wdychał powietrze nasiąknięte wilgocią, czyste, pełne zapachów siana, ziemi, drzew. Szedł coraz dalej i znalazł w sobie chęć wędrowania po mokrej trawie, w szumiącej ciemności. Zbliżył się do namiotu żywnościowego, zszedł bez obaw po stoku między krzaki, rozgarnął je dłońmi. Na tle płóciennej ściany śmignęło coś czarnego. Marek odskoczył. Zniknęło, nim zdążył się przyjrzeć. Może to złudzenie? Liście szumiały jak przedtem, ale w ich szeleście coś zatupotało gwałtownie. Szum stał się bardziej intensywny. Potem cisza. Jeszcze daleki stukot kamienia w wąwozie potrąconego czyjąś nogą, czy może spadającego siłą bezwładu. Marek słuchał. Nie powtórzyło się więcej. Był pewny, że poprzednio narobiliby hałasu, przerażeni, zaalarmowaliby cały obóz. Teraz Marek spokojnie i na chłodno mógł ocenić sytuację. Cofnął się kilka kroków, ustawił się pod wiatr i czekał. Bicie serca czuł silnie, wyraźnie, była to jednak emocja czatującego: powtórzy się czy nie. Przyjdzie tu ktoś po raz drugi, rzuci się na niego czy może zajdzie od tyłu i znienacka uderzy. Nie powtórzyło się choć z ogromną wytrwałością pozostał w krzakach i badał, ile wart jest jego niespodziewany przypływ odwagi. Już nic nie tupotało, tylko liście to cichły, to szamotały się głośno i Marek odszedł uspokojony, pełen zadowolenia z dobrze spełnionego obowiązku.

– To wiatr. A można byłoby pomyśleć, że człowiek albo duży zwierzak.

Obszedł namioty, bez lęku zajrzał między drzewa dokoła nich, z rosnącą przyjemnością wędrował po granicy terenu obozowego. Niosła go miła, niespodziana świadomość własnej odwagi. Po co mu światło, kiedy znał na pamięć każdy kąt obozu. Dąb z ogromnym rojowiskiem świętojańskich robaczków pod konarami, dalej droga do rzeki, na lewo tablica ogłoszeń, za nią kuchnia... Po drugiej stronie maszt, stół, ognisko... Ręką sięgnąć i niemal dotyka się wszystkiego. W tych warunkach warta jest samą przyjemnością. Dobrze jednak, że wzięli tę czarną, w samym rdzeniu nocy, w porze zabobonnych strachów.

Odwaga! Co to takiego jest i dlaczego zniknęła na pewien czas, a teraz się zjawiła. Szedł po stromej krawędzi nad wąwozem i chętnie by pośpiewywał, choć to zabronione. Zajrzał do namiotu z narzędziami. Ciemno. Cicho. Felek oparł głowę na pięściach, jak w zadumie. Pochrapuje, sapie. Marek wyciągnął rękę, zburzył mu włosy. Wtedy rozespany zerwał się i wrzasnął:

– Stój!!! Kto idzie?!

– Nie hałasuj, aniele.

– Stój, kto idzie?

– Odwaga chodząca, jeżeli koniecznie chcesz wiedzieć.

– Ręce do góry!!!

– Niemożliwe. Raczej zawołaj: Uszy do góry!

– Bez kawałów.

– A ty możesz je robić! Kto spał tyle czasu?

– Długo spaliśmy?

– Nie śmy, nie śmy. Ty spałeś, ja łaziłem.

– Lipa.

– Lipa też kwitnie, owszem. Obszedłem cały teren. Zdawało mi się,że ktoś był pod magazynem żywnościowym. Jakby coś uciekło. Posłuchałem. Ale to złudzenie. Wiatr. A może diabeł przyszedł zajrzeć na swój kamień?

– Na pewno złudzenie – przyznał Felek skwapliwie.

Potem owinął się w koc jeszcze dokładniej. Marek przyglądał się Felkowi. Nawykł już do ciemności, jego wzrok rozróżniał doskonale dwie łopatki do ping-ponga, które Felkowi służyły po prostu jako uszy.

Pomnik oboźnego

Pięty obudziły się najwcześniej. Słoneczne ciepło gładzi je miękko, dotyka coraz wyraźniej i przypieka na wolnym ogniu. To nie przeszkadza spać twardo głębokim, zdrowym snem. Marek odsypia jeszcze nocną wartę, ale coraz wyraźniej odczuwa przyjemność i radość. Otworzył wreszcie z trudem oczy. Zobaczył odchylone płótno namiotu. W porannym świetle jaskrawo rysowało się zbocze porośnięte rumiankiem i trawą. Krople rosy czy nocnego deszczu dawały barwom ostry blask. W namiocie panował półmrok, wszystko wydawało się szare. Marek zauważył, zdziwiony, że zjechał jakoś razem z kocem. Był tak senny, że długo nie mógł zrozumieć, co to znaczy. Na końcu koca zobaczył swoje nogi wytknięte w słońce, rozgrzane i wesołe. Skóra pod stopami przyjemnie łaskotała i mrowiła, bił w niej lekko puls. Marek rozejrzał się. Może to sen? Wszyscy siłą bezwładu pozjeżdżali ze swych posłań, nogi sąsiadów sterczały tak samo, chociaż nie zawsze sięgały poza namiot. Czasami opierały się na głowach druhów z sąsiednich prycz. Zbocze Kamienia pochyłe, a gleba miękka, ustępliwa. Prycze powrastały w nią nogami, przysiadły, a chłopcy zjeżdżali jak żyto z szufli.

Wszyscy głęboko śpią. Powykręcane dziwaczne sylwetki, rozrzucone ramiona, rozwarte usta budzą śmiech, jednocześnie trochę niepokoją. Marek słucha głębokich oddechów i leży bez ruchu, nie płosząc ostatnich minut sennej mgły. Chce jeszcze przedłużyć wypoczynek. Powietrze wydaje się bardzo chłodne, przy każdym wdechu kłuje ostrością bryłek lodu. Pachną zioła, trawy, liście. Z wąwozu słychać nieustanny chlupot wody obmywającej kamienie. Marek wie, że ta woda jest lodowato zimna, jak źródło, z którego płynie.

Skóra pod stopami nagrzewa się coraz bardziej. Dziwne, jaką to daje fantastyczną radość, przyjemność, nawet odwagę. Marek jest pewny, że każdy krok tego dnia będzie dobry. Słoneczne promienie napełniają go całego ciepłem, przenikają do myśli.

To, co widzi w obramowaniu namiotowego płótna, przypomina malowidło. Mogłoby być podobne do filmu panoramicznego w kolorach, gdyby nie zupełny spokój obrazu. Nic się nie dzieje, więc to nie film. Ale na zielonej polanie u podnóża Radostowej zjawiły się białe plamki. Mrówki? Nie. Biedronki? Żuczki? Marek wytężył wzrok. Wlepił oczy w te ruchliwe łebki od szpilek i postanowił zrozumieć, co to takiego. Nagle usiadł. Czy to możliwe? Po dnie doliny szły miniaturowe ludziki, takie, jak się czasem śnią w dzieciństwie. Złudzenie! Powietrze drga nasycone ciepłem i niepodobna patrzeć bez zmrużenia powiek, a kiedy się zamknie oczy, można sobie dać łapę odciąć, że tam powstaje obóz. Noszą paliki, stawiają namioty. W słońcu widać to wszystko jak na dłoni. Słychać gwizdek i natychmiast ustawiają się w dwuszeregu. Eee... To na pewno druhny, co je tu wczoraj licho nosiło po chłopięcym obozie! Marek ułożył się na brzuchu, żeby móc lepiej obserwować i upewnić się, że to dziewczyny, a nie chłopaki, gdy niemal nad uchem zabrzmiał dźwięk pobudki. Wobec tego zerwał się natychmiast i, kiedy inni ziewali albo przeciągali zleżałe ramiona, zdążył się ubrać. Stanął przed namiotem, ale nie mógł już dojrzeć doliny, bo zaroiło się naokoło niego, zastępowi popędzali ospałych i formowali gotowych w gromadki, podobne jako tako do poprawnego szeregu.

– Biegiem do rzeki! – krzyczy Puma. – Boso! Boso!

– Chwileczkę – oboźny gwizdkiem usiłuje przerwać gwar – w drodze powrotnej każdy z was uzbiera nad Lubrzanką trochę kamieni. Mogą być duże i małe...

– Po co?

– Może to na nas?

– Nie, na wiedźmy z Łysicy...

– Oboźny zamierza stworzyć arsenał. Jak mu się przyśnią czarownice, każe nocnej warcie bić kamieniami w wąwóz.

– Oboźny jest groźny...

– Oboźny chce być uzbrojony po zęby.

Żarty nie skłoniły komendy do wyjaśnienia, po co te kamienie.

Mycie w rzece. Woda początkowo napełnia dłonie lodem i łamie aż do bólu, żeby po chwili rozpalić je ciepłem, a całe ciało skłonić do ruchu, dzikich skoków i galopu. W obozie już gwiżdżą na gimnastykę. Trawa i grudki ziemi tną skórę wilgocią i chłodem. Bieg na palcach wzdłuż brzegu Lubrzanki. Bieg do góry. Słońce sięga pleców, zamierza grzać przez cały dzień. Pogoda jak drut. Wdechowa!

Puma stoi nad rzeką, oboźny w połowie drogi, drużynowy na górze. Nikogo nie wpuszczano bez kamieni. Zapominalscy musieli wracać. Ułożono pokaźny kopczyk pod masztem. Piskorz, chłopak rudy, piegowaty, znany w szkole i okolicy z tego, że dawał innym hasło do śmiechu (z braku czegoś lepszego sam chętnie stawał się hasłem!), powiedział niewinnie:

– Chłopaki, jak to, nie domyślacie się? Tu stanie pomnik obozowego bohatera.

– Twój?

– Z jakiej racji? Bohater musi być nadęty, a ja kocham bzikować i śmiać się. I żeby inni się ze mnie śmiali. Chciałbyś kpić z bohatera? Te, głupi?

– Zgadnijcie, na czyj pomnik te kamienie.

– Wiadomo!

– Pomnik oboźnego!

– Znacznie bardziej prozaiczny cel mają te kamienie – powiedział drużynowy. – Jeżeli nie chcemy sypiać przez miesiąc na stojąco, jak lalki wsparte plecami o tekturowe dno pudełka, musimy naszym pryczom dać coś twardego pod nogi. Rozumiecie chyba, patałachy? Komarowa paszo w obozowym dymie wędzona?!!

Zrozumieli. Porwali saperki, zastępami brali przydział kamienia, taszczyli do namiotów.

– Marmur z odcieniem seledynowym raz! Żeby harmonizował z naszą cerą wyblakłą podczas bohaterskiego rozwiązywania zadań algebraicznych w ciągu roku.

– Marmur w deszczowy rzucik dla zastępu PIHM!

– Z mrówką i trawką dla Czarnych Stóp.

– Tylko bez aluzji!!! – wrzasnął Marek.

– Tylko bez Andaluzji!

– Tylko bez ablucji!

– Tylko bez osmozy! Tylko bez dyfuzji!

Kradzież w obozie

Nagle wybuchła wrzawa.

– Tyle serdelków! Ktoś był. Ukradł. Sami chyba nie zjedli. Ładnie pilnowali. Kradzież. Kradzież w obozie.

Wezwano cały zastęp przed oblicze drużynowego. Stawali w szeregu wyprężeni, pełni winy, z minami tak przerażonymi, jakby każdy z nich oddzielnie połknął to, co zginęło z magazynu.

– Zniknęły serdelki. Chwilowo był to nasz cały zapas wędliny – oznajmił drużynowy. – Stało się to dzisiejszej nocy podczas warty Czarnych Stóp. Musimy jak najprędzej ustalić, o której godzinie mogło się to zdarzyć i w jakich okolicznościach. Potem zastanowimy się wspólnie, co robić. Pomożecie mi powziąć decyzję.

Nie czekał na wyjaśnienia, odwrócił się i poszedł.

Blady strach padł na Czarne Stopy.

Skuleni, pełni wstydu patrzyli po sobie wzrokiem winowajców. Milczeli. Badali swoje sumienie i wszyscy odczuwali niepokój. Maciek Osa w podnieceniu powtarzał ciągle te same rady:

– Chłopaki! Gadać całą prawdę. Tylko prawdę. Prawda i tak wyjdzie na wierzch, lepiej niczego nie ukrywać. Zeznać wszystko, co było podczas pełnienia warty! Kto się czuje winny, kto szukał jedzenia, kto spał...

Marek i Felek bez słowa porozumieli się oczyma. Mogło to znaczyć: niedobrze z nami!...

U Felka ta myśl objawiła się wzmożoną czerwienią uszu, które błyszczały jak wylakierowane. Marek stał się poważny. Przypomniał sobie słowa oboźnego: „Ten obóz to twój egzamin. Pamiętaj!". Ładny gips! Egzamin. Czy i tym razem wypadnie na dwóję? Jakże to jest? Chce się najlepiej, wierzy się, że wszystko w porządku, a tymczasem na końcu klops! Przecież oboźny będzie pytał po kolei. Trzeba mu powiedzieć wszystko. Wtedy zacznie triumfować: „A nie mówiłem! A nie mówiłem. Jaki kto w internacie, taki w harcerstwie. Figa z niego będzie. Zero. Wylać z obozu. Wylać z internatu. Wylać ze szkoły".

Wsunął ręce głęboko w kieszenie spodni, napiął pięściami materiał. Powiedział półgłosem:

– Wylać z kuli ziemskiej. Najlepiej.

– Kogo? – zdziwił się Maciek Osa.

– Złodzieja serdelków – mruknął Marek z nieprzyjemnym grymasem ust.

– Znalazłeś sobie czas na dowcipy! To mnie zastanawia – dziwił się zastępowy.

– Bo co? Może ja te serdelki wrąbałem? O, patrz, jak mi się brzuch zaokrąglił. Aż mnie mdli... Za dużo ich było.

Felek przysunął się do niego, nastąpił mu na nogę.

– Daj spokój – powiedział – musielibyśmy je wciąć razem.

– Prawda sama wypłynie – podjął pojednawczo Maciek Osa.

Po chwili przeszli obok nich drużynowy i oboźny. Jędrek Wróbel wydał się chłopcom bardzo stroskany, spojrzał na nich poważnie i smutno, co jeszcze bardziej przygnębiło wszystkich obecnych.

– Słuchaj, Osa – powiedział Józio tonem pogrzebowej mowy. –Wyjaśnienia trzeba złożyć, nie ma co. To jest konieczne. Ale nie wierzysz chyba, że ktoś z naszych połknął te przeklęte serdelki.

– Okaże się – mruknął Maciek Osa – chociaż mnie też wydaje się to niemożliwe.

Józio mówił cierpliwie:

– Znacznie ważniejsze od gadaniny jest rozpoznanie terenu. Ślady.Po śladach można wszystko wytropić. Sam wiesz najlepiej. Poproś drużynowego, żeby pozwolił iść od razu. Trzeba to zacząć rano, póki nikt nie zadepcze. Jak myślisz?

– Mnie to już wcześniej przychodziło do głowy. Czekam tylko, żeby Andrzej nas wezwał.

– Wal do niego natychmiast. On nie taki, żeby trzeba było robić wielkie ceregiele... No?

– Pójdę. Spróbuję. Najwyżej mnie ochrzani... jako głównego połykacza serdelków – powiedział Maciek Osa.

Wszedł do namiotu. Chłopcy czekali w napięciu. Po chwili wyszedł razem z drużynowym. Zbliżyli się.

– Słucham? – zapytał krótko Jędrek Wróbel.

To, że nie nazwał ich patałachami, że nie krzyczał, że mówił jak do nieznajomych, zabolało chłopców najbardziej. Obserwował konary nad ich głowami, był daleki, smutny i całkiem niedostępny. „Trudno w takich warunkach otworzyć usta – pomyślał Marek. – Ale kabała! Jak zrobić, żeby noc wróciła i pokazała w ciemności złodzieja? Więc był. Może się o nas otarł...”.

Józio zaczął wykładać swoje racje w sprawie natychmiastowego zbadania śladów.

Drużynowy słuchał uważnie i nie przerywał ani jednym słowem. Nie dał też niczym poznać, jak ocenia plan pościgu. Józio skończył, a on milczał jeszcze dłuższą chwilę i zdawało się, że interesuje go najbardziej obłok na niebie. Cisza dławiła chłopcom gardła. Marek wciągnął dużo powietrza do płuc, jakby chciał nurkować na dno, wypuścił ten zapas energii nosem i powiedział:

– Druhu drużynowy...

Zrobiło się cicho. Ton głosu Marka był tak niezwykły, że chłopcy znieruchomieli. Czyżby zamierzał coś wyznać, co wyjaśni sprawę nocnej kradzieży?

– Druhu drużynowy – powtórzył i wszyscy czuli, że gardło jego ścisnęło się; zdławiony głos pokonywał jakąś przeszkodę.

Drużynowy nadal interesował się chmurą nad głowami chłopców. Najmniejszym ruchem powiek nie zachęcał Marka. Wiedział, że w podobnej chwili nie wolno niczego ułatwiać. Inaczej zamiast odważnej prawdy, która miała się przedrzeć spomiędzy skrupułów i stanąć otwarcie, może wyleźć lizusowska blaga.

– Myślę, że to mogło się stać podczas mojej warty – powiedział Marek i zamilkł.

Uszy Felka po tych słowach zmieniły kolor tak szybko, jakby były sygnałami na skrzyżowaniach wielkomiejskich ulic przestawionymi na „stop".

– Obchodziłem jedną część terenu – zaczął znowu Marek i schylił głowę – a Felek był w innej. Coś majaczyło pod magazynem żywnościowym, ale zbagatelizowałem to. Posłuchałem i myślę: wiatr. Chciałbym teraz gnać do wąwozu, szukać śladów.

– I jak najprędzej zacząć tropienie – dodał Józio.

– Druhu! Druh puści... – molestowały nieśmiałe głosy.

– Słuchajcie, chłopaki – powiedział drużynowy – przestaję was uważać za porządny zastęp, dopóki się to nie wyjaśni. Padł na was cień. Paskudna sprawa. Ganiajcie. Zameldujcie się w obozie przed obiadem. I chciałbym widzieć rezultat.

Odszedł. Maciek Osa ustalił ściśle z chłopcami kierunek poszukiwań. Było ich w zastępie za mało, żeby tropić po kilku. Musieli iść pojedynczo. Marek z Felkiem obeszli raz jeszcze magazyn żywnościowy, zbadali krzaki , wreszcie zeszli nad brzeg wąwozu. Nie wspominali o Marka wyznaniu, złożonym wobec drużynowego. Tak było im wygodniej. Od namiotów dolatywał brzmiący ostro, wysoko, nieprzyjemnie głos oboźnego:

– To zrozumiałe! Wygram zakład! Przekonacie się. Wygram. Ale co nam ten łotr narobi kłopotu do końca obozu?!

Felek powiedział:

– Jazda, schodzimy!

Zaczął głośno gwizdać i z hałasem roztrącał liście łopianu. Mieli pod nogami rodzaj cypla pokrytego twardą, gęsto zarośniętą trawą, ale poniżej piasek był wydrążony głęboko pod zboczem, jakby ktoś łyżką wybrał. W ten sposób utworzyła się duża spadzistość po tej stronie wąwozu.

– Nie ma mowy – twierdził Felek. – Nikt się tędy nie mógł wedrzeć na nasz teren. Chyba że umiał fruwać.

– Albo że był diabłem, co zresztą nie jest wykluczone – dokończył Marek.

– Wierzysz w to?

– Góra nosi jego imię. Mógł przyjść w odwiedziny. Jego prawo.

– Tak? A serdelki zeżreć, to też jego prawo?Marek skrzywił się w odpowiedzi:

– Nie wiem, kto zeżarł, ale że mnie zaszkodzą, to więcej niż pewne...

– Och, wytropić go...

– No, ja skręcam w dół, a ty na drugą stronę, do lasu. Jeżeli go spotkasz, kłaniaj mu się i zapytaj o jego prawa do terenu i do serdelków.

Czoło Felka pociemniało.

– Myślisz pewno, że mam pietra, co? Wiedz, że nie mam. Chociaż w nocy miałem. Jeszcze jakiego! Co ci będę gadał. Dziś osłoniłeś mnie przed Andrzejem i właśnie tym bardziej zamierzam tak długo łazić, póki nie wytropię tego, co nas okradł.

– No, to cześć. A jak złapiesz złodzieja, nie zapomnij przyprowadzić oboźnemu na przesłuchanie. Ten by miał bal!

– Powodzenia, Marek, powodzenia. Sam sobie życzę tego samego.Rozeszli się. Zbocze wąwozu porośnięte było gąszczem traw, krzaków i zdziczałych drzew, pozbawionych słońca, wybujałych, ciemnych. Gdzieniegdzie leżała wysepka żwiru, który skrzypiał pod nogami. Nie było tu nigdzie śladów, ale Marek rozglądał się z ogromnym napięciem uwagi, znamiennym dla człowieka, który wie, że musi, musi, musi znaleźć to, czego szuka. Jego wzrok, słuch, węch połączyły się z silną wolą i tropiły. Dawniej, podczas wędrówek na grzyby, Marek odczuwał wyraźny bodziec: idź tędy, właśnie tam czeka borowik. Chłopak wbiegł na wzgórze, rozglądał się. Grzyb stał i zdawało się, że był ubawiony grą w chowanego. Dziś bodziec powtarza się raz za razem i Marek posłusznie wskakuje za drzewa, schylony łazi pod konarami, przegląda krzaki. Nic. Ani najmniejszego pozoru czy jakiegoś złudzenia, że to szło wąwozem.

– Poczekaj. Wytropię cię – szepcze. – Choćby mi przyszło szukać do końca wakacji.

Przecina w poprzek rozjeżdżoną wiejską drogę, na której pył i piasek osypują się po każdym kroku. Daremnie byłoby szukać tu czegoś. Idzie dalej. Mija łąkę skoszoną dziś o świcie. Pokosy leżą równo na zielonym ściernisku, pachną. Przyjemnie tędy przejść, ale o znalezieniu śladów nie ma mowy. Już oto rzeczka Lubrzanka błyszczy chłodno między olchami.

Brodem czy przez mostek? Pewno złodziej w nocy nie spieszył do zimnej wody. Trzeba nadłożyć drogi, przejść pod młynem na drugi brzeg. Ale to źle, że nic nie znalazłem do tej pory. Złodzieje chętnie topią w wodzie swój ślad. A dalej? Licho wie, czy się wspinać na Radostową, czy drałować u podnóża? Właściwie to nie ma znaczenia. Zboczem biegnie ścieżka do wsi, stąd już widać zabudowania. Zielony garb Radostowej zasłania je częściowo.

Ledwie Marek zaczął się wspinać po zielonej pochyłości, gdy poczuł nagłą radość.

„Na szczyt!" – krzyknęło coś w jego myślach nie mniej kategorycznie, niż w upalne dni wołało w jego żołądku: „loda!" Wiedział, że turysta wziął w nim górę nad detektywem. Postanowił wejść jak najwyżej, obejrzeć się, czy nie widać namiotów, i pełnym głosem zawołać. Był ogromnie ciekawy, co znajdzie na szczycie pagórka, gdzie leżało niebo. Szedł z wysiłkiem coraz prędzej, nieustępliwie, chociaż głośno biło mu serce. Ale górna część garbu, to nie był szczyt Radostowej. Otworzyła się szeroka przestrzeń i Marek zobaczył następne zielone wzniesienie, jeszcze bardziej zachęcające do wędrówki. Szedł. Chciało mu się śpiewać. O serdelkach w ogóle nie myślał. Było mu lekko i wesoło. Tyle godzin do obiadu może spędzić na włóczędze. Sam! Bez oboźnego, bez ględzenia. Chwilami powracał niepokój, ale Marek odpędzał go, jak umiał.

„Dołożyłbym własną szynkę do obozowej wędliny, żeby pozwolili znów tak wędrować... Nielicha górka".

Każdy krok zachęcał go: Wyżej! Wyżej! Wyżej! Wyżej!

Odwracał się co kilka minut i patrzył na rozłożony w dole krąg ziemi. Wszystko było mniejsze, drzewa na łące jak zielone kłębki z bocznym oświetleniem, z jęzorami długiego cienia wyciągniętymi na trawie. Dróżka przypominała pasek skórkowy, a za nią namioty jak pudełka zapałek. Uszedł znowu po zboczu, znów przystanął i patrzył. Obóz wydawał się grą z lat dziecinnych, ustawionymi w sposób umowny klockami, które miały imitować warowny gród. Między namiotami ktoś biegł i wołał, było go doskonale widać, słyszało się fragmenty zdań, wśród których powtarzało się co pewien czas:

– ...ałachy!

Marek uśmiechnął się. Lubił drużynowego. Przepadali za nim wszyscy, on jednak był przekonany, że lubi swojego druha najbardziej. Obserwował go chwilkę dla przyjemności rozpoznawania z daleka jego zajęć i każdego ruchu. Teraz na polanę wysunął się ktoś mniejszy i Marek bez trudu poznał oboźnego. Poczuł dreszcz, jakby wśród słonecznego dnia powiał ostry wiatr. Przypomniał sobie, że go wysłano dla wytropienia złodzieja, nie dla turystycznych wzruszeń. Tak się dziwnie składało, że w obecności oboźnego czuł się ostatnio niepewnie, jakby miał coś na sumieniu. Ba, żeby się z tego oczyścić! Wyjaśnić sprawę tajemniczego złodzieja, który podczas jego warty przyszedł na kradzież!

Marek odwrócił się i szedł znowu jakiś czas pod górę.

„Właściwie dlaczego wybrałem Radostową – pomyślał. – Złodziejowi byłoby trudno tędy uciekać. Na pewno poszedł inną drogą. Chociaż, gdyby się kierował do tamtej wsi, mógłby dla zmylenia śladów przejść właśnie tędy. To jest najkrótsza droga w prostej lini".

Podniósł głowę, rozejrzał się. Zielony garb Radostowej znów wydłużył się ku horyzontowi. Na trawie leżały gdzieniegdzie większe i mniejsze złomy kamienia. Marek oglądał je. Żyłkowanie tworzyło na bryłach rysunkowe dziwolągi, w których bez trudu można się było dopatrzeć określonych kształtów. Różniły się odcieniem, rodzajem załamań i zachwyciły Marka. Postanowił zanieść je do obozu. Miał chlebak, napełnił go marmurowymi złomami, dopchał na sztywno drobniejszymi. Zostało mnóstwo pięknych okazów, ale on miał jeszcze kieszenie kurtki, spodni, no i ręce, w które wziął sporo. Tak obładowany geologicznymi zdobyczami zadał sobie pytanie, co dalej robić. Zejść na dół, złożyć w obozie te skarby przeznaczone dla szkolnej pracowni geograficznej czy wędrować dalej po nieistniejących tu śladach złodzieja? Stał i rozmyślał, a jego kieszenie wydęte i coraz bardziej obwisłe wskazywały na to, że mogą popękać. Obejrzał się znów na obóz, a potem popatrzył w górę, na niedaleki horyzont, i wtedy spostrzegł, że między kamieniami jeden się porusza, i to nawet bardzo żwawo. Kołysanie, ruch, skok, potem chwila spokoju i znowu drżenie.

– Ejże! Takich cudów nie ma, żeby kamienie fruwały. Wszystkie leżą spokojnie, a co wyprawia ten jeden?

Marek podbiegł kilka kroków i nagle krzyknął dziko:

– Niemożliwe?!

To, co leżało między kamieniami na zboczu Radostowej, było po prostu papierem. Wiatr wydął go, podrzucał i znowu opuszczał. Arkusz kartonu pokryty gęsto pismem i rysunkami, oblepiony różnobarwną ramką w stylu łowickich pasiaków. Marek patrzył i oczom nie wierzył. Szkolna gazetka ścienna! Podczas wykańczania rozlał się na nią tusz i wtedy zrobiono drugą, a nieudaną zostawiono w internacie. Marek sam w dniu wyjazdu przyniósł ją i dał kucharzowi do zapakowania żywności. Tak! Papier nasiąkł tłuszczem o zapachu wędzonego mięsiwa, ułożył się w obły, kulisty kształt i chociaż go miejscami poszarpano, nie pozostawiał Markowi żadnych wątpliwości. Chłopak rozejrzał się. Trawa jeszcze ciągle wilgotna od rosy zachowała wyraźny, szeroki ślad.

„Jakby ktoś jechał na zadku. To dopiero! – dziwił się Marek. O, cwana bestia, ten złodziej. Stary wyga. Szedł i zacierał ślady. Ale dlaczego w takim razie rzucił papier? Chyba po prostu zgubił. Innego wytłumaczenia nie ma. Co robić? Od czego zacząć? Od zawiadomienia drużynowego i chłopców, naturalnie".

Wyskoczył na pagórek, przyłożył ręce do ust, zawołał:

– He – o – hej! Znalazłem ślady! Hej, tu do mnie, Czarne Stopy!! Na Rado – sto – wą!!

Wiatr wtłoczył mu głos do gardła, nie pozwalał skończyć zdania, dławił. Okazało się, że tylko z obozu wszystkie głosy lecą daleko z wiatrem, ale w obozie nikt nie słyszał Marka, choć powtarzał jeszcze kilka razy:

– He – o – hej!! Znalazłem ślady!

Potem umilkł nagle. Huknął się pięścią w głowę.

„Zwariowałem. Oni mnie tam nie słyszą, za to złodziej ucieknie, jeżeli się tu gdzieś ukrywa. Weźmie nogi za pas i tyle. Miałem się za mądrzejszego". Zostawił bryły marmurowe i ruszył jak najszybciej po szerokim śladzie, wiodącym zakosem przez garb Radostowej. Początkowo w górę i na prawo, potem nagle zbocze zaczęło opadać ku wsi.

„Ładny gips – myślał Marek i serce biło mu niespokojnie. – Trzeba było jednak wrócić do drużynowego. Sam tu niczego nie zwojuję. Co ja powiem złodziejowi, jeżeli go nawet znajdę? Chciałbym się tylko upewnić, dokąd ślad prowadzi. Sprawdzić, gdzie ten facet mieszka".

Położył się na ziemi. Pełzał szybko i wprawnie. Prawa, lewa, prawa, lewa. Śliskie, pochyłe zbocze ułatwiło mu sprawę. Jechał w dół. Gnała go ciekawość. Rozumiał, że powinien już wrócić i złożyć raport w obozie. Tłumaczył się jednak przed sobą i dawał sobie pozwolenie jeszcze na dwa, trzy metry czołgania.

Nagle kilka krzaków. Ukazały się niespodziewanie za fałdą zbocza. Pomiędzy krzakami stara szopa z na wpół rozwalonym dachem. Wrota skręcone wisiały na jednym, ostatnim, górnym zawiasie. Podpierał je drąg zarośnięty mchem. Marek przycupnął za drzewem. Serce biło mu mocno, głośno, szybko. Czuł je w gardle. Dławiło. Kto tu mieszka? Czyj szeroki ślad odciśnięty na wilgotnej trawie prowadzi aż do progu? Najostrożniej dwa, trzy ruchy. Za szopę. Od tyłu. Tam obluzowana deska tworzy obszerną szparę. Wiatr ostro dmucha w twarz, nikt nie usłyszy bezszelestnych ruchów. Zajrzał i o mało nie krzyknął. Patrzył, oczom nie wierzył.

„Więc to tak? A w obozie są już tacy, którzy podejrzewają, że ja i Felek zjedliśmy serdelki... Co mam robić dalej? Wejść czy wrócić?" – myślał w podnieceniu.

Opanował się wreszcie. Umknął w krzaki. Wczołgał się do kotliny za uskokiem wzgórza.

Teraz pędem! Jak najszybciej do obozu. Zawiadomić wszystkich, sprowadzić tu! Biegiem! Biegiem! Opowiedzieć to drużynowemu.

Tajemnica

Marek biegł szybko, dużymi susami przeskakiwał bryły marmuru. Nie miał zamiaru zatrzymywać się przy nich, by nie tracić czasu. W pewnej chwili wrócił jednak parę kroków. Obejrzał jeszcze raz gazetkę ścienną, powiewającą na trawie, złożył ją starannie i schował za bluzę munduru. Wtedy spostrzegł dwa serdelki zgubione widocznie razem z opakowaniem. Podniósł je, pokiwał głową. „Taki przebiegły złodziej, a jednak zostawił ślad, pozwolił się złapać. Doskonale. Będę mógł pokazać druhowi, co znalazłem".

Ukrył serdelki w kieszeni, wyprostował się. Był dumny z siebie. Czuł pewne zadowolenie. Wprawdzie zdarzyło się to na pewno podczas „czarnej" warty, ale teraz się wyjaśni.

Podniecony zbierał okazy marmuru. Nie mógł sobie odmówić tej małej nagrody za powodzenie jednoosobowej ekspedycji. Obładowany jak dromader pomknął zboczem w dół kierując się na maszt obozu. Był już blisko, gdy spostrzegł, że wyszedł w miejscu, gdzie Radostowa urywa się stromą, wysoką na kilkanaście metrów ścianą piaskową. Ryzykować czy omijać? W tej chwili usłyszał ostry dźwięk haczyka bijącego w pokrywę i znajomy głos kucharza:

– Obiaaaaaad!

– Spóźniłem się – szepnął – ale nie wracam z pustymi rękami. Pomijając marmur, wytropiłem złodzieja. Felkowi uszy spalą się z emocji.

Zaczął się zsuwać. Piasek ustępował mu spod nóg. Marek jechał więc razem z grubymi zwałami. Nie było się gdzie zaczepić! Usiłował chwycić stwardniałe występy gruntu, rozkruszały mu się jednak w palcach. Pojedyncze trawki trzymały się słabo swojego podłoża. Ratował się nogami, wpierał je w piach i tak jechał hamując ciągle. Gubił kamienie, które niósł w rękach. Padały w piasek, ale zsuwały się także stopniowo, jakby szły z nim na wyścigi. Jeden trafił go w plecy, inny w nogę. Reszta chlupotała już z rozpędu do Lubrzanki, gdzie Marek wylądował za nimi. Wparty plecami w piaskową ścianę nie stracił równowagi, stanął po kolana w wodzie i przez chwilę odpoczywał. Z obozu tymczasem leciały dzikie wrzaski: „Jeść nam się chce!" Poczuł, że jest potwornie głodny. Mimo to jeszcze przez parę sekund nie ruszał się z miejsca, patrzył, jak woda płynie po dnie i obmywa mu stopy, które wydawały się zielonawe. Przeszedł ostrożnie na drugą stronę, wymijając oślizłe kamienie, i puścił się biegiem po łące.

Chłopcy siedzieli już wokół obozowego stołu, każdy trzymał pochyloną menażkę, a łyżki błyskały w słońcu i czasem zgrzytały. Na widok Marka podnieśli głowy zaciekawieni.

– Wiwat odkrywca Ameryki! – krzyknął oboźny. – Nie wątpię, że przynosisz sensacyjne wyniki.

Marek nie znosił ironicznego tonu, jakiego używał oboźny, toteż odparował natychmiast:

– Przyniosłem.

– A jakie? Wolno spytać?

– Nasze zapasy diabli połknęli i prosili o jeszcze.

Nad menażkami gruchnął śmiech. Zaczynało być wesoło.

– Mówiłeś z nimi? – pytał oboźny kpiąco.

– No chyba! Kazali się kłaniać oboźnemu i powiedzieli, że tej nocy znowu tu będą.

Chłopcy znowu parsknęli śmiechem. Lubili Marka za cięty język i zuchwałe słowa. On sam odpowiadał bez namysłu. Nie miał najmniejszego zamiaru tak mówić po powrocie z Radostowej, ale zaatakowany przez oboźnego przyjął natychmiast wyzwanie.

– Żarty żartami – oboźny przybrał ton oficjalny, podniósł wyżej opalony nos – ale znalazłeś co?

– Mnóstwo. Mam pełne kieszenie marmuru kieleckiego. Zaraz pokażę. Tylko dajcie jeść. Umieram.

Chwycił z namiotu menażkę, pognał do kuchni. Potem szedł ostrożnie, uważając, żeby nie wylać ani kropli z pełnego po brzegi naczynia. Zsunął się do rowka okalającego stół, usiadł na darniowej ławie między Felkiem i swoim zastępowym.

Właśnie zaczęto wydawać drugie danie i wtedy pochylił się do przyjaciela.

– Feluś. Odkrycie...

– Nie czaruj.

– Słowo.

– No to mów.

– Później. To sekret. Pamiętaj. Ani pary z lokomotywy.

– No chyba.

– Podczas ciszy poobiedniej wyjdziemy z namiotu. Osie powiemy, że nam coś zaszkodziło. Spotkamy się w wąwozie, przy źródełku.

– W dechę!

– No to gońmy do kuchni po drugie danie.

Cisza poobiednia w obozie ma kolor zielonkawozłotych brezentów, kiedy się na nie patrzy od spodu. Nagrzane słońcem namioty pachną, są ciepłe, zasypia się pod nimi łatwo. Felek leży w cieniu i liczy do czterystu. Ruszał uszami przy każdej wymówionej cyfrze.

– Nie wytrzymam dłużej – szepnął. – Oj! Muszę wyjść.Pomknął w kierunku „landryny" wzniesionej misternie nad wąwozem, ominął ją i z rozmachem skoczył na drugą stronę między jałowce.

Marek wstał po upływie długiego czasu, kiedy senność płynąca z ciepła i brzęczenia pszczół ogarniała najbardziej opornych.

– Zaraz wracam – bąknął i ulotnił się co prędzej w obawie, żeby przezorny zastępowy nie kazał mu czekać tak długo, aż wróci Felek.

Spotkali się w umówionym miejscu. Felek siedział nad źródełkiem i gryzł źdźbło trawy. Marek rozejrzał się ostrożnie dokoła, przyłożył usta do ucha kolegi. Mówił bardzo krótko. Felek odpowiedział jeszcze krócej:

– Bujasz.

– Ani słowa nikomu. Jesteśmy na tropie, ty i ja. Chwilowo nikt inny nie wie.

– Bujasz i tyle.

– Jeżeli chcesz, mogę wziąć kogo innego do spółki.

– Marek, co ty? Ja tylko tak... Nie mogłem uwierzyć...

– Dobrze. Mam przy sobie dowody rzeczowe, ale moje słowo powinno ci chyba wystarczyć.

Nie mogli dalej rozmawiać, bo wąwozem w górę szła druhna, ta sama, którą Marek spotkał podczas „terenoznawstwa". Tylko dziś miała we włosach kokardę różową. Niosła dwie blaszane stągwie, ustawiła je na brzegu i po kolei napełniała. Potem chciała dźwignąć, ale jej plecy w pierwszej chwili wygięły się tylko, ręce jakby się rozciągnęły. W następnej chwili druhowie chwycili ucha dzbanów i nieśli razem z nią. Wąwóz był wąski, musieli wyjść na brzeg. Znaleźli się po drugiej stronie obozu i dopiero wtedy chłopcy zorientowali się, co im grozi. Defilowanie z dziewczyną uważali za wstyd. Nie zmieniało faktu dźwiganie ciężaru, dobry uczynek spełniany przy tej okazji.

– Może byśmy poszli górą – zaczął Felek.Marek od razu zrozumiał intencje kolegi.

– Tak! Najlepiej górą. Skrócimy sobie drogę...

– Wiadomo, tamtędy najbliżej – dodał Felek, a jego uszy przy tym kłamstwie czerwieniały coraz mocniej.

Omijali starannie teren obozu pnąc się na pochyłość zbocza.

Dzbany zawadzały o kępy krzaków, przechylały się, woda chlustała na nogi chłopców. Skupieni na tej czynności nie spostrzegli, że w gąszczu żarnowca leżą druhowie z komendy obozu. Felek i Marek zajęci lękliwym oglądaniem się w stronę namiotów omal nie wdepnęli na wyciągnięte nogi instruktora wychowania fizycznego. Puma cofnął w porę swoje pedały, lekarz i oboźny zrobili to samo. Zanim któryś z tej trójki zdążył się odezwać, druhenka potrząsnęła „snopowiązałką" i powiedziała:

– Słyszałam o waszym nocnym złodzieju. Kto to był? Podobno wytropiliście ślady na Radostowej.

– Eee, niezupełnie... – bąknął Marek i za j ej plecami zrobił okropną minę do Felka.

Felek znów oblał się rumieńcem. Wolną ręką wskazał na kolegę i wysunąwszy język powtórzył kilkakroć bezgłośnie ruch paplania.

Puma, student medycyny i oboźny widzieli przez krzaki tę niemą rozmowę dwu dżentelmenów. Druhna zatrzymała się. Patrzyła na nich.

– Jak to? – pytała. – Przecież cały nasz obóz opowiada, że druhowie wołali: „Ho – hej! Znalazłem ślaaaady!"

Marek milczał i uśmiechał się do niej z wahaniem. Wreszcie zapytał:

– A druhenka słyszała także?

– Ja pojechałam rano do Kielc. Nie było mnie. No mówcie! Chyba to nie sekret. Złapaliście go??!!

Marek otwierał już usta, bo zdążył nawet zrobić tajemniczą minę i pochylić głowę do dziewczyny, jakby w obawie, żeby nikt nie podsłuchał. Ale w tej chwili Felek obrócił stopę na pięcie i dyskretnie, chociaż z całej siły, przydepnął Markowi trampek. Równocześnie powiedział lekceważąco:

– Eeee tam! Lepiej by druhenki pomogły nam szukać, a nie fantazjowały. Co za trele-morele! Złodziej pierwszy pękłby ze śmiechu!

Gimnastyk, student medycyny i oboźny popatrzyli na siebie, nastawili uszu, wyciągnęli głowy zza krzaków, ale tamci poszli dalej i nie było słychać dalszego ciągu rozmowy.

Oboźny podniósł się, wyciągnął szyję.

– To dopiero! – szepnął zdumiony.

Znak na drzewie

Zdziwienie oboźnego wzrosło, gdy w drodze powrotnej spostrzegł niespodziewaną przeszkodę. Na ścieżce, przed chwilą zupełnie pustej, po której odeszli Marek i Felek, ktoś ustawił teraz figurę z tarniny. Na kolcach umieścił czerwone muchomory, jakby chciał zapobiec podrapaniu nóg na tej zasadzce, a jednocześnie przykuć do niej uwagę.

Oboźny stanął.

– Oni tego nie zrobili! Widziałem ich daleko stąd, jak nieśli wodę. Więc kto? Może Andrzej Wróbel?

W tej chwili Puma przerwał oboźnemu.

– Spójrzcie!

Nieco dalej, na wprost ich oczu kołysała się delikatna, zielona strzałka. W pierwszej chwili, na tle zielonych liści była niedostrzegalna, wystarczyło jednak zatrzymać się nad muchomorową piramidą, żeby ją zauważyć.

Lekarz patrzył zdumiony.

– Może to pająk uplótł?Puma roześmiał się.

– Pająki nie snują swoich sieci z sitowia. Zwróćcie uwagę, jak to po mistrzowsku zrobiono. Z jednej strony zawieszono strzałkę na gałązce brzozy, z drugiej umocowano ją źdźbłami trawy do pnia dębu. W ten sposób wisi nad ścieżką, po której przecież wszyscy chodzimy.

Student medycyny pochylił się, żeby lepiej widzieć.

– Strzałka długa, prosta, pięknie wypleciona równymi węzłami. Na końcu prostokąt z dwiema przekątnymi...

Puma i oboźny powiedzieli równocześnie:

– List!

– Znak, że w tym kierunku należy szukać listu.Rozejrzeli się.

– Jest! – krzyknął oboźny. Dał nura pomiędzy liście paproci, gdzie na ziemi, zakryty w równej mierze zielenią, jak i ruchliwymi plamami słońca i cienia, był następny znak. Pumę już ogarnęła ciekawość.

– Odczytaj. Co tu napisane?

– 777.1 znowu strzałka.

– No co? Idziemy szukać listu w lesie?Oboźny nie miał ochoty.

– Nie warto! Jakiś głupi kawał. „Artyści" na pewno bawią się dalej. A zresztą mam pilne zajęcia w obozie.

Student medycyny i Puma spoglądali w głąb lasu.

– Pół kilometra. Co to jest? A zobaczyć warto.

– Może to któraś druhenka napisała liścik? One potrafią być tajemnicze...

Ruszyli naprzód spoglądając uważnie pod nogi. Szli wolno. Student medycyny liczył kroki z takim skupieniem, jakby to był puls ciężko chorego pacjenta.

– Siedemnaście – osiemnaście – dziewiętnaście – dwadzieścia –dwadzieścia jeden...

Podchody

Słuchaj Andrzej -powiedział oboźny półgłosem, bo jeszcze trwała cisza poobiednia – mamy dziś w planie zajęć podchody. Jeżeli zamierzasz je przeprowadzić...

– Oczywiście – przerwał Wróbel.

– To zabierz wszystkich. Zastęp służbowy również.

– Ale Czarne Stopy mają karę – wtrącił Hindus – dopóki się nie wyjaśni sprawa kradzieży.

– Ćwiczenia to nie porcja lodów – odrzekł drużynowy – mogę zabrać wszystkich. A ty? – zwrócił się do oboźnego – idziesz z nami?

– Zostanę w obozie. Mam trochę roboty. Puma z Hindusem pomogą mi.

W kilka minut później ostry gwizdek poderwał chłopców. Budzili się, wyskakiwali z namiotów. Oboźny zapowiedział podchody.

– Kto prowadzi? Sam druh drużynowy.Natychmiast buchnął krzyk radości:

– Be – er – a – wu – o!!! Brawo!!! Brawo!!! Brawo!!!

Szli przez las dość daleko, na przesiekę, gdzie słońce podgrzewało czerwone plamki poziomek. Śpiewali ze wszystkich sił, przewrzaskiwali się wzajemnie tak, że niebo drżało nad sosnami.

Drużynowy rozmyślał o nocnej kradzieży, która wydawała mu się teraz nierealna, jak dziwny sen.

– Który z nich? I po co? Dlaczego? Sprzedał? Kupił cukierków? Ależ to bzdura! Żaden z nich! – Andrzej opędzał się ponurym myślom, a chłopcy biegli przed nim podnieceni, czujni, ciekawi, gotowi zrobić wszystko na jego rozkaz.

Wsparł się nieco plecami o pień drzewa, zaczął groźnie:

– Słuchajcie, nosorożce nakrapiane piegami, słuchajcie, patałachy wszystkożerne, słuchajcie, brzuchonogi długorękie! To nie będzie zabawa, tylko normalne harcerskie ćwiczenie. Radzę wam wystawić uszy jak najwyżej zajęczym sposobem i słuchać. Uwaga! Dzisiejsza gra jest bardzo prosta. Chowacie się na tej polanie, gdzie kto może, jednak nie bliżej niż czterysta kroków ode mnie. Na gwizdek odwracam się do was tyłem, a wy biegniecie w moim kierunku. Znów gwizdek. Już was nie ma. Ja teraz patrzę i wywołuję tych, którzy się kiepsko ukryli. Pamiętajcie chłopcy, to jest gra pomiędzy mną i wami. Wygrywa ten z was, kto podejdzie aż tu, do mnie i da mi sójkę w bok. Zrozumieliście?

Zrozumiałem, że przy tej okazji zdążymy się nawcinać poziomek–zażartował Fobusz, któremu zawsze dopisywał apetyt.

– Uwaga! Zaczynamy! Upatrzcie sobie najlepsze miejsca. Ja staję do was tyłem i przez ten czas możecie się schować, gdzie kto chce. Raz! Dwa! Trzy!

Podniósł gwizdek do ust. Odwrócił się. Mundur na jego plecach był płowy, sprany deszczem, odbarwiony słonecznymi promieniami. Chłopcy patrzyli na niego zaledwie przez kilka sekund. Zerwali się, biegli. Na polanie zaroiło się, jakby króliki wyszły na harce. Każdy śmigał gdzie mógł i jak mógł. Jedni co sił gnali na upatrzone miejsca za krzakiem, za drzewem, za pniem, za kępą żarnowca czy paproci. Wiedzieli, że drużynowy lada chwila zagwiżdże i zrobi w tył zwrot. Nie powinien ich spostrzec. Oni przycupną, zaszyją się w liście, nie będą się niczym różnili od leśnego poszycia. Wsiąkną.

Byli też i inni, którzy lecieli na ślepo, aby dalej naprzód.

Andrzej Wróbel odwrócił się i ma nie lada widowisko. Patrzcie, co się dzieje! Środkiem polany galopuje, jak Chromik, Zatopek albo spłoszony jeleń, bohaterska Czarna Stopa, Zenek, syn właściciela ciężarówki. Za późno włączył hamulce, już inni zniknęli, najbliższa okolica wyludniła się niepokojąco. Więc hopla za pień! Ale tam wykrzywia się potwornym grymasem i odwraca się niemal na podszewkę pucułowata twarz Patelni.

Zenek daje susa w przeciwnym kierunku, chciałby się rozpłaszczyć na ziemi, za sosną. Niestety, miejsce zajęte. Leżą tam obok siebie nieruchomo trzej chłopcy podobni do zdechłych żab: długi jak tyka chmielowa Longinus, a przy nim Nobo i Korek.

– A niechże cię! – mruczy Zenek.

Rzuca się w innym kierunku. Leci naprzód. Natychmiast jednak cofa się, jakby go polano wrzątkiem. Ale to nie była gorąca woda, tylko chłodny, pełen rozbawienia wzrok Andrzeja Wróbla. Zenek trzasnął o ziemię głową, kolanami, łokciami. Jego tylna część ciała wypięta do góry tworzy kopczyk wcale nie mniejszy niż sąsiednie mrowisko.

– Chciałbym wiedzieć – krzyknął Andrzej swoim wspaniałym głosem, któremu natychmiast odpowiedziało z leśnych głębin echo: „edzieee" – czy to jest pokaz, jak nie powinno się tracić głowy podczas podchodów, czy może taniec wschodni zakończony klasycznym tureckim pokłonem? Ej, ty tam, przestań udawać strusia, wyciągaj nochal z piasku. Widzę cię. Chodź tu trochę bliżej, będziemy sobie stali razem, po co miałbym się nudzić samotnie?

Przemówienie Wróbla tak obszerne i głośne nie poruszyło tylko najbardziej doświadczonych druhów. Inni próbowali choć jednym okiem zerknąć na strusia, na jego turecki pokłon i w ogóle zobaczyć, jak wygląda pierwszy „spalony" uczestnik podchodów. Nie przeczuwali, że drużynowy mówi wprawdzie do Zenka, patrzy jednak bacznie naokoło i przegląda krzaki. A nuż zwabione jego słowami wyjrzą spomiędzy liści jakieś nad miarę ciekawe oczy albo uszy? Istotnie, już po chwili Wróbel krzyknął:

– Widzę bladą twarz pomiędzy dwoma dębami. Dalej, wyłaź, bracie,i stawaj tu razem z Zenkiem obok mnie.

Zagwizdał. Odwrócił się plecami.

Marek, zanim skoczył w upatrzoną gęstwinę jałowca, spojrzał za siebie. Zrozumiał wszystko. Zielone mundury zniknęły między liśćmi, konarami, roztopiły się na mchu. Nie było widać bluz ani harcerskich czapek. Ale z daleka raziły bielą dłonie i twarze. Nawet najbardziej opalone wyłaziły z leśnego tła jako przedmioty obce, jasne, łatwo dostrzegalne. Raziły także lilijki na czapkach, zwłaszcza jeżeli przejrzał się w nich promień słońca.

– Takie buty – szepnął i co prędzej odwrócił swoją furażerkę tyłem naprzód.

Obserwacja polany i kolegów zabrała mu jednak wszystkie sekundy. Wróbel zagwizdał. Marek wcisnął twarz między mchy, dłonie ukrył pod sobą, leżał bez ruchu. Był zadowolony, że nie wyskoczył ze swego schowka, skoro zrozumiał istotę niebezpieczeństwa. Twarze, dłonie, gołe kolana wpadały najłatwiej w oko pomiędzy leśną gęstwiną. Nie wolno patrzeć z ukrycia na tego, kogo chce się podejść, jeżeli on także patrzy w stronę polany. Podchody to nie tylko wysiłek rąk i nóg, na których pełznie się do celu. Tu również trzeba myśleć i ten wygra, kto najlepiej obmyśli metodę gry. W tej chwili Andrzej Wróbel wyłuskuje chłopaków, jak ziarna ze strączka.

– Wyłaź, druhu Nobo. Łypiesz oczyma zza pnia brzozy. Widzę cię.Hej, czyje tam ucho sterczy nad jałowcem? Pokaż się cały, zrób nam tę przyjemność! A, to we własnej osobie komik obozowy Fobusz. Prosimy, prosimy. Zaraz mi tu będzie weselej. Nudziłem się na czatach, a teraz będę miał paru kibiców.

– Kto jeszcze? Za późno szukać lepszego schowka, mój panie! Gdybyś, niedźwiedziu, w mateczniku siedział, nigdy by się Wojski o tobie nie dowiedział. Ale Korek wolał wyleźć i przedstawić nam się. Bardzo nam przyjemnie. Pozwól do nas.

Pogrom trwał jeszcze chwilę. Marek wciśnięty nosem w mech słyszał w okrzykach Andrzeja Wróbla potwierdzenie swoich poprzednich obserwacji. Wiedział już, co ma robić, miał plan i czekał w napięciu. Żeby tylko druh go nie spostrzegł. Żeby go nie wywołał teraz przed zastosowaniem odkrywczej metody. Nogi „spalonych" kolegów tupotały nad nim jeszcze chwilę, potem wszystko ucichło. Gwizdek. Marek zrywa się. Biegiem przed siebie, aż ziemia fruwa pod nogami. Kosmyk włosów sterczy mu jak pióro zatknięte na czole. Co prędzej nadrobić stracony czas, odsadzić się naprzód parę metrów. Upatrzone z góry miejsce, to rowek odkryty z tej strony, a zasłonięty gęstwą paproci przed wzrokiem Andrzeja. Marek chce z rozpędu wskoczyć do znakomitego schowka, nie spostrzega jednak, że i Maciek Osa wybrał to samo miejsce. Czy można przewidzieć zamiary kolegów? Obaj wlepili oczy w plecy Andrzeja Wróbla, nie patrzą pod nogi, nie widzą się nawzajem. I nagle trzask! Zderzyli się głowami, rąbnęli w siebie, jak dwa rozwścieczone barany.

Wszystkie gwiazdy zawirowały im w oczach. Upadli w przeciwne strony między liście paproci. Szum w uszach. I gwizd. Oprzytomnieli. To gwiżdże drużynowy. Co robić? Spostrzeże ich natychmiast, jeżeli się ruszą. Już się chyba odwrócił i patrzy po lesie, przenika wzrokiem plamy i słoneczne rozjaśnienia. Rozpłaszczyli się. Wkleili nosy w ziemię.

– Leżeć, ani drgnąć! – Marek sam sobie wydaje rozkaz, ale nie wierzy w swoje ocalenie. – Wpadliśmy – mówi szeptem i nasłuchuje, kiedy Wróbel wywoła go wśród żartów i dworowań.

W pierwszej chwili zapewne dlatego ich nie spostrzegł, że zajął się wyciąganiem na polanę tych, których przyłapał na skokach i biegach. Koziołek Maćka i Marka zdarzył się tuż przed gwizdkiem i nie zwrócił uwagi Wróbla. Skoro załatwił tamtych, rozejrzy się, zobaczy, co za barany leżą pod pióropuszami paproci.

Serce Marka tłucze o leśny czarnoziem, jakby chciało wypukać z kryjówek i nastraszyć wszelkie drobne owady żyjące w igliwiu i mchu. Mrówkom ten alarm nie przeszkadza. Chwilę krążą wokół harcerza, który zagrodził ich główną trasę transportową, szybko jednak decydują, że przeszkoda jest do przebycia. Pierwsza mrówka – dowódca czy może inżynier – przebiega po ramionach, plecach i policzku Marka nerwowo, niespokojnie, zygzakowato, potem wraca tą samą drogą i za chwilę sprowadza ruchliwą gromadkę. Po skórze chłopca szmerają mrówcze nogi, łaskoczą, powodują ciarki. Nie wystarczy zaciąć usta. Chciałoby się skoczyć, wrzasnąć, zamachać rękami, zatańczyć mrówczanego mazura z hołubcem. A trzeba leżeć bez ruchu, bez tchu i bez słowa. Jedna stoczyła się za kołnierz, kotłuje się po plecach, usiłuje wyleźć i spada znowu. Inna, bumelant obrzydliwy, zamiast pracować, ulokowała się Markowi pod kolanem i najspokojniej zaczyna go nakłuwać.

Marek usiłuje ruszyć mięśniem nogi.

Mrówce to nie przeszkodziło, drgnęły natomiast paprocie, zaszeleściły. Mógł je poruszyć wiatr, ale gdyby to zwróciło uwagę Wróbla, spróbujcie mu wytłumaczyć, że pod paprociami nikogo nie ma!! Marek zrezygnował z dalszego płoszenia mrówek, leżał sztywno, jego cierpliwość i silna wola były napięte do najwyższych granic. Właśnie wtedy, żeby mu się nie nudziło, nadleciała z efektownym bzykiem osa.

„Fałszywy adres, obywatelko! Tam na prawo leży Maciek Osa, imiennik i kuzyn szanownej obywatelki" – pomyślał i zrobił do niej zeza w słabej nadziei, że tym ją zniechęci.

W osę jakby coś wstąpiło. Zaczęła z coraz głośniejszym „bzzz, bzzz, bzzz" okrążać ruchem wirowym, bardzo szybkim nos Marka, jakby Marek był samolotem a ona jego śmigłem. W tej sytuacji oczy same zezowały chcąc dostrzec osę, z której zrobiło się teraz kółko z przeźroczystymi skrzydłami.

„Wściekne się albo za chwilę wystartuję" – pomyślał Marek i nagle wystartował istotnie, bo gwizdek uwolnił go od mrówek i dalszego niepokoju. W biegu bił się piętami po siedzeniu, żeby wytrząsnąć z ubrania zapóźnione owady. Pień białej brzozy otulony gęsto żarnowcem był obszerny jak dom. Ukrył Marka znakomicie, pozwolił rozprostować kark i zająć wygodną pozycję. Drużynowy jest już blisko. Jeszcze jakieś trzy, cztery przeloty dzielą Marka od niego. Przy drużynowym, odwróceni plecami w stronę polany, siedzą ci, których wyłapał. Ilu? Gwizdek nie pozwala zliczyć. Głowa do ziemi. Ratuj się, kto może! Lotnik! Kryj się. Po gwizdku cisza. Słychać głos wilgi, która woła najwyraźniej z uporem i satysfakcją:

„Będzie deszcz! Będzie deszcz! Będziesz widział!!"

W ciszy narasta niepokój. Kogo Wróbel spostrzeże i wywoła za chwilę? Cisza staje się złowróżbna. Markowi niemal puchną uszy od wyczekiwania w napięciu. Nagle znajomy dźwięk. Bzzz! Bz, bz, bz...

Osa zaatakowała go wściekle, bzykała to z prawego, to z lewego policzka, biła z furią po plecach, aż wreszcie zaczęła wirować wokół Markowego nosa, jak wentylator elektryczny.

– A bodaj cię – jęczał Marek w głębi serca. – Myślałem, że dasz mi spokój.

Kiedy zabrzmiał gwizdek, Marek w skoku palnął osę czołem. Obraziła się, zaczęła w gniewie szukać sobie miejsca, żeby mu żądłem wymierzyć sprawiedliwość. Pierwszy raz kolnęła go w głowę, ale machnięciem ręki odrzucił ją daleko. Wróciła jednak. Właśnie przycupnął we wrzosie i chciał się ułożyć jak najbardziej płasko, pod gałązką młodego świerka, gdy poczuł palące jak ogień dotknięcie na szyi. Zerwał się. Misternie przymocowana do źdźbła trawy gałąź odskoczyła na dawne miejsce. Marek opanował się z najwyższym trudem i co prędzej zaczął utwierdzać gałązkę, żeby jak przedtem utworzyła nad nim bezpieczny daszek. Osa tymczasem wymierzyła mu jeszcze dwa ciosy w szyję, potem usiłowała przebić płótno munduru na plecach, ale te próby kończyły się tylko wzmożonym bzykaniem. Palący ból wzmagał się szybko, mimo to gwizdek zastał chłopca idealnie zamaskowanego w zielonym schronie. Siedział w nim jak zając pod miedzą, bezpieczny i zarazem pełen lęku. Wróbel znowu kogoś złapał, ale Marek nie miał siły słuchać ani myśleć, tak paliła go szyja. Na sygnał do biegu zerwał się, gnał prosto na sąg drewna, przy którym po jego stronie leżała gałąź brzozowa. Stojący na czatach Andrzej Wróbel nie mógł jej widzieć i Marek aż się dziwił, że nikt z kolegów, którzy nie mieli kłopotów z osami, nie wpadł dotąd na pomysł, by wykorzystać taką osłonę. Wyskoczył zza sąga, gdzie nie wolno było się chować, gnał przez łysą i gołą część polany, pozbawioną krzaków i pni. Równo z gwizdkiem upadł na ziemię, rozpostarł nad sobą swój brzozowy parasol i drżał z emocji. – Spostrzeże gałąź, co tu nagle wyrosła, czy nie? Las pełen zieleni. Chyba jednak nie liczył każdego listka? Zawoła mnie? Wpadnę na ostatnim etapie!

Gwizdek ogłosił Markowi zwycięstwo. Plecy Wróbla już blisko. Zaledwie kilkanaście kroków. Gałąź niepotrzebna! Biegiem! Biegiem! Ani się nie spodziewał, że pierwszy z całej drużyny stanie przy Wróblu. Wyprężył się na baczność i zameldował:

– Druhu komendancie, Marek Osiński z zastępu Czarnych Stóp melduje, że zakończył podchody.

Andrzej zagwizdał. Odwrócił się szybko. Słuchał meldunku zadowolony, z uśmiechem w oczach.

– Zwyciężyłeś! Jesteś pierwszy. Winszuję ci!

Uścisnął jego dłoń mocno i tak, że Markowi zrobiło się gorąco i wesoło.

Usiadł obok wyłapanych kolegów. Szyja paliła go coraz bardziej, wiedział jednak, że to przejdzie. Patrzył na polanę, gdzie słońce sączyło się przez konary jak przez złote sita. Było coraz niżej, kładło promienie po ziemi. Wypoczywało. Dawało wypoczynek. Podchody zbliżały się ku końcowi. Wróbel zapisywał punkty chłopcom, którzy podchodzili i meldowali się kolejno.

– Marek ustanowił rekord – oświadczył Wróbel. – Przyszedł w czasie najkrótszym, a muszę wam przypomnieć, że nikt w dziejach naszej drużyny tak szybko nie rozegrał podchodów.

Uśmiechnął się do Marka, zanim wydał komendę. Ruszyli czwórkami, ze śpiewem. Na granicy obozu czekał oboźny.

– Zgadnij, kto zwyciężył? – wołał Andrzej Wróbel z dumą w głosie. – Marek Osiński! Miał wspaniały czas!

– Nie dziwię się – powiedział oboźny kwaśno.Jego słowa utonęły w dzikich wrzaskach:

– Pewno, druhu. Nie ma się czemu dziwić! Osy go cały czas goniły. Trochę go nawet napoczęły. Już puchnie...

W ogólnym zamieszaniu oboźny mówił drużynowemu:

– Nie dziwię się, że taki zdolny do podchodów. On ma różne talenty. Zrobiłem w obozie rewizję. Zgadnij, co znalazłem.

– Rewizję? Żartujesz chyba. Nie pochwalam podobnych metod w naszej pracy.

– Taaak? A wiesz, co znalazłem? Osiński miał w kieszeni chlebaka papier z gazetki ściennej, w który była zapakowana wędlina. Prócz tego zostawił sobie dwa serdelki.

Andrzej Wróbel stał chwilę bez słowa. Przyglądał się oboźnemu, to znów rozwrzeszczanej, radosnej gromadzie. Nagle odwrócił się na pięcie.

– Kolacja, apel i spać. Ogniska dziś nie będzie. Zastąpisz mnie.Nie patrząc na nikogo poszedł zboczem w dół ze zwieszoną głową.

Chłopcy nie przestawali hałasować i pokrzykiwać za nim wesoło. „Druhu! Druhu!" Zdawał się nie słyszeć. Marek spostrzegł kreskę goryczy przy ustach Andrzeja i ruch szczęk zaciskanych miarowo, jak w obronie przed płaczem. Wyskoczył z szeregu, biegł kilka kroków. Był tuż za nim. Ostry gwizdek i ostry głos oboźnego zatrzymały go.

– Osiński! Wróć! Natychmiast wróć!

W obozie zapanowała nagła cisza.

– Druhu – wołał Marek do Andrzeja, do jego pochylonych pleców. – Druhu, co się stało?

Wróbel nie odpowiedział. Długimi krokami schodził ze zbocza coraz niżej.

Marek odwrócił się. Patrzył bezradnie na kolegów, na oboźnego. Zaczął leźć pod górę. Stanął posłusznie w szeregu.

Leśne Oko

Andrzej Wróbel szedł szybko. Miał ochotę w ogóle nie wracać do obozu, gdzie zamiast atmosfery zaufania i przyjaźni zaczęły się kradzieże, rewizje, podejrzenia. Tak niedawno cała drużyna marzyła o życiu w namiotach, o dniach pełnych pogody i humoru nawet podczas ulewnych, upartych deszczów. A tu na samym początku taki zgrzyt. Odczuwał to jak uderzenie pięścią między oczy. Miał żal do Marka, że marnował ofiarowane mu zaufanie. Miał pretensje do oboźnego za samowolne przeprowadzenie rewizji. Szedł przez gąszcz. Wybierał najgorsze, najtrudniejsze przejścia. Gałęzie biły go po ramionach, jeżyny szarpały mundur, trzaskały szyszki miażdżone butami. Szedł szybciej. Największy żal miał do siebie za wypuszczenie z rąk tej sprawy. Trzeba było zapobiec komplikacjom. Odrobienie błędu popełnionego w pracy z drużyną to znacznie trudniejsze zadanie niż uniknięcie kilku błędów.

Zszedł do wąwozu, przeskoczył strugę płynącą po dnie, szybko biegł po stromej ścianie. Ruch i wysiłek były w tej chwili dla niego konieczne. Zdawało mu się, że inaczej przygnębienie zapanuje nad nim. Serce biło mu głośno, mimo to nie zwolnił kroku. Nad brzegiem wąwozu spotkał dwa leśne widziadła ubłocone do kolan, podrapane, z igliwiem sterczącym w rozczochranych włosach. Miały błoto na kolanach i na rękach. Nawet nosy i policzki pokrywał tu i ówdzie czarnoziem.

– Andrzej, to ty zrobiłeś ten kawał ze strzałką i listem? Ale nas przegoniłeś!

Dopiero teraz drużynowy poznał studenta medycyny i Pumę.

– I nie znaleźliśmy. Sam diabeł lepiej by tego nie ukrył.

Andrzej Wróbel milczał. Kotłowało się w nim jeszcze rozżalenie. Wolałby ich wyminąć bez słowa i iść dalej, maszerować przez las, dopóki się nie uspokoi. Ale dwaj dorośli młodzieńcy wydali mu się tak zajadli jak mali chłopcy, którzy daremnie tropili zająca, lub jak małe wyżły, którym się nie udało polowanie.

Student medycyny podniósł ręce i rozpostarł przed Andrzejem dziwną zieloną strzałkę z sitowia.

– To ty wyplotłeś, prawda? Nikt inny nie umiałby tego tak wspaniale zrobić.

Andrzej obejrzał strzałkę ze znakiem listu. Zagwizdał w dowód podziwu.

– Misterna robota. Gdzieście to znaleźli?

– Tam, gdzie powiesiłeś. Na ścieżce do źródełka.

– Nic więcej?

Patrzyli niedowierzająco. Buja czy też naprawdę nie on to umieścił?

– Pod brzozą widzieliśmy znak.

– Co dalej?

– Szliśmy po takich wściekłych wertepach, że diabli nas brali. Jeżyny, całe gniazda jeżyn, a pośrodku znak: iść dalej w tym samym kierunku. List czeka was na końcu.

– No? Znaleźliście ten list?

– Albo ktoś już wcześniej zabrał, albo my zmyliliśmy trop.

– A gdzie był znak ostatni?

– Tu gdzieś, o, przy tym białym kamieniu.

– Pójdziecie jeszcze raz trasą jeżyn?

– Ani nam się śni! – powiedział Puma – wracamy. Teraz doktor opatrzy moje podrapane kończyny, a ja zrobię doktorowi lekarski masaż. Lipa, nie bieg harcerski.

– No, to cześć. Przyjemnej kuracji.

– Cześć!

Zsunęli się po zboczu wąwozu. Drużynowy podszedł do białego kamienia. Znalazł bez trudu znak ułożony w mchu z małych szyszek. Strzałka, prostokąt i cyfry: 507. Czubek strzałki był ostry, wyznaczał bardzo dokładnie kierunek. Andrzej ruszył z miejsca wielkimi krokami, czujny, skupiony, zupełnie pewny, że trasę ułożył doświadczony harcerz. Ale kto – to się okaże. Najważniejsze, że trzeba się przedzierać przez gąszcz ożogów i konarów, omijać grube drzewa, brodzić w gałęziach, skakać przez parowy i nie zmienić kierunku. Myśl o kłopotach w obozie przycichła jak ból zęba. Kiedy zacznie nękać znowu, będzie można spokojnie powziąć decyzję.

Czas upływał. Jeżyny coraz bardziej dokuczały Andrzejowi, ciągnęły go do tyłu. Przed sobą miał jeszcze całe polany jeżyn! W poprzek trasy leży potężny świerk. Padł na głęboką wyrwę w ziemi, koroną i korzeniami wsparł się na jej brzegach. Andrzej usiadł. Odpoczywał i rozglądał się. Lubił takie miejsca. Mchy rozgościły się tu bujnie, tworząc na korze olbrzyma zielone brody. Zajęcza koniczynka wyrastała spomiędzy mchu i wydawała się żółtawa na tle ciemnej, aż granatowej zieleni.

Mnóstwo podłużnych szyszek zwisało pod gałęziami. Niżej, na dnie dołu, ziemia częściowo wyczyszczona z trawy, jakby tu ktoś niedawno pracował. A może bawiło się dziecko, bo leżą drobne kamyki. Tworzą strzałkę i przekreślony prostokąt:

Jak to? Więc już tak blisko, zaledwie o jedenaście kroków stąd jest koniec trasy, koniec zabawy i jakiś list? Andrzej doznał rozczarowania. Co to trudnego? Wystarczyło iść ściśle wedle wskazówek i za chwilę będzie trzymał w ręce kawałek papieru, na którym pewno jakiś wesołek napisał „A ku – ku!". Twarz Fobusza zjawiła się wyraźnie w pamięci Andrzeja. Może zresztą Marek napisał prawdę o swojej nocnej warcie. To do niego podobne. Jedenaście kroków. Andrzej zeskoczył z pnia. Ruszył ściśle w kierunku wyznaczonym ostrzem strzałki. Zaczęła się znowu gęstwa jeżyn. Oplatały mu nogi, wczepiły się kolcami w materiał farmerek, darły, drapały, kłuły, zdawało się, że są żywe, że za wszelką cenę nie chcą go puścić ani kroku dalej. Rosły wysoko, sięgały mu do piersi. Rozgarniał je ostrożnie, próbował sunąć nogi po ziemi. Dołem wiły się pędy złośliwe, bezlistne, często zeschnięte. Kolce ich jak igły przebijały skórę, łamiąc się i zostawiając ostry czubek na pamiątkę.

– Właśnie że nie wrócę – szeptał Andrzej i sykał boleśnie, nakłuwany znienacka. – Jeszcze tylko siedem kroków, a tam... Ktoś może siedzi za tą kępą?

Przez gąszcz jeżyn widział już miejsce, gdzie wedle jego obliczeń powinien wypaść koniec wędrówki. Spostrzegł za krzakami ciemny, nieruchomy kształt. Plecy? Schylona głowa? Zatrzymał się. Zakasłał. Jeżyny drgnęły. Cisza. Cisza zupełna w lesie, w całej okolicy. Krok naprzód. Znowu ruch krzaków. To wiatr czy ktoś tam jest? Andrzej zawołał:

– Halo!

– Milczenie. Tylko echo w głębi lasu powtórzyło:

– Ha –lo!

Jeżyny nie pozwalają podejść bezszelestnie. Trzeszczą, trzaskają.

Trudno. Jeszcze dwa kroki. Już. To nie były plecy, lecz obcięty wysoko, na metr nad ziemią, pień. Andrzej obszukał go, pewny, że właśnie tu znajdzie list. Na próżno. Stanął, podniósł głowę. Chciał sprawdzić strony świata i położenie słońca. Wtedy spostrzegł nad sobą, na pniu dębowym przymocowaną zgrabnie strzałkę do góry.

Parsknął śmiechem.

Jeszcze co? Jak wejdę na drzewo, znajdę może znak – „wystartować w kosmos..."

Chwycił oburącz konar nad głową, wspiął się. Był już na dębie. Lazł do góry z gałęzi na gałąź, oglądając każde wgłębienie kory i niemal każdy listek. Był już bardzo wysoko, gdy na wygodnym przegięciu konaru spostrzegł umocowany trzciną wielki płat brzozowej kory. W pierwszej chwili wydał mu się niczym innym jak zwykłym kawałkiem drewna, dopiero gdy Wróbel przyjrzał się uważnie, zauważył nacięcia wykonane kozikiem albo fińskim nożem. Morse! Długi list! Odczytywanie poszło już gładko.

Byłem u was na nocnej warcie. Wiem, kto złodziej. Zamierzam was odwiedzić. Widzę każdy wasz krok. Patrzę w tej chwili na ciebie, kiedy czytasz mój list. Czuwaj!

Leśne Oko

Zimno przeleciało po plecach Andrzeja Wróbla, gdy czytał ostatnie słowa, chociaż należał do chłopców odważnych i nikogo się nie bał. Ale teraz obejrzał się niespokojnie po zielonej polanie, po kępkach jeżyn i młodych dąbków, skąd podobno patrzy na niego Leśne Oko. Pusto. Pusto i cicho. Zsunął się na ziemię, bo gęstwa dębowych liści przeszkadzała mu zlustrować teren. Wszędzie zieleń i spokój. Upał wisi nad krzewami jeżyn, siwą mgiełką zasnuwa dalsze miejsca pomiędzy drzewami. Nikogo nie widać. Ale z każdego zakątka może mu się przyglądać ukryty obserwator – Leśne Oko.

W chwili gdy pomyślał, że trzeba będzie porozmawiać z leśniczym i dowiedzieć się, kim jest autor listu, spostrzegł dodatkowe nacięcia na brzozowej korze:

Zachowaj tajemnicę

Wróbel ukrył list w kieszeni, potem zaczął się przedzierać między krzakami jeżyn w stronę obozu. Poprzedni gniew odpłynął. Wiatr chłodził mu czoło, muskał włosy. „*Patrzę w tej chwili na ciebie... Zachowaj tajemnicę*". Dziwne. Może jakiś instruktor z Kwatery Głównej ZHP zadał sobie tyle trudu, żeby zaintrygować obóz, bo któż by to mógł być inny?! Cieniste głębie lasu szarzały ze wszystkich stron budząc niepokój i ciekawość.

Nocny gość

W nocy obudził chłopców huk i trzask rozrywający się tuż nad nimi. Zaspani, na wpół przytomni słuchali. Akustyka Gór Świętokrzyskich pomnażała każdy łoskot, przedłużała go, pozwalała mu dudnić na prawach echa. Gdy to cichło na krótką lub długą chwilę, słyszeli szum gęsty, bliski, po którym wybuchało następne dudnienie. Jeszcze nie zdążyli się zorientować, czy to burza czy huragan łamie drzewa w lesie, gdy przeraźliwy krzyk w obozie poderwał ich na nogi.

– Ratuuuuuuuunku!

– Na pomoooooc!

Tuż blisko, zaledwie o parę metrów, działo się coś, czego sobie nie mogli wyobrazić. Fobusz zeskoczył z pryczy, wytknął głowę przez otwór namiotu i swoim przeraźliwie brzmiącym głosem alarmował:

– Morduuuują!!! Ratunku!!!

Z ciemności powtórzyło się bardzo głuche, zdławione wołanie:

– Na pomoc!! Ojej, jej!

Maciek Osa spróbował zagwizdać, ale zęby zadzwoniły mu o gwizdek, a głos ledwo się wydobył w postaci ochrypłego, cichego świstu. Chrząknął więc i rozkazał:

– Czarne Stopy! Za mną. Latarki do rąk. Naprzód!

– Bez ubrania?

– Tak jak jesteście. Idziemy.

Następna seria huku zagłuszyła jego słowa. Wyszli.

Po zimnej rosie biegli boso w kierunku rozpaczliwych jęków i bełkotania. Oświetlili latarkami miejsce, gdzie jeszcze wczoraj stał namiot Białych Fok. Teraz nie było przed nimi wyniosłego trójkątnego zarysu. Nisko na pryczach leżał sfałdowany brezent, a pod nim kotłowali się przyduszeni druhowie.

Maciek Osa próbował się czegoś dowiedzieć, ale nie słyszeli go.

– Hej! Patelnia! Co wam się stało?

Zamiast odpowiedzi wyszły spod brezentu nieartykułowane pomruki, potem stłumiony okrzyk:

– Do góry maszt! Raz, dwa, trzy — op!!

Zakołysał się brezent uniesiony nieco do góry. W tej chwili grzmot przetoczył się znowu nad lasem, nad górami, wzmógł się szum wichru i nagle namiot poderwał się jak spadochron, spod którego wyjrzały nogi Białych Fok, ubranych w jakieś pstrokate piżamy.

– Ratuuuuuuuunku!!

– Trzymaaaaj!!

– Na pomoooc!!

– Wbijajcie zapałki!

Drużynowy z oboźnym, a po nich Puma, Hindus, kucharz, student medycyny nadbiegli ze wszystkich stron razem z Żurawiami, PIHM i Kontiki, w chwili gdy namiot wystartował i z łoskotem brezentowych skrzydeł gnał środkiem terenu. Wicher porwał oprócz niego mundury, menażki, czapki, które teraz turlały się po ziemi, wzlatywały w powietrze, skakały jak żaby, śmigały jak polne koniki, podfruwały i osiadały jak ptaki. Wybuchła wrzawa. Pogoń. Polowanie. Chłopcy rzucali się na gnające przedmioty, chwytali je, częściej ręce pozostawały puste, a złośliwy przedmiot umykał dalej.

Nowy nawrót huraganu poderwał namiot w górę.

– Dodał gazu!

– Napęd atomowy!

Białe Foki ledwo zdołały się wyplątać spomiędzy sznurów i przewróconych kołków. Usiłowały gonić, łapać, utrudniając tylko pościg innym zastępom. Nagle wszystko ucichło. Wicher się przyczaił, jakby go nie było. Namiot opadał wolno na dół, na dno wąwozu. Chłopcy zamilkli. Przystanęli na krawędzi. Światło latarek szło w ślad za ciemną masą brezentu. Wtedy naprzeciwko nich, po drugiej stronie parowu, gdzie zaczynały się egipskie ciemności, wybuchł śmiech i nie ustawał. Zmieniał tonacje, przycichał, zachłystywał się, przechodził w chichot, w kaszel, w szczekanie, by znowu huczeć potężnie i głośno. Towarzyszyło mu czasem ostre klapnięcie, jakby ktoś z nadmiernej uciechy bił się oburącz po kolanach. Echo leśne powtarzało w nieskończoność te wybuchy śmiechu. W obozie zrobiło się cicho. Groza ścisnęła chłopcom gardła. Tylko oboźny krzyknął ze złością, kiedy śmiech ucichł wreszcie:

– Który tam jest?! Fobusz! Marek!

Ale tuż przy oboźnym odezwał się zmieniony głos Fobusza.

– Druhu... To nie ja tam jestem. I wcale mi się nie chce śmiać. Marek też tu stoi...

Oboźny skierował latarkę na drugi brzeg. Inni zrobili to samo. Drzewa. Krzewy. Cisza. Nikogo nie ma. Wiatr szumi znowu głośno, burza krąży w pobliżu, huczą grzmoty.

– Może to ktoś z Mąchocic?

– Na pewno pan leśniczy chciał nas postraszyć.

– Odliczyć zastępami – rozkazał oboźny. – Potem idziemy zbierać graty Białych Fok.

W świetle małych latarek i reflektora drużynowego krążą bosi piżamowcy w obwisłych, za dużych albo kusych i przyciasnych spodniach. Układają w namiocie-świetlicy sienniki Białych Fok, ich koce, plecaki, mundury. Zastępy, niby karawany, snują się po terenie, wloką wszystko, co im wpadnie w ręce, bawi ich ta przygoda.

– Prędzej. Deszcz wisi w powietrzu.

Nareszcie zlikwidowano skutki huraganu. Chłopcy już są w namiotach. Oboźny sprawdza jeszcze obecność. Drużynowy bez pośpiechu wraca do siebie. Reflektor oświetla dużą część terenu, jasny klin sunie w lewo i w prawo, zakreśla krąg, odsłania wszystko, co zakryła ciemność. Nagle drużynowy cofa się o krok. Wejście do namiotu komendy zastawione. Przecież to jest obozowa stolnica, wieszana zwykle na sosnowym słupku w charakterze tablicy ogłoszeń. Ktoś ją zdjął i umocował na gwoździu zamiast menażki oboźnego. Sadzą czy grubym ołówkiem namazano kropki i kreski:

— • — / —/ — — — // — / • — / — • — //

Kto tak umacnia namioty? Dzieci czy harcerze? Chętnie wam pomogę. Czuwaj! Leśne Oko.

Właśnie nadchodził oboźny.

Drużynowy szybko zdjął stolnicę z gwoździa, wsunął ją pod pryczę.

– Sprawdziłeś wszystkie zastępy?

– Tak. Nikogo nie brakuje.

– Marek Osiński jest?

– Jest. Ani na chwilę nie odchodził. Miałem go na oku.

– Co myślisz o tym śmiechu?

– Ktoś łazi... Może podwoimy wartę?

– Trzeba. Pójdę zawiadomić chłopców. I zostanę z nimi, dopóki tak ciemno.

Leśne Oko patrzy

Drużynowy od rana śledził życie lasu. Przystawał na skraju terenu, jak człowiek oczekujący kogoś niecierpliwie, zamyślał się, zapominał, dokąd idzie.

Pomiędzy drzewami trwał ożywiony ruch, wiatr kołysał gałęzie, chwiał plamami słońca, przesuwał cienie z miejsca na miejsce. Między zieloną plątaniną błyśnie może znienacka Leśne Oko. Trzeba wytropić i złapać tego zucha. Kto to może być? Marek Osiński? Po co? Dla zabawy? Dla zmylenia tropu? Żeby odwrócić uwagę od nocnej kradzieży?

– Ja bym od razu wszczął śledztwo – mruczał oboźny. – Albo to jest kradzież, albo chuligański wybryk. Ani jedno, ani drugie nie do tolerowania na harcerskim obozie.

– Trudno każdego posądzać o złą wolę – mówił spokojnie drużynowy. – Zamierzam obserwować Marka, żeby zrozumieć, co to wszystko znaczy. Sprawa nie jest wcale prosta – dodał myśląc o Leśnym Oku.

– Chyba nie był głodny – zastanawiał się student medycyny – zresztą sam nie zjadłby wszystkiego...

– Ale z innymi – podsunął oboźny.Drużynowy pokręcił głową.

– Niepodobna w to uwierzyć.

– Ty, Jędrek, należysz do dziwnej odmiany stworzeń ludzkich. Jesteś Wróblem, a masz gołębie serce. Wierzysz każdemu na ładne oczy. Tymczasem twoja funkcja wymaga twardszej ręki. Jako drużynowy musisz być surowy, ba, kiedy zajdzie potrzeba, musisz umieć zadawać chłopcom ból.

Przyszły lekarz uśmiechnął się.

– Przesadyzm, druhu oboźny! Co to, skalpować ich zamierzacie czy jak? Ja bym się sprzeciwił skalpowaniu... Macie podejrzenia, więcej nic.A to za mało. Trzeba z nim porozmawiać otwarcie, zapytać wprost, co było na Radostowej.

Oboźny nie podjął tonu na wpół żartobliwego. Mówił poważnie, posępnie, z pochyloną głową.

– Gdybyście mu dziś powiedzieli: „Pakuj się i wybywaj z obozu", ręczę za skutek; tajemnica nocnej warty przestałaby być tajemnicą. W podobnych sprawach najważniesza jest szybkość działania. Chyba słyszeliśmy dobrze ich rozmowę z tą druhną?

Lekarz w ostatnim punkcie przyznał mu słuszność.

– To rzeczywiście trochę zastanawia. Bo jeżeli naprawdę znalazł ślady na Radostowej, to dlaczego teraz kręci? Trzeba go rozszyfrować. Albo po prostu zapytać, albo obserwować na każdym kroku, poznać cel i sens jego tajemnicy.

Oboźny tłukł patykiem o ziemię, jakby zamierzał wytępić wszystkie mrówki na Diabelskim Kamieniu.

– Obserwacja nic nie da. Sprawa rozejdzie się po kościach. Wy fruwacie po Mlecznej Drodze... Zwłaszcza ty, Jędrek, jesteś nierealny. Zastanawiam się, skąd się bierze twój dziwny sposób traktowania tych twoich patałachów?

– Lubię ich po prostu. Ci chłopcy sami nie wiedzą, dlaczego są nerwowi, drażliwi, czasem brutalni. To my – ja, ty, Łapiduch – powinniśmy rozumieć ich rozwojowe odchylenia od normy czy od przeciętności. Nie mamy dla nich dosyć szkół. Uczą się często na trzy zmiany, jako tak zwana nocna szychta. Wystarczyłby w gromadzie, w przepełnionej szkole, co dziesiąty pół- czy ćwierćwykolejeniec, żeby wywrzeć wpływ na innych. Czy możemy ich odsunąć? Jeden jest sierotą, drugi był ranny, inny urodził się w schronie, jak zastępowy Dąbrowski, albo w więzieniu, jak Puma. Widzę w nich młodszych braci. Często myślę, co by można było zrobić, żeby złagodzić ostry klimat, w jakim wzrastają. Wiek dwudziesty to nie flanelowe kocyki dobrej niani!

– Co zamierzasz? Mów konkretnie. Po co ten artykuł na tematy wychowawcze? Marek wzięty w krzyżowy ogień pytań wyśpiewa, co ma wspólnego ze sprawą nocnej kradzieży. Trzeba go tylko przycisnąć do muru.

– Postąpimy tak, jak zadecyduje Rada Drużyny – powiedział ozięble drużynowy.

– Rada Drużyny to stado manekinów! Ci kawalarze, co robili kukły Rady Drużyny, wypchane sianem, mieli sporo racji.

– Ty też jesteś w Radzie Drużyny, możesz argumentować i przekonać nas wszystkich.

Oboźny zamilkł. Andrzej Wróbel znowu zapatrzył się w las. Coś błysnęło daleko za krzakami. Oczy? Leśne Oko?

Marek Osiński wybiegł z namiotu, za nim Fobusz. Ustawili się naprzeciwko siebie, wzięli koc, trzepali. Felek uniósł szczotkę do butów, machał nią i dyrygował śpiewając „Most na rzece Kwai". Wszystkie Czarne Stopy podjęły melodię. Maciek Osa popędzał ich.

– Dalej, chłopaki. Róbcie wszystko śpiewająco.

Drużynowy śledził ruch w lesie. Migotanie było coraz bliżej. Wytężył wzrok. Usiłował przeniknąć głębię zieleni. Gdy czekał skupiony i pełen zaciekawienia, spomiędzy krzaków szurnęło coś i wpadło na polanę. Był to jelonek leśniczego.

– Pan leśniczy! Wiwaaat! Idzie pan leśniczy – wołali chłopcy. Biegli podawać trawę i chleb oswojonemu jelonkowi.

Leśniczy przyszedł z wiadomością, że wicher porozrzucał kopy siana, że połamał płoty w Mąchocicach, że zerwał kilka dachów. Chłopcy słuchali w napięciu. Decyzja zapadła natychmiast. Idą pomagać. W obozie zostają Czarne Stopy.

Weszli do wsi ze śpiewem, uśmiechnięci, gotowi siać, kosić, budować nowe domy, gdyby to było potrzebne. Chwycili grabie, ładowali siano na wozy, śpiewali. Płoty podnosiły się same. Furtki wracały na swoje miejsce. Wieś odzyskała uśmiech. Gospodarze słuchali harcerskich przechwałek.

– U nas też huragan tańcował w nocy. Jeden zastęp wystartował w przestrzeń międzyplanetarną ze swoim namiotem i mało brakowało, by Białe Foki zaczęły okrążać naszą planetę jako nowi kosmonauci. Ważniaki! Nie chciało im się starannie umocować kołków, a w nocy krzyki „ratunku! pomocy!", jakby ich kto ze skóry obdzierał. Teraz ich dom leży rozwleczony na trawie.

Kiedy powrócili na teren obozu, przekonali się, że dom Białych Fok stoi na dawnym miejscu. Jego sznury były napięte, proporczyk powiewał na wietrze, a ziemia przed namiotem wygrabiona i nawet ozdobiona dziwną figurą z szyszek. Czarne Stopy stały w szeregu wyprężone na baczność, nieruchome, wrośnięte w ziemię. Tylko uśmiech rozciągający ich policzki świadczył o wielkim zadowoleniu. Czekali słów uznania. Z błyszczącym wzrokiem obserwowali wrażenie wchodzących na polanę druhów. Oboźny i drużynowy zatrzymali się przed zastępem.

Oto pręży się i dodaje sobie wzrostu sam zastępowy Maciek Osa – Czarna Stopa z gwizdkiem. Dalej Zenek – Czarna Stopa z ciężarówką, Fobusz – Czarna Stopa z piegami (nie mówiąc o humorze, który jest niewidzialny), potem Józio, mędrzec obozu, Czarna Stopa z encyklopedią, Błyskawica – Czarna Stopa sportowo-rekordowo w dal skacząca, Felek – Czarna Stopa z uszami, a na końcu Marek – Czarna Stopa z własnym pióropuszem niesfornego kosmyka włosów. Aż bije od nich radość, pogoda, chęć bohaterskich czynów i harcerskiego postępowania. Gdzie tu winowajca? Jak można kogoś z nich podejrzewać?

Maciek Osa wciągnął większy zapas powietrza, nadął brzuch, krzyknął:

– Baczność! Kolejno... odlicz! Dyżurny zastęp Czarne Stopy melduje. W obozie porządek. Spełniliśmy zbiorowo dobry uczynek, ustawiając namiot nieporadnym przedszkolakom, nowicjuszom w obozie – BiałymFokom. Jesteśmy gotowi pełnić przy nich nocną wartę, żeby złe jędze z Łysej Góry nie ponawiały prób wyniesienia ich razem z namiotem i z pryczami. Pewno chciały sobie zrobić futra fokowe. Spooooo-cznij!!!

Oboźny chrząknął. Przysunął się do drużynowego.

– Słuchaj, Andrzej... Może by...

Nie skończył, bo właśnie zjawił się Longinus na czele Żurawi niosących dwa koszyki z malinami, podarowanymi chłopcom w Mąchocicach. Oboźny zatrzymał ich.

– Dajcie ten mniejszy Czarnym Stopom – powiedział i odszedł w stronę swojego namiotu.

Maciek Osa rozsypał maliny do menażek, potem krzyknął na Marka:

– Biegnij szybko do Lubrzanki, wypłucz koszyk i zanieś oboźnemu. Marek pędził z góry.

Nagle spojrzał w kosz i natychmiast zmieniwszy kierunek, zbliżył się do namiotu drużynowego.

– Druhu. Tu coś jest. Kora brzozy. Na niej wyraźne znaki Morse'a. Andrzej Wróbel przyjrzał się Markowi z niedowierzaniem.

– Kiedy to znalazłeś? Jak my byliśmy we wsi?

– Nie. Teraz. W tej chwili. Patrzę, leży coś na dnie koszyka... Nawet nie zdążyłem odczytać.

– Dobrze. Możesz odejść.

Wycięte głęboko w białej korze znaki głosiły:

Leśne Oko patrzy na was.

Wyrzuty sumienia

Noc jest porą nietoperzy i wyrzutów sumienia. Tak przynajmniej sądził Marek Osiński, który obudził się z najgłębszego snu.

Ocknął się nagle bez wyraźnego powodu. Czuł niepokój. Wkoło panowała ciemność. Stukały krople deszczu. Namiot zdawał się czarny, wypełniony czarnym powietrzem, ale Marek widział jasno każdą sprawę, która jak wilk na ugiętych nogach szła do niego szczerząc zęby. Drużynowy patrzył wieczorem jakoś zbyt uważnie, podejrzliwie. Serce biło Markowi szybko, z lękiem. Otoczyły go zmartwienia. Rosły i olbrzymiały. W dzień zapominał o szkole, o ponurych rozmowach z opiekunem. Teraz dreszcze przebiegały mu po plecach i chociaż noc była chłodna, wiedział, że to nie z zimna.

Próbował zasnąć.

Wbijał sobie w pamięć, że jest na obozie harcerskim, a tamte kłopoty zostały daleko. Jeszcze ma sporo czasu, żeby zacząć o nich myśleć, gdy miną wakacje. Ale zamiast snu zjawił się niepokój. Budziła go wykrzywiona twarz brodacza, do którego trzeba będzie wrócić.

Deszcz wzmógł się, bił ostro po napiętym brezencie. W rowku przy namiocie chlupała woda. Powietrze było chłodne i mokre, przylegało do skóry jak wielka żaba. Wiatr uchylił płótno przy wejściu, dmuchał i przewiewał. Ani śladu zaciszności.

W śpiworze było ciepło. Przychodziły marzenia. Żeby tylko serce nie stukało tak ciężko. Wyobrażał sobie, co by było, gdyby powiedział od razu wszystko druhom z komendy.

Przez chwilę zdawało mu się, że jest to najprostsze i jedyne rozwiązanie. Powinien zaufać rozsądkowi harcerzy dorosłych. Cała sprawa skończy się dobrze, jak z „Radą Drużyny". Ba! Kiedy wspomniał „Radę Drużyny", zobaczył oczyma wyobraźni groźną postać oboźnego.

Chciałbym wiedzieć, jak by postąpił, gdyby nie przyjazd filmowców. Kazałby wytrząsnąć ducha z każdej kukły. Tak, oboźny budził w Marku dziwny niepokój, powodował, że chłopak czuł się winien, chociaż nie miał nic na sumieniu.

– Raz kozie śmierć – mruknął. – Pójdziemy tam.

Szedł na kolanach po pryczy wzdłuż śpiących kolegów. Znalazł Felka, który miał miejsce przy słupku podpierającym namiot. Obudził go.

– Co? Kto tu łazi? – zaczął mamrotać Felek, ale dłoń Marka w porę spoczęła na jego ustach.

– Idziemy – szepnął Marek.

– Już?

– Nie wiem, która godzina. Ciemno. Deszcz pada.

– Gdzie latarka? Czekaj chwilę. Już mam. A niechże cię! Kładź się spać. Dopiero północ.

Umówili się, że Marek obudzi Felka na godzinę przed porannym gwizdkiem. Ale Marek długo jeszcze przewracał się z boku na bok i daremnie próbował zasnąć. Było mu za ciepło, to za twardo, wreszcie kiedy myśli zaczynały się mącić, budził go niepokój i pewność, że druh Andrzej Wróbel podejrzewa go. To działało jak gorący prysznic. Parzyło. Krew uderzała do głowy, rozpalała wstydem policzki. Wstał znowu. Postanowił iść sam. Wysunął się z namiotu. Niebo trochę poszarzało. Deszcz ustał, ale trawa zmieniła się w nasiąkniętą gąbkę. Za każdym krokiem tryskały zimne krople.

To nic. To nic. Idę tam. Postanowiłem i muszę iść.

Minął już wszystkie namioty. Był o krok od wąwozu, przy magazynie żywnościowym. Wtedy jaskrawy słup światła przeciął ciemność.

– Kto tu? – krzyczał oboźny. – Kto tu jest?! Stój, bo strzelam!!

– Ale z czego? – szepnął Marek.

Uciekał po krawędzi wąwozu, czepiając się krzaków i lawirując tak, żeby nie spaść ze stromej ściany. Za sobą słyszał głos oboźnego:

– Był tu. Słyszałem dokładnie każdy krok. Okrążajcie! Tędy! Zaspany kucharz bełkotał niewyraźnie basem:

– Zabiegnę mu drogę. Dam ja łobuzowi zdrowy wycisk...

– Gwizdać? Ogłosić alarm? – pytał oboźny.

– Nie. Sami go złapiemy.

To głos Andrzeja Wróbla. Marek przycupnął za krzakiem. Słyszał każde słowo. Byli tuż nad nim. Oświetlali wąwóz latarkami. Poprzez liście widział nad swoją głową nogi oboźnego. Czekać, aż go zawołają czy wyjść od razu? Przepadło. Już idą.

Reflektor oboźnego pełza po dnie wąwozu, zatrzymuje się na krzaku, za którym on leży przytulony do ziemi. Słychać kroki. Żwir osypuje się pojedynczymi kamykami, stuka chłopca po plecach, po głowie, spada za kołnierz. Marek opanowuje drżenie. Piżama przemokła, zimnym kompresem przylgnęła do skóry. Odeszli. Może jeszcze wrócą. Chwilowo kucharz przyciągnął zainteresowanie drużynowego i oboźnego swoimi rozkazami.

– Stańcie tu. Dawajcie światło. Nie ucieknie. Już go czuję w rękach.Już go nie puszczę.

Marek obejrzał się ostrożnie. Miał ochotę skoczyć biegiem do namiotu korzystając z ciemności, ale był to plan zbyt ryzykowny. Czołgał się więc w głębokiej, mokrej trawie na kolanach i łokciach, okrążył namiot i od tyłu wpełznął do jego wnętrza. Chłopcy spali. Marek wskoczył do śpiwora. Drżał z zimna i emocji. Postanowił nie ruszać się, został w mokrej piżamie. Zacisnął powieki.

Rano zaspał. Obudził się, gdy już nikogo nie było w namiocie. Wyskoczył jak z procy, gnał nad rzekę. Nie znalazł Felka. Dowiedział się, że kwatermistrz zabrał kilku chłopców do spółdzielni, skąd mieli przynieść żywność.

– Co za komplikacja! – szepnął.

Gwizdano na zbiórkę. Spostrzegł przy kuchni Felka niosącego za kwatermistrzem jakąś pakę.

Gestem rozłożonych rąk i podniesieniem brwi zapytał go, co robić.

Felek odpowiedział rozczapierzeniem palców i wysuniętą na znak kapitulacji dolną wargą, jakby chciał powiedzieć: klops!

Marek używa szyfru

Pod koniec zbiórki zawiadomiono chłopców surowo, że dziś na śniadanie czarna kawa zamiast obiecanego kakao. Felek nie mógł zapanować nad wzrokiem. Spojrzał na Marka. Zaczerwienił się. Obaj okazali zakłopotanie. Drużynowy patrzył na nich.

– Ktoś z was uważa się za dowcipnisia – mówił oboźny i patrzył uważnie po szeregach. – Z magazynu zniknął zapas mleka...

– I dzbanek rozbity! – uzupełnił kucharz dramatycznym tonem.

– Naturalnie, można byłoby wysłać zastęp służbowy do wsi, kupić dodatkowo porcję mleka. To jest zupełnie wykonalne...

Kucharz był tak zdenerwowany, że zapomniał o zasadach obozowej dyscypliny i znowu przerwał oboźnemu:

– W kieszeń im tego mleka nadoją? Skąd ja wezmę dzbanek?!

– Nie o to chodzi – mówił poważnie oboźny. – Decyzja komendy jest prosta. Pijcie czarną kawę zamiast kakao. Może prędzej znajdziemy tego, co wypił mleko. Niech się nie przyznaje. My go sami złapiemy.

Fobusz uśmiechnął się. Zaczął gadać donośnym szeptem:

– A po co? Równy chłopak ten złodziejaszek, oswobodził nas. Ja niecierpię kożuchów, a w mlecznej kawie i kakao robią się kożuchy.

Dokoła rozległy się śmiechy. Bochenek, zachęcony powodzeniem kolegi, zaczął głośno rozmyślać:

– A może w obozie powstał Związek Przeciwników Kożucha na Mleku? Z.P.K.n M. ? Szajka postanowiła wyzwolić nas ze szponów kucharza, który nam daje kożuchy w białej kawie, mleku, kakao?

– Szajka – krzyknął kucharz wielkim głosem. – Ładna szajka! Może powiecie, że przedtem do magazynu żywnościowego przyszedł ktoś ze Związku Przeciwników Serdelka, tak?

– Cha! Cha! Cha! Cha!!

Wszystkie zastępy huczały i gdakały ze śmiechu. Cała sprawa straciła swój ciężar gatunkowy. Tylko Andrzej Wróbel nie śmiał się i ciągle patrzył na Czarne Stopy. Ściśle, na dwie Czarne Stopy coraz bardziej czerwone, lśniące od potu, nie wiedzące, gdzie podziać oczy.

– Po śniadaniu – powiedział drużynowy surowo – Czarne Stopy zajmą się kotłami. Nie zostawiliście ich w porządku po swoim dyżurze. Wyszorujecie je dziś. Marek pójdzie do biblioteki. Są mi potrzebne pewne rzeczy. Wyszukasz to, co ci dam na kartce.

Pod okiem całej komendy brali czarną kawę, siadali dookoła stołu, jedli. Felek i Marek znaleźli się dość daleko od siebie. Nad brzegami menażek łypnęli do siebie oczyma porozumiewawczo, później Marek wykonał kilka dyskretnych ruchów dłonią po stole, jakby w zamyśleniu rysował albo pisał. Felek od niechcenia kiwnął głową.

Śniadanie dobiegało końca. Pili szybko ciepłą kawę, bo dzień był chłodny i wilgotny, nikt nie miał ochoty siedzieć długo na mokrej darni. Kiedy wstawali od stołu, Felek wsunął rękę do kieszeni, coś stamtąd wydobył i położył na stole jedną z drobnych, białych grudek.

– Co to? – zapytał Maciek Osa – płacisz kamykiem za śniadanie?

– Taaak – roześmiał się Felek niewyraźnie–za czarną kawę bez kożuchów należy im się jakaś zapłata...

Marek obserwował ruchy kolegi. Wstał, odszedł razem z innymi, potem wrócił do stołu, gdzie zostawił poprzednio czapkę. Podniósł ją, a w drodze powrotnej wziął coś białego w palce i z uśmiechem schował do kieszeni.

Była to kreda. Zasiadł w namiocie do wyznaczonej mu pracy, a równocześnie zastanawiał się, gdzie znaleźć miejsce, na którym dałoby się coś napisać kredą. Czarne Stopy właśnie przebiegały nad rzekę pobrzękując kotłami i pokrywami. Słyszał odległy, trochę fałszywy śpiew. Chętnie poszedłby razem z nimi. Nie tylko dlatego, że słońce przedarło szarzyznę chmur i zaczęło przygrzewać, ale głównie ze względu na to, że czuł się tu pozbawiony wolności, *zatrzymany*, a przynajmniej *podejrzany*.

Gryzł ołówek i rozmyślał, jakby się porozumieć z Felkiem. Patrzył przed siebie nie przyglądając się niczemu, gdy nagle blask odbitego promienia słonecznego ukłuł go boleśnie w oczy. Marek oślepł na sekundę, zaraz jednak zasłonił twarz daszkiem dłoni, żeby zobaczyć, kto to jest tak dowcipny i puszcza lusterkiem zajączki w głąb ciemnego namiotu. Znowu. Znowu. Znowu. Był w tych błyskawicach światła rytm. Od razu poznać, że to nie błaha zabawa. Naturalnie! Przecież to alfabet Morse'a! Długi, długi, długi. O-po-czno. Litera o.

Marek podnosi białą kartkę, wysuwa ją w słońce przed wejście do namiotu. Daje znak, że już odczytał. Błysk odbitego promienia sygnalizuje dalej z krzaków od strony rzeki: /— • •/ długi, krótki, krótki. Do-li-na.„Od" /— • — •/ długi, krótki, długi, krótki. Czor-na-ho-ra. Litera c; /— —• •/ długi, długi, krótki, krótki. Zło-to-li-ty. Litera z; /— • — —/ długi, krótki, długi, długi. York, Hull, Oxford. Litera y. *Odczy;* /–/ długi. Trop. Litera t; /• —/ krótki, długi. Azot. Litera a; /• — — —/ krótki, długi, długi, długi. Jednokonno. Litera j. Odczytaj. Sygnalizacja przerywa się. Marek macha białą kartką na znak, że zrozumiał i może przyjmować dalej.

– Co tak wywijasz papierem? – pyta go przebiegający kucharz.

– A... tak... bąki gryzą... będzie deszcz. Opędzam się.

Z krzaków znowu błyskają sygnały. Trzeba się śpieszyć. /• — — •/ Pelo-po-nez. Odczytaj PATELNIĘ.

Co to może znaczyć? Jak to? Dlaczego miałbym przeczytać druha Patelnię, zastępowego Białych Fok? Może dalszy ciąg sygnalizacji wyjaśni sprawę. Marek utkwił wzrok w krzakach naprzeciwko, czekał, ale widocznie już skończono nadawanie. Odczytaj Patelnię... Gdzie Patelnia jest teraz? Wyszedł przed namiot, rozejrzał się. Zobaczył obozowego wesołka, Fobusza. Zagadnął go:

– Nie wiesz, gdzie Patelnia ze swoim zastępem?

– Białe Foki poszły do lasu, zbierają drzewo – powiedział i zachichotał nagle – ale patelnia jest w obozie, leży tu w paprociach przed kuchnią...

Dumny ze swojego niezawodnego poczucia humoru Fobusz odszedł, a Marek mimo woli spojrzał w stronę kuchni. Między kitkami paproci błyszczało dno aluminiowej patelni. Spostrzegł na niej białe kreski pisanych kredą liter. Zbliżył się. Przeczytał:

Cezetekaaem peerzety kaerzetywuejot beerzetozetie.

Cofnął się w porę, bo właśnie szedł drużynowy.

Marek ukryty w namiocie obserwował. Andrzej Wróbel stanął blisko patelni, ale nie zwracał na nią uwagi. Zawołał kucharza i swoim donośnym głosem ustalał z nim, co trzeba dziś kupić w Kielcach. Po dłuższej rozmowie odwrócił się, zajrzał do Marka i poszedł wielkimi krokami drogą prowadzącą w dół ku rzece.

Marek odetchnął. Była chwila, kiedy bał się, żeby napis nie obudził podejrzeń w drużynowym. Ale nie. Patelnia wyglądała tak niewinnie! Litery na niej mogły pochodzić jeszcze ze sklepu, gdzie sprzedawca poznaczył ją kredą, zgodnie z zasadami dobrego, troskliwego kupca.

Gdy smukła sylwetka Wróbla zniknęła za pochyłością wzgórza, Marek wyskoczył szybko. Pobiegł w kierunku „landryny". Jak na złość oboźny deptał mu po piętach i kręcił się w pobliżu między drzewami. Marek udawał, że go nie spostrzega, musiał jednak ostatecznie wrócić do swoich zajęć. Dokoła namiotu nie było nikogo. Starł litery z patelni, wydobył kredę. Napisał:

Teo gieoerzetejot ceoeś wuęeszetą.

Po pewnym czasie zauważył, że dziwnym zbiegiem okoliczności drużynowy jest znowu blisko patelni.

– Przypominam o wycieczce – mówił do kucharza – trzeba przygotować dla każdego zastępu suchy prowiant.

Marek zerknął w stronę paproci.

Spokojna głowa! – powiedział sobie – leży, to leży. Kto by tam zwracał uwagę!

Istotnie. Srebrzysty brzuch patelni ledwo był widoczny pomiędzy zielonymi liśćmi.

Na wędrówkę

Oboźny zwołał zastępowych przed srogie i posępne dziś oblicze drużynowego. Radzili. W szczelnie zasznurowanym namiocie obradowali tak długo, jakby omawiali wyprawę podbiegunową, nie plan gry harcerskiej, na którą mieli wyruszyć jutro rano.

– Z którym zastępem idziesz? – zapytał oboźny.Andrzej Wróbel milczał przez chwilę.

– Zostaję. Mam tu swoją grę do przeprowadzenia. Muszę zbadać pewną sprawę. Wasza nieobecność bardzo mi odpowiada.

Pochylił się nad mapą Gór Świętokrzyskich i przeszedł do następnej kwestii:

– Jak już powiedziałem, ogłasza się konkurs między zastępami. Ta wędrówka ma być pierwszym spojrzeniem chłopców na okolicę, na jej zabytki i cechy charakterystyczne. Wygra ten zastęp, który zbierze najwięcej ciekawych obserwacji.

Jeszcze nie odsznurowano namiotu komendy, jeszcze brezentowy sufit i brezentowe ściany drżały od naporu gorących głów, gestykulujących ramion i energii zastępowych, a już obóz wiedział:

– Jutro wymarsz!

– O piątej rano!

– Dlaczego tak wcześnie?

– Co, chciałbyś wyruszyć z obozu świtkiem koło południa?

Komunikaty zastępu PIHM pozwalały się spodziewać dobrych warunków atmosferycznych. Omówiono wszelkie szczegóły. Po długich debatach nad mapą zastępy wybrały dla siebie trasę. Plecaki leżały gotowe do drogi, zasznurowane, pękate, ułożone przed namiotami w szeregu. Zachodzące słońce grzało je coraz łagodniej i oblewało czerwonym światłem.

– Są podobne do grubasów na plaży. Spójrz, opalają się! – powiedział Felek.

– Żeby się tylko pogoda nie zepsuła – jęczał Zenek. – Autem na wycieczkę trudno jechać w deszcz, a piechotą? Szkoda gadać!

Józio był spokojny o te sprawy.

– Nasi meteorolodzy informują, że bezchmurny zachód wróży pogodę co najmniej na następny dzień. A to nam od biedy wystarczy. Mamy wrócić do obozu pojutrze punktualnie o zachodzie słońca, nie wcześniej i nie później.

Oboźny tego wieczoru trąbił na ciszę zaraz po kolacji. Chłopcy kładli się spać, ale rozmowy nie cichły do późna. Dopiero groźba wykluczenia z wędrówki podziałała: porozumiewali się szeptem.

W namiocie Czarnych Stóp największe zaniepokojenie budziła myśl, jak rozdzielić kilometry między godziny, żeby nie wrócić zbyt wcześnie i potem nie stać w pobliżu obozu. Byłoby to wykroczenie przeciwko regulaminowi wędrówki.

– Że nie wrócimy za późno, to już spooookojna głoooowa – zapewniał ich Maciek Osa. – Rano pamiętać! Najważniejsze, przesypać talkiem stopy i wnętrze skarpetek. Unikniemy odparzeń i pęcherzy. Polecimy jak wilki. Ale teraz ani słowa! Spać!

Zapadła cisza. Było słychać wyraźnie cykanie świerszczy. Tu wszędzie, dokoła namiotu, na całym terenie roiło się od nich. Siedziały w trawie i nie przestawały grać. Usypiająca melodia – cyt, cyt, cyt – w różnych tonacjach i w różnym tempie, jak u zegarmistrza, to jedyny odgłos w obozie. Chłopców ogarnęło senne zamroczenie, gdy w namiocie rozległ się inny dźwięk i obudził wszystkich.

– Pssst! Pst, pst, pst. Psssyt! Hej, warta!

Nasłuchiwali. Ktoś człapał po trawie. Nie wszedł jeszcze w trójkątny otwór namiotu rozjaśniony księżycową poświatą, ale za każdym krokiem tryskały fontanny polnych koników. Z kierunku ich natarcia wnioskowali, którędy nadchodzi to, co człapie i szura po trawie. Ujrzeli kij harcerski oświetlony jaskrawo, jak pręt światła.

Potem w otwór namiotu wkroczyły dwie nogi.

– Kto wołał? – odezwało się pytanie – powinniście już spać o tej porze.

Poznali. Jędrek Wróbel, drużynowy! Paskudna sprawa. Nie mogli nawet udawać, że śpią, bo głowy wszystkich powyrastały nad prycze, a nad głowami ciekawość zdawała się sterczeć wysoko, jak uszy zajęcy.

– No? Może się dowiem nareszcie, czego to Czarne Stopy chcą od nocnej warty?

Maciek Osa mężnie wytrzymał trudną sytuację.

– To ja, druhu drużynowy, psyknąłem kilka razy.

– Psyknąłeś?

– Tak, psyknąłem i zawołałem po cichu... bo chciałem prosić, żeby nas kto zbudził o pół godziny wcześniej.

– Po co?"

– Żebyśmy byli gotowi przed gwizdkiem. Żebyśmy... Bo my, druhu drużynowy...

– Dobra, dobra. Śpijcie teraz. Dobranoc. Obudzę was.Nazajutrz obudził ich ulewny deszcz. W nocy jak zwykle nogi harcerzy śpiących blisko wejścia powyjeżdżały z namiotu i sterczały sobie beztrosko na zewnątrz w oczekiwaniu słonecznego ciepła. Marek przywykł już do przebudzeń z opalaniem pod stopami, powiększyło to serię obozowych przyjemności, zdziwił się więc, kiedy chłód i wilgoć okładami szybko zmienianymi dotknęły jego skóry.

– Brrr – otrząsnął się i co rychlej schował nogi pod koc.

– Brrr – odezwał się głos z sąsiedniej pryczy.

– Brrr – odpowiedział ktoś z innych namiotów.

– Ale przepowiedzieli pogodę! Niech ich!

– Do karnego raportu takich!

– I co będzie z wycieczką?

– Co ma być? Idziemy!

– Już wpół do piątej.

Po tym stwierdzeniu Czarne Stopy, jak jedna stopa zeskoczyły z prycz i obmyły się z grubsza, bez przesady jednak i bez nadgorliwości. Wtedy zjawił się przed ich namiotem drużynowy.

– Co, już wstaliście? Wyszorowani, gotowi? Jak to, myliście się tylko w deszczu? To wam nie ujdzie na sucho!

Natężył głos i zawołał:

– Czarne Stopy do rzeki! Biegiem z przysiadami!

W samych koszulkach i spodenkach gimnastycznych pomknęli z góry na dół. Omokłe zbocze mlaskało pod piętami. Ścieżka, po której biegali codziennie, zmieniła swoje cechy, była pasem transmisyjnym. Wystarczyło stąpnąć na nią, żeby stracić panowanie nad własnymi nogami. Pierwszy klapnął Marek i pojechał w dół na siedzeniu. Zostawał za nim tor gładko rozmazanej żółtej glinki.

– Jadę! Jadę torpedą odrzutową! – wołał i machał ramionami dla utrzymania równowagi.

Chłopcy natychmiast poszli, a raczej pojechali w jego ślady. Wszyscy skłonni do bzikowania potykali się niby niechcący, jechali na siedzeniach. Odkryto wkrótce, że mokra trawa nadaje się do tego sportu wcale nie gorzej niż łyse zbocze. Wystarczy pewien stopień spadzistości, goła przestrzeń bez głazów i drzew, no i decyzja!

Nachylenie zbocza pozwalało jechać ze względną szybkością, która pod koniec trasy wzrastała. Pędzili bez lęku. Wiedzieli, że lada chwila zabawa się skończy. Ścieżka wyprowadzi na drogę równą i płaską, która spełni rolę hamulca. Nie przewidzieli jednego: tej nocy droga zmieniła charakter, sprzykrzyło jej się leżeć w kurzu i słońcu, nałapała wody z deszczu, z wąwozu, z najmniejszych strumyków i zmieniła się w rzekę. Jeden jej brzeg stanowiło zbocze, drugim było wyniesienie terenu wzmocnione kępami ziół i trawy. Z góry nie można było tego widzieć i chłopcy jeden po drugim wpadali niespodziewanie do tej wanny. Wrzaski, piski, nawoływania ostrzegawcze nie odniosły skutku. Jeżeli nawet usłyszeli je ci, którzy byli jeszcze wysoko i mogliby uniknąć zimnej kąpieli, to zdawało im się, że są to zwykłe objawy zadowolenia. Lecieli więc dalej, mijali ostatnie kępy krzaków i znienacka chlap! Wzniecali fontanny wody, ochlapywali siebie i gromadę swoich poprzedników, czekających na dole.

– Przynajmniej uprałem spodenki – zawołał Marek i podskakiwał teraz wysoko, rozgrzany, gotowy do następnych zabaw. Biegli przez łąkę na brzeg rzeki. Żaby skakały im spod nóg. Pachniało torfem. Deszcz wydawał się ciepły, miękki, nie sprawiał przykrości. Nikt się nie kulił, nie chował głowy w ramiona. Myli się, parskali głośno i gdyby nie wyraźny zakaz oboźnego, chętnie zaczęliby pływać.

Wracali ze śpiewem, a kiedy zbliżali się do namiotu kuchennego, zaczęli jednocześnie skandować: „Jeść nam się chce, jeść nam się chce!..." Nic nie psułoby humorów oprócz myśli o zaplanowanej wycieczce, która wskutek deszczu może być odłożona.

Po śniadaniu kazano wszystkim zastępom pozostać w swoich namiotach. Siedzieli więc i przyglądali się plecakom, a deszcz tłukł o płócienne dachy gęstą kanonadą. Zdawało się, że przyszła jesień, że to się nigdy nie skończy. Rada Drużyny odbyła rozmowy z zastępem PIHM, ale wybitni meteorologowie twierdzili stanowczo, że można wychodzić na wędrówkę.

– Deszcz poranny wróży świetną pogodę.

– Przynajmniej nie będzie się kurzyło!

– Za godzinę możemy się opalać.

Drużynowy należał do ludzi, którzy nie lubią zmieniać decyzji. Był przekonany, że zbyt pochopne wynajdywanie przeszkód i rezygnacja z wcześniej ułożonych planów są dowodem ukrytego albo jawnego lenistwa. Stanął pod masztem, patrzył uważnie na niebo. Przedmuchał zamoczony deszczem gwizdek, opukał go na dłoni, wsunął do ust. Krople wody bulgotały w gwizdku przez chwilę, potem ostry dźwięk przeszył powietrze. Raz. Drugi. Trzeci.

Chłopcy tylko na to czekali. Spod brezentów śmignęły zastępy całkowicie gotowe do wymarszu.

Już ustawiono się dookoła masztu, kije i plecaki zajmowały niemało miejsca. Jędrek Wróbel chodził pomiędzy szeregami, spoglądał na zegarek i milczał. Uśmiechał się tajemniczo. Kiedy wreszcie powiedział kilka słów szeptem do ucha oboźnemu, chłopców ogarnęło zaniepokojenie. Może trzeba było zostawić ekwipunek w namiocie? Może teraz na przekór każą wrócić i wędrówki nie będzie?

Deszcz ustał prawie zupełnie. To, co jeszcze szumiało dokoła po ziemi, było kroplami spadającymi z drzew. Odezwały się ptaki. W ich głosach brzmiało pełne uznanie dla meteorologicznych talentów zastępu PIHM. Niebo pojaśniało. Czyżby Jędrek posłuchał oboźnego i chciał ich zatrzymać? Napięcie rosło.

Nagle gwizdek.

– Uwaga! Za piętnaście minut wymarsz. Idziecie do magazynu żywnościwego, bierzecie suchy prowiant. Następnie ustawiacie się w takim porządku jak teraz. Oboźny, proszę dopilnować, żeby tym razem nikt nie zjechał na spodniach. Jeżeli się to zdarzy, cały zastęp odpada. To wszystko. Trasę wędrówki znacie. Zobaczymy się jutro, gdy słońce dotknie horyzontu. Rozejść się.

Zanim odebrali żywność i wesołe słowa kucharza, nad obozem zjawił się pierwszy słoneczny promień.

Postój w Ciekotach

Czarne Stopy skierowały się na lewo, drogą do Świętej Katarzyny. Przełęcz między Kamieniem i Radostową rozwarła się, wyskoczyli z niej, niby ziarna grochu ze strączka, na szeroką przestrzeń. Szli gęsiego za Maćkiem Osą, jak za panią matką. W rękach mieli kije, zgodnie z dobrym starym zwyczajem pieszych turystów. Uderzali nimi w takt kroków, co znakomicie pomagało ich marszowi, dodawało lekkości.

W Ciekotach spotkała ich pierwsza tego dnia przyjemność.

Mijali właśnie ogród pełen dojrzałych malin i spostrzegli gospodarza, który zbierał owoce do lubianego koszyka. Zatrzymali się.

– Czy mógłby nam pan sprzedać malin?

– A dużo chcecie? – zapytał stary człowiek.

– No, tak po jakie pół litra... Może po całym litrze na twarz... Tylko,proszę pana, po ile pan bierze?

– Zgodzimy się. Wejdźcie. Niech każdy napełni malinami menażkę,ale przedtem spróbujcie, czy dobre.

Zagłębili się w gąszcz liści, których spód jest jasny i kosmaty. Zaczęli sięgać do malin tak dojrzałych, że same zsuwały się z białego stożka i padały na dłoń. Maciek Osa trzymał ich tuż przy sobie i pilnował, żeby „próbowanie" nie przybrało zbyt groźnych rozmiarów. Kiedy po pewnym czasie wychylili się z krzaków i pokazali pełne menażki, gotowi płacić brzęczącą monetą, gospodarz uśmiechnął się.

– Nie trzeba – powiedział. – Nie chcę zapłaty. Daj wam Boże zdrowie.

Zawstydzili się. Mogliby wysypać maliny, ale oprócz tego, co mieli w menażkach, mieli też nieco w żołądkach...

Próbowali tak uczciwie i gruntownie malin w ogrodzie, że im został jeszcze słodki smak w ustach.

Gospodarz uparł się. Czarne Stopy również. Trafiła kosa na kamień. Spór trwał dość długo, wreszcie rozstrzygnęła go wnuczka gościnnego człowieka.

– Wrócicie do miasta, będziecie mieli jakie czasopisma niepotrzebne,to dajcie na pocztę jako druk, przyślijcie nam. Wieczorami, zimą, ciągle za mało czytania...

Pożegnali się serdecznie z całą rodziną, zaczynając od najstarszych jej przedstawicieli, a kończąc na zupełnie małych, biegających po podwórku z kotem.

Stary człowiek odprowadził ich przed dom i dopiero wtedy zagadnął:

– A wiecie, chłopcy, że ja pamiętam Stefana Żeromskiego? Pewno czytaliście coś niecoś z jego książek?

– No! – krzyknęli chórem.

– Chyba!–uzupełniali.

Gospodarz wsparł się ramionami o płot, zapalił fajkę, popatrzył na nich z uśmiechem i powiedział:

– Większość jego książek jest jeszcze przed wami. Zazdroszczę wam tych chwil, ba, nawet łez... tak, tak. To wszystko na was czeka. Sięgnijcie po „Dzienniki" pisane w latach uczniowskich, gdy był niewiele starszy od największego z was. Wiem, że wtedy wasza myśl wróci do Ciekot i na Radostową, i do Puszczy Jodłowej. Dziś poznajecie krainę rodzinną autora „Syzyfowych prac" i w waszej wyobraźni te miejsca będą żyły przez długie lata.

Zamilkł. Chłopcy słuchali nadal, jakby w ciszy jeszcze raz przychodziły do nich myśli starego człowieka. Nie powiedział już nic więcej. Pykał fajkę, patrzył na nich, uśmiechał się.

Marek spojrzał na ziemię, przesunął nogą po piasku, jakby chciał powiedzieć: „Może właśnie tędy przechodził, gdzie ja stoję w tej chwili".

Maciek Osa szepnął nieśmiało, jakoś inaczej niż zwykle:

– Widziałem w bibliotece grube tomy Żeromskiego. Po wakacjach biorę je pierwszy.

Rozglądali się pytająco dookoła, ciekawi, niepewni, jak tu było, jak wyglądała ta wieś dawno, przed ich urodzeniem. Spostrzegli jarzębinę z gronami czerwonych jagód nad płotem. Niebo jasne, pogodne, a jarzębina płonie samą radością, zdrowiem, urodą.

Ale nikt nie próbował wyrazić głośno tego, co kryło się za dziesiątą skórą, ledwo wyczuwalne, schowane głęboko.

Podziękowali pięknie staremu człowiekowi, a gdy wyciągnął do każdego z nich rękę na pożegnanie, brali ją w obie garście i trzęśli co sił, żeby nie miał cienia wątpliwości, że wszystko, co mówił, zrozumieli i obiecują zapamiętać.

– Miły staruszek – powiedział Osa, gdy już odeszli dosyć daleko. –Bardzo bym chciał jeszcze kiedyś tu przyjść. Zostać dłużej, posłuchać,jak będzie opowiadał.

– No!

– Ja bym też chciał tu wrócić.

Ani się spostrzegli, jak tymi kilkoma słowami złożyli Ciekotom obietnicę. Może przyjdą, może przyjadą po latach, ale Ciekoty stały się im bliskie i znajome.

Zatrzymali się.

Właściwie stanął najpierw Maciek Osa, wtedy Błyskawica trzasnął go w tył głowy swoim góralsko-indiańskim nosem. Józio szedł właśnie zadumany, z pochyloną głową, więc huknął Błyskawicę „bykiem", a potem cofnął się gwałtownie, czym unieszkodliwił Zenka puszczając mu krew z nosa.

– Że też takie ciało filozoficzne musi tyle narozrabiać – zawołał Zenek z twarzą w chusteczce, bełkocząc niezrozumiale.

Marek i Felek ucierpieli najmniej, jako właściciele nosów małych, perkatych i miękkich, które wylądowały wprawdzie razem z właścicielami na plecach poprzedników, ale bez większego wrażenia.

Hindus, jako najbardziej doświadczony turysta, dawał rady:

– Chłopcy, idziemy, idziemy! Przed nami daleka trasa. Trzeba mądrze gospodarować własnymi siłami, kiedy się rozpoczęło dwudniową wędrówkę z obliczonym ściśle czasem. Ledwośmy wyszli z obozu. Gdzie tam jeszcze Łysica, Święty Krzyż. Chciałbym was widzieć po kilku godzinach marszu.

– Jeszcze nas nie znasz – uśmiechał się Błyskawica – przelecimy raz dwa te kilometry.

– Mów za siebie. Ty na pewno dobrze przelecisz. Jesteś odporny, wygimnastykowny. Ale reszta? Czarno widzę ich nogi...

– Nic dziwnego...

– To zależy, czy on widzi czarno całe stopy, czy tylko pięty.Maciek Osa wystąpił z konkretną propozycją:

– Możemy sobie tak rozłożyć czas, żeby w drodze powrotnej mieć co najmniej dwie godziny na wypoczynek w Ciekotach.

Ruszyli w dalszą drogę.

Na prawo pojawiały się pagóry i wzgórza, których falistość podkreślały długie a wąskie poletka spływające z nich różnobarwnymi smugami. Żyto przy białej koniczynie, pszenica przy srebrnym owsie, zielony jęczmień przy koniczynie czerwonej, biała tatarka przy łanie ziemniaków, zielonym albo upstrzonym białymi i liliowymi kwiatami, jaskrawożółty rzepak przy głębokiej zieleni wąwozów. Wszystko to biegło pasami wygiętymi miękko, wspinało się aż na wierzch wzniesienia, po horyzont i miało w sobie urok niezamierzonego piękna. Nikt nie komponował barw, nikt się nie zastanawiał, czy będą z sobą harmonizowały. Zrodziła je potrzeba uprawiania określonych ziemiopłodów, a nie normy estetyczne.

– Felek? Może byś nam pogwizdał coś morowego do taktu? Żeby się dobrze maszerowało...

Felek oblizał głośno usta i zaczął poświstywać melodię: „Idzie stary dziadek, kijem się podpiera..."

– Daj spokój, zmylisz nam krok, zaczniemy się wlec! Artystyczne zdolności to ty masz, ale my, my musimy drałować.

– Gwiżdż no coś porządnego!

Felek tym razem potraktował sprawę poważnie, nadął policzki i zaczął gwizdać marsza powstańców śląskich: „My są chłopcy, co się nie boimy, a jest nas niemało..." Szło się dobrze przy tej zawadiackiej melodii. Po niej nastąpiły inne. Marsze partyzantów, melodie ludowe, pieśni harcerskie świstał Felek z zapałem i przejęciem, skoro wyczuł, że zastęp idzie teraz inaczej, równo i lekko jakby poruszany wspólnym nerwem. Podczas przeskakiwania brodu zmieniono szyk marszowy.

Maciek Osa krzyknął:

– Orkiestra zastępu Czarnych Stóp, naprzód! Idź przede mną. Tak będzie lepiej. Orkiestry zwykle chodzą na początku.

– Orkiestry zwykle grają na jakimś instrumencie, nie na oblizywanych wargach – powiedział Felek niby ze złością. Pobiegł naprzód wyprostowany, dumny, pękający z zadowolenia. Zerknął kątem oka, czy wszyscy stoją za nim gotowi do drogi, potem zagwizdał:

„Karliku, Karliku, co tam niesiesz w koszyku?..."

Ruszyli ostrym marszem.

Kije stukały rytmicznie. Felek oblizywał usta i gwizdał piosenkę za piosenką. Wszystko, co dało się wygwizdać w rytmie marsza, brał na wargi i dmuchał jak lokomotywa. Kilometry uciekały im spod nóg.

– Wynaleźliśmy świetny sposób – cieszył się Zenek – idziemy planowo, jakbyśmy mieli szybkościomierz wmontowany przy kierownicy! Dziesięć minut kilometr.

– Dziesięć i pół. Z zegarkiem w ręce – poprawił go Maciek Osa. – W ten sposób możemy wyliczyć, ile czasu mamy jeszcze na drogę, ile na wypoczynek...

– Ile na maliny – wtrącił Marek.

– Odwaliliśmy kawał trasy – powiedział Hindus – możemy sobie pozwolić na małe postoje.

Maciek Osa był zadowolony ze swojego zastępu. Jeszcze nigdy nie odczuł tak wyraźnie jak dziś, że chłopaków ożywia wspólna myśl i wspólna energia. Szli lekko i równo. Wiedzieli, że mają szansę wrócić punktualnie. Puszcza Jodłowa przysporzyła im rozrywek. Na krzakach wisiały maliny w ilościach tak wielkich, że chłopców ogarnęła chęć sprowadzenia tu natychmiast innych zastępów. Ale sięgali po owoce dopiero wtedy, kiedy zastępowy zarządził odpoczynek.

– Moglibyśmy rozpocząć nasze sprawozdanie w kronice obozowej – żartował Maciek Osa – od takich na przykład słów: „Już na szczycie Łysicy Marek zgubił chustę harcerską". Później wyliczymy wszystkie straty zastępu.

– Spokojna głowa! – zawołał Hindus – nie stracimy niczego! Wiedźmy z Łysicy i Łysej Góry zaopiekują się zgubionymi rzeczami. Przyniosą je którejś nocy do namiotu, postraszą naszych gapiów.

– Chciałbym to widzieć! – zawołał Józio.

– Warta miałaby pietra! No!

Zamilkli. Dłuższy czas maszerowali w rytmie Felkowego pogwizdywania. Potem ono ucichło niepostrzeżenie, a oni dalej szli równo wybijając rytm kijami.

Puszcza Jodłowa była tu nieprzebytym gąszczem zieleni, omszałych pni, strzelistych drzew, dzikich ostępów pozbawionych światła.

Nie wiedzieli, dlaczego stąpają cicho, jakby w obawie, żeby kogoś nie obudzić. Rozglądali się. Chwilami doznawali wrażenia, że spomiędzy drzew ktoś na nich patrzy. Wkoło sylwetki drzew podobnych czasem w geście, w układzie pnia, konarów, zabarwienia kory do człowieka stojącego nieruchomo. Wtedy ogarniał ich niepokój. Słowa gasły na wargach. Skąd się to brało? Czy puszcza chciała im coś powiedzieć swoim milczeniem?

Może tu, za pniami czterech drzew rosnących obok siebie, stał w czasie wojny wartownik-partyzant? Może między krzewami sączył się dym z ogniska, na którym leśny oddział przygotowywał sobie posiłek? Niemcy bali się partyzantów, nie zaglądali do puszczy zwykłą drogą. Ale może nadleciał bombowiec i urządził egzekucję tym, których wróg od dawna chciał wyniszczyć. Puszcza Jodłowa dużo widziała. Kto przez nią idzie, słucha milczącej opowieści. Dlatego piosenka cichnie na ustach. Zastęp maszeruje w skupieniu.

Puszcza zmienia ciągle swój wygląd. Między drzewami snuje się mgła. Cień i mrok. Można pomyśleć, że to już jesień, kiedy partyzancka dola stawała się najbardziej uciążliwa. Kto wie, czy razem z mgłą, z dymem ciężko płynącym przy ziemi nie snuła się najsmutniejsza pieśń o jesiennym deszczu i moknących karabinach albo druga o Czarnej Rzece kieleckiej i o partyzanckiej broni zakopanej w mogile...

Królewicz Emeryk płata figle

Puszcza była czarna i milcząca. Szli długo. Patrzyli na brodate jodły porośnięte srebrnymi i zielonymi odmianami mchów. Ulegli nastrojowi spokoju. Nurtowała ich tylko jedna myśl, czy przed nocą zdążą wyjść z leśnej głuszy. Szli i szli, a tu ciągle gąszcz starych drzew, cisza i mrok. Mogliby uwierzyć, że lasy nie kończą się wcale, że trzeba tak wędrować aż nad Bałtyk, żeby zobaczyć otwartą przestrzeń. Może zabłądzili? Tego pytania jednak nikt by nie zadał. Lepiej wędrować bez przerwy kilka tygodni, aniżeli się tak ośmieszyć.

Niepostrzeżenie pod konarami zaczęło się przejaśniać. Rozrzedziła się ciemność. Byli coraz bliżej krańca puszczy. Spieszyli w tym kierunku. Za każdym krokiem więcej światła. Nagle poraził oczy słoneczny blask odbity na złotym rżysku. Pole uprawne!! Czyżby już mieli za sobą Puszczę Jodłową? Wyszli na brzeg.

Ogarnął ich zapach mocny i wspaniały. Ciepło słoneczne wyzwalało go z ziemi, z najbliższej okolicy, z roślin. Maciek Osa przykucnął, odgarnął dłonią gąszcz zielonych liści, jak się odgarnia czuprynę z czoła małemu dziecku. Roześmiał się.

– Poziooooomki!

Nieprzebrane mnóstwo poziomek barwiło czerwienią każdą polankę. Pełno. Przykucnęli. Zbierali oburącz. Wsypywali sobie do ust pełnymi garściami. Brwi podjeżdżały wysoko na czoło, jakby zdziwione takim bogactwem lasu, takim sutym przyjęciem.

Tuż obok ostatnich świerków i jodeł jarzyło się w słońcu żółte ściernisko. Żyto już skoszone i powiązane słomianymi powrósełkami leżało w równych odstępach, kłosami na południe. Kiedy chłopcy zatonęli całkowicie w napełnianiu swoich ust poziomkami, na pole wykuśtykał mały staruszek z włosami jak mleko. Dłonie miał złożone na plecach i krzywił się niemal przy każdym kroku.

– Nie wiem, jak to będzie, moja córko – mówił – okrutnie mnie dziś łupie w krzyżu, gdzie dostałem w czasie obrony Kielc w trzydziestym dziewiątym roku.

– Zmordowaliście się przy koszeniu – powiedziała córka i westchnęła.

Była zaczerwieniona. Pot błyszczał na jej twarzy i nie przestawał płynąć grubymi kroplami aż na szyję. W mocnej, opalonej dłoni trzymała kosę.

– Siednijcie se, tato – rzekła. – Warm już należałby się godziwy odpoczynek. .. Żeby mój Paweł żył, oj, byłoby nam lżej...

– Nogi mnie wcale nie chcą nosić. To z tych odłamków pod Łysą Górą, jakeśmy w czterdziestym piątym Niemca nękali.

– Macie wy w sobie, tato, tej amunicji... Z każdej wojny trochę wam się dostało...

– Może dlatego taki się zrobiłem ciężki. Żelazo mam w kościach. Jak wezmę cztery wiązki żyta w ręce, to czuję, że mi traktora trzeba, żeby udźwignąć.

Mówiąc tak, ustawił bardzo mozolnie i wolno mendel żyta, umocnił go i ruszył po następne snopki. Córka odeszła.

– Pójdę krowy doić. Ugotuję wam co – zawołała.

Stary kiwnął głową. Szedł pod górę. Stąpał ostrożnie, jakby każdy krok sprawiał mu ogromny ból. Jego ręce spotykały się często na grzbiecie i rozcierały miejsce dawnej rany. Był odwrócony tyłem do chłopców. Marek i Felek schylili się równocześnie. Plecy mieli giętkie, nie czuli zmęczenia mimo długiej wędrówki. Chwycili po dwa snopy w każdą garść. Błyskawica,

Hindus, Maciek Osa zrobili to samo. Zaczęli stawiać mendel na skraju pola, pod samym lasem, z dala od wzgórza, na którym pracował staruszek.

Cały zastęp pospieszył im na pomoc. Początkowo szło im kiepsko, snopy źle złożone osunęły się na ziemię. Wkrótce jednak zastępowy Maciek Osa, który miał szerokie doświadczenie żniwne z ubiegłego roku, wydał kilka rozkazów i mendel od razu stanął na baczność. Po nim drugi, trzeci, czwarty. Dziadek nie spostrzegł niczego. Pocierał grzbiet, kuśtykał, wlókł snopki, ruszając bez przerwy ustami, jakby mówił sam z sobą. Tymczasem na skraju lasu wyrastały w błyskawicznym tempie mendle za mendlami. Cichaczem, na palcach, nie spuszczając pilnego staruszka z oczu chłopcy podkradali się coraz bliżej, chwytali snopki, ustawiali je w zgrabne albo pokraczne piramidy. Nagle dziadek obejrzał się. Wszyscy, choć nikt się wcześniej nie umawiał, umknęli za mendle, padli plackiem na ziemię, zasłaniając się trzymanymi w rękach snopkami. Dziadek oglądał niebo, po którym odrzutowce rysowały białe linie; podniósł dłoń, uśmiechał się, coś wołał do góry. Potem znowu powrócił do swojej pracy. Chłopcy wyszli z ukrycia, rozbawieni tajemnicą, gotowi pomagać, ale nie pokazywać się jak najdłużej.

– Tylko uważajcie – upominał Maciek – żeby mi kto nie postawił snopów kłosami na dół!

Przestrzeń między staruszkiem i nimi zmalała niebezpiecznie. Zrobili bardzo dużo, przeszli już niemal całe pole, podczas gdy dziadek jak mała czarna mrówka ciągle był na wzgórzu, taszczył wiązki, wypoczywał, gadał i z trudem ustawiał swoje nieliczne mendle. Okrążali go, cicho podbierali mu spod rąk i zza pleców snopy, nieśli tak, żeby nie mógł nikogo spostrzec. Był pogrążony w myślach i tak znużony, że nie spostrzegł ruchu wokół siebie. Nagle stanął. Odgadł albo poczuł czyjąś obecność. Odwrócił się twarzą w stronę puszczy. Podniósł dłoń ruchem obronnym. Zdumienie jego było wielkie. Położył snop, z trudem wyprostował plecy, przeżegnał się nabożnie. Chłopcy znieruchomieli w swoich kryjówkach.

– A to dopiero – mówił staruszek do siebie – przyszedł psia para mnie tu straszyć. Emeryk, nikt inny.

Stał chwilę w milczeniu, jakby oceniał rozmiary pracy wykonanej w polu. Potem natężył głos i zaczął głośno wołać.

– Emeryk! Ja się ciebie nie boję, boś ty mniejszy ode mnie. Jak szedłem na wojny, nie pokazałeś mi się. Jak wróciłem pokancerowany, niepokazałeś mi się. Jak się dzieci rodziły, nie przyszedłeś. Jak moja pomarła, nie było cię. Dopiero dziś. Co to znaczy? Do grobu każesz mi leźć, ty psia paro, czy co, żeś mi się pokazał i do pomocy przystąpiłeś? Pomoc rzecz niezła, chociaż ustawiłeś te swoje mendle cha, cha! bez ładu i składu. Spójrz na moje. Stoją jak wojsko przed swoim dowódcą. Równo, pod sznurek. A twoje co? Wiechcie, strachy na wróble!

Maciek Osa na te słowa skrzywił usta i ruchami rąk złożył gratulacje zastępowi. Staruszek miał rację. Nastroszyli w pośpiechu mnóstwo krzywych, bardzo grubych piramid, ściśnionych blisko lasu, nie myśleli nawet o tym, że trzeba ustawiać w rzędach. Teraz dopiero porównali swoje wyniki z wynikami dziadka.

Ten stał tuż blisko, wiatr poruszał jego mleczne włosy nad ogorzałym, brunatnym czołem. Patrzył bystro. Przyłożył ciemną dłoń do ucha. Nasłuchiwał. Mówił coraz bardziej gniewnie.

– Odpowiedz, psia paro! Mam się na śmierć szykować? Hę?! Nie chcę wcale. Jeszczem krzepki, jak za młodych lat. Na ćwiczenia wojskowe mogę iść i pewno bym cię prześcignął. Padnij! Powstań! Padnij! Co prawda łatwiej mi dziś zrobić padnij, a powstać przez piętnaście minut czasem nie mogę. No, a ty, kamienny królewiczu? Hę? Ani padnąć, ani powstać, ani nic. Nie nastraszyłeś mnie wcale. Wyjdź! Odepnę tę swoją sztuczną nogę i jak cię zamaluję, to ci się odechce straszenia!!!

Zapadła cisza.

W głosie starego żołnierza brzmiała złość. Szarpnął oburącz nogę, jakby to była jego broń, i czekał w pogotowiu. Chłopcy czekali także. Zza snopów obserwowali jego drobną, przygarbioną postać.

– Aha! Zląkłeś się? Nie idziesz? No to ja pójdę do ciebie.

Szedł naprzód. Z trudem ustawiał sztuczną nogę na rżysku, potem przerzucał ciężar i robił krok.

– Ujawniamy się – szepnął Osa.

Zagwizdał. Chłopcy natychmiast wyskoczyli. Ustawili się według wzrostu. Dziadek przecierał czoło. Wyprężone chłopaki w zielonych mundurach patrzą na niego poważnie, tylko w oczach mają serdeczny, przyjazny uśmiech.

– Na moją komendę, baaaaacz-ność! – woła Maciek. – Zastęp Czarne Stopy melduje, że wziął samorzutnie udział w pracy żniwnej. Może trochę krzywo poustawialiśmy te mendle, ale mocno. Wiatr ich nie ruszy. Naprawdę...

– Harcerze? – upewniał się jeszcze staruszek. – A ja myślałem, że to Emeryk. Legenda taka jest, że kogo on odwiedzi, ten umrze. Trzeba na niego z całej siły krzyczeć, wtedy może się rozmyśli i odejdzie.

– Co to za emeryt? – interesował się Fobusz.

– Eeech, nie żaden emeryt, ale święty Emeryk, węgierski królewicz zamieniony w kamień, co już od dawien dawna wędruje na szczyt góry Święty Krzyż. A kiedy zajdzie, to, powiadają, nastąpi koniec świata. Spójrzcie. Tam w dole miasteczko Nowa Słupia. Stamtąd prowadzi droga, jak strzelił, na Święty Krzyż. I właśnie tamtędy zdąża królewicz Emeryk. Jest mały, ma dużą głowę i kamienne rysy twarzy. Znam o nim sporo legend i podań...

Maciek Osa podniósł dłoń.

– Mam pomysł! Najpierw ustawimy resztę mendli... tym razem już prosto, tak jak pan to robi... Później opowie nam pan o tym Emeryku... i o swoich wojennych przygodach – a później pójdziemy obejrzeć Nową Słupię i Święty Krzyż.

Byk Fernando tramtadrata

Tak pochłaniała ich dyskusja na temat własnego, niewątpliwego zwycięstwa, że nie spostrzegli zwierzęcia, które szło z góry w ich stronę. Leżeli na polanie dookoła mapy, zajęci sprawdzaniem trasy i robieniem notatek. Obejrzeli się dopiero, gdy zwierzę dmuchnęło nozdrzami nie ciszej od lokomotywy. Nie był to lew ani tygrys. Ani bawół. Mimo to poczuli wyraźne drżenie ziemi pod sobą, gdy biegł ze zbocza na łąkę.

– Rany! – szepnął Felek rzeczowo. Jego czerwone łopatkowate uszy sterczały tak jakoś dziwnie, jakby trzymał „ręce do góry" i w ten sposób reagował.

– Co? Krowy się zląkłeś? Przeszkoda nie do przebycia! Krowa! Chłopcy, ratować orkiestrę!

Wybuchnęli śmiechem i mieli ochotę „pękać" ile sił. Ale właśnie wtedy zwierzę przygarbiło się cokolwiek i zaczęło im się przyglądać. Lada chwila mogło rozpocząć atak. Szarżę siły przeciwko słabości.

– Co ta krowa? Zwariowała? – zapytał Maciek Osa. –Wygląda zupełnie jak żubr z Puszczy Białowieskiej.

– Ludzie! Chłopaki! Do szkoły nie chodziliście? To byk! – oświadczył Józek.

– Byk Fernando tramtadrata – próbował drwić Marek, ale Józek porwał go silnie za ramię.

– W nogi! – krzyknął – na drzewa!

Bardziej dla hecy niż ze strachu skoczyli w stronę dużych dębów.

Byk rozgniewał się i pognał za nimi. Pomruki, parskania, dudnienie czuli tuż za swoimi plecami. Galopowali z całych sił, teraz już pewni, że ta zabawa może się źle skończyć. Ledwo zdołali wskoczyć na gościnne, rozłożyste konary drzewa, gdy byk łomotnął o pień, tuż pod ich stopami.

– Coś pan z byka spadł! – odezwał się do niego Marek zdyszanym głosem – główka rozboli, szanowny panie, będę musiał szukać apteki, proszki panu przynosić.

Byk obwąchiwał ziemię, dmuchał, aż fruwały mchy i zeschłe źdźbła trawy. Okrążył drzewo kilka razy, chrobotał rogiem po pniu, badał, szukał i najwyraźniej się złościł. Tymczasem Marek wdrapał się na najwyższy konar i obserwował polanę. Stopniowo wszyscy chłopcy ulokowali się wysoko.

– A tośmy wdepnęli – wzdychał Maciek Osa. – Patrzcie. Widzicie tę dróżkę na horyzoncie? No tam, o! Najpierw dużo kolorowych pasów pola, dalej kępa drzew, a za nią...

– Taka jasna kreska? – zawołał Józio.

– Dobra. Co spostrzegłeś na tej kresce?

– Rusza się coś na niej! – wrzasnął Błyskawica.

– Niestety rusza się. To Białe Foki. Wracają. Poznaję ich proporczyk. A my? Powinniśmy też ruszać nogami, zamiast siedzieć tu po głupiemu i gapić się na wściekłego byka. Co to będzie?

– Zwyczajnie, do Ciekot już nie zdążymy – stwierdził Zenek. – Żeby był mój tata, na pewno by nas podwiózł autem i bylibyśmy równi.

Józio skrzywił się pogardliwie.

– Ty ciągle z tym samochodem. A zasady gry, to pies?

– Nie, to byk – zażartował Felek.

– O rany, żeby tego byka diabli wzięli – westchnął Maciek Osa.

– Żeby mu koniczyna zaszkodziła – dołączył się Marek do wianka szczerych życzeń.

– Żeby zjadł atomową pszczołę – winszował Leszek.

– Lepiej osę – mruknął Felek.

– Ty, ty – gromił go zastępowy. – Tylko bez dowcipów pod nazwisko. To najgorszy rodzaj humoru.

– W naszej sytuacji najgorszy rodzaj humoru jest lepszy niż zły humor – westchnął Błyskawica.

– A więc czego mu jeszcze życzymy – namyślał się Felek.Maciek Osa rozprostował zmiętą w biegu mapkę.

– Dajcie spokój temu głupiemu zwierzakowi, chociaż idiota z niego rzeczywiście niewąski. Popatrzcie raczej, którędy musimy wracać, jeżeli nie wstępujemy do Ciekot.

Powyginani w niewiarygodnych pozycjach skupili głowy nad mapą. Śledzili palec Maćka, który wskazywał obóz, a potem obecne miejsce ich pobytu.

– No tak – odezwał się Zenek – wszystko przez wasze Ciekoty. Mówiłem od razu, żebyśmy tam nie szli. Moglibyśmy całkiem ominąć polanę.

Zastępowy spojrzał na niego z politowaniem.

– Dobry sobie! Nie mówiłem! Nie mówiłem.

Marek podskoczył na gałęzi, stracił równowagę i byłby spadł.

– Uważaj! – krzyknęli chłopcy – jeżeli nie chcesz uczestniczyć w walce byków.

– Ech, bo mnie rozbolał w krzyżu gnat. Muszę zmienić pozycję.

– Szkoda, żeśmy cały talk wsypali w skarpetki. Tymczasem odciski wyrosły nam w zupełnie innych miejscach. Jak to nigdy nie można przewidzieć zdarzeń – rozmyślał głośno Błyskawica.

– Gadacie, gadacie – powiedział szeptem zastępowy – nawet byka to znudziło i człapie sobie w świat.

– Szczęśliwej podróży! – krzyknął Józio.

– Cicho! Nie przypominaj o naszym istnieniu. Życz mu złamania karku, ale nie gadaj.

Obserwowali każdy ruch zwierzęcia, które najspokojniej odchodziło skubiąc tu listek, tam kwiatek albo kępę trawy. Przyglądali się ruchom jego skóry, połyskowi sierści, zamachom ogona. Coraz dalej. Coraz dalej. Odzyskiwali nadzieję. Rozejrzeli się po polu, po dróżce na horyzoncie. Niecierpliwi chcieli już od razu schodzić. Maciek Osa jednak zabronił tego.

– Co wy? Ręce i nogi wam połamie, a kto będzie się tłumaczył przed waszymi mamami?

Dopiero kiedy byk wszedł na połowę stromego zbocza, zsunęli się w dół po pniu. Rozcierali obolałe miejsca, podczas gdy zastępowy przynaglał:

– Albo z powrotem na drzewo, albo w drogę.

– W drogę! W drogę! Żebyśmy się nie spóźnili.

Ruszyli kłusem. Byk obejrzał się. Zawrócił w miejscu, pognał prosto na nich z głową przy ziemi, gotów atakować i zabijać. Umykali w popłochu, na ślepo. Dystans między dudnieniem racic byka i nimi błyskawicznie malał. Sytuacja zaczęła być groźna. Wytężyli wszystkie siły.

– Do drzew! – komenderował Maciek Osa.

W ostatniej chwili udało im się dopaść kilku lip. Umknęli na górę, gdzie kto mógł. Byk jak trąba powietrzna gnał tuż za nimi. Zahamował racicami, zarył się, stanął. Okrążał drzewa, jakby czekał, że lada chwila ktoś skapnie na ziemię, pod jego nogi.

– Dużośmy zyskali – stęknął Zenek – o mało nas nie dopadł. A poza tym zmieniliśmy jedno mieszkanie na trzy małe pokoiki.

Rozejrzeli się. Kiwali do siebie, robili miny. Wydawało im się znacznie zabawniejsze siedzieć na trzech drzewach niż na jednym.

– A gdzie Błyskawica? – zapytał nagle Maciek.

– Tam, u nich na trzeciej lipie.

– U nas go nie ma.

– Jak to?! Co się stało z Błyskawicą?

– A kto tam kiwa z daleka?

– Jest. Siedzi na dębie. W jednoizbowym lokalu.

– Gnał w innym kierunku niż cały zastęp.

– A to nowa komplikacja! – zmartwił się Maciek Osa – jeszcze tylko tego brakowało, żebyśmy się spóźnili do obozu!

Marek nagle zakręcił się na miejscu, aż trzasnęła pod nim gałąź.

– Wiecie co, chłopaki? To wcale nie komplikacja. To szczęśliwy przypadek. Zwyciężymy tego szatana. Weźmiemy go sposobem. Uwaga! Hej, Błyskawica! Słyszysz mnie! Złaź na ziemię. Podrażnij byka, później hyc na górę. Rozumiesz, o co chodzi?

Błyskawica kiwnął głową, potem ostrożnie zsunął się na trawę. Stał chwilę wyczekująco, zawołał kilka razy. Machnął parę koziołków. Przeszedł się na rękach. Byk okazał się obojętny dla jego talentów akrobatycznych. Wówczas Błyskawica rozebrał się szybko. Pod mundurem ukazały się pąsowe kąpielówki. Zdjął je. Znowu wciągnął mundur i zaczął machać nad głową czerwonym trykotem.

– Eeee – Józio skrzywił się pogardliwie. – Ten byk nigdy nie był w Hiszpanii, nie ma pojęcia o przyjętych zwyczajach.

Ale właśnie w tej chwili zwierzę zareagowało. Wściekłe, z głową przy ziemi, z ponurym pomrukiem gnało na czerwoną przynętę.

Chłopcy schodzili z lip. Obserwowali kolegę i zmniejszający się dystans między nim a rozjuszonym zwierzakiem.

– Błyskawica, na drzewo! Prędzej! Uciekaj!

Byk okrążał długo wzgórek z dębem i zuchwałym harcerzem, oni tymczasem krzyczeli, skakali, przywoływali go wszelkimi sposobami.

– Po co się drzecie? – powiedział flegmatycznie Maciek Osa.

– Weźcie lepiej proporczyk zastępu i sygnalizujcie.

Wiśniowy trójkąt z wymalowaną niezręcznie czarną stopą zaczął wirować w powietrzu. Byk odwrócił się. Mruknął i szedł.

– Dał się złapać! Uwaga! Już, na drzewa. Zmęczymy go. Wysiądzie.

– Stanie się z nim tak, jak z żabą w wierszu Brzechwy. Po troszku zostanie zeń garstka proszku.

– Albo mokra plama na trawie.

– Albo zapach befsztyka z cebulką.

– Nie przypominaj o jedzeniu.

– Dlaczego? – Maciek Osa sięgnął po chlebak. – Możemy sobie zjeść po kawałku chleba. Nie przerywajmy tylko programu rozrywkowego dla byka, bo inaczej czarno widzę nasz punktualny powrót.

Jakże im smakował chleb z serem! Zajadali życząc Błyskawicy smacznego. Właśnie kończyli, kiedy na polanę wybiegł duży pies i wędrował sobie z wyciągniętym nosem. Byk runął na niego. Chłopcy patrzyli zaciekawieni. Byli pewni, że zaczyna się interesująca gonitwa, nic więcej. Lśniąca sierść psa pokryta brązowo-białymi cętkami stanowiła kontrastową plamę na tle łąki. Byk zmierzał niechybnie i po najkrótszej linii do tego celu.

– Ale zapycha – szeptał Felek – zupełnie jakby spadał z góry.

– Figę mu zrobi. Pies ucieknie. Hej, Reks, Azor, Lord, czy jak ci tam, zjeżdżaj! Na co czekasz?

W tej chwili Marek ścisnął Felka za rękę.

– Poznaję. Ta sama wyżlica, mówiłem ci. Ma pięć malutkich szczeniąt. Musimy ratować.

Pies dał się zaskoczyć. Uderzony rogami w bok zawył i już widzieli, jak wylatuje w górę nad głową byka. Zatoczył wysoki łuk. Spadł pod nogi rozwścieczonego zwierzęcia. Zaczęli krzyczeć równocześnie. Z przerażeniem patrzyli na ciosy rogów i racic bijących gęsto.

– Zakatrupi go, jeżeli nie będziemy bronić! – krzyknął Marek i skoczył na łąkę. Biegli razem. Okrążyli byka, wyszli naprzeciw jego łba, żeby mógł ich widzieć. Machaniem ramion, skokami, wrzaskiem usiłowali zwrócić uwagę na siebie.

– Wszystko wam opowiem. Ja znam tego psa. Ratujmy go – powtarzał Marek, bliski płaczu. – Ratujmy go. Musimy przecież ratować.

W tej chwili z lasu wyskoczył na polanę konny jeździec. Ogorzały mężczyzna zakręcił i gonił byka nie żałując mu bata. Pies umknął w krzaki z głośnym skomleniem. Wiatr głuszył słowa i pomruki, jakie padały pomiędzy człowiekiem i niesfornym zwierzęciem, w każdym razie byk drałował, gdzie mu kazano, nie próbując się buntować. Wkrótce zniknęli za wzgórzem.

Owacja w postaci długotrwałego „aaaaa" miała wyrażać pełny zachwyt. Odzyskali swobodę.

– Powinniśmy już być co najmniej pod Mąchocicami – narzekał Marek.

Felek rozpoczął dzikie przysiady i wołał:

– Pod Mąchocicami zaraz będziemy, a teraz Czarne Stopy muszą wykonać taniec radości.

– Taki jesteś kozak, od kiedy byka nie ma? – żartował Maciek. – A wiesz, ile nam jeszcze zostało kilometrów?

Ale widział, że jego słowa lecą na wiatr. Cały zastęp tańczył już dookoła lip i wyrażał wszelkimi sposobami swoją radość. Jedni machali ramionami, inni wydawali okrzyki, fruwały w powietrzu czapki, chlebaki. Wtedy rozległ się ryk i na polanę wyszło znów łaciate zwierzę. Chwila zaskoczenia. Nogi jakoś same kilkoma susami skoczyły w stronę drzew. Potem głośny wybuch śmiechu. Tym razem była to najbardziej dobroduszna krowa. O kilka metrów za nią podbiegało cielę i jemu zapewne dawała znaki muczeniem.

W harcerzy znowu wstąpiła radość.

– Jaka łagodna – mówili – jaka miła.

– Może byśmy jednak opuścili to Madryckie Wzgórze – radził Felek– a nuż z lasu wyjdzie znowu jakiś zapaśnik ciężkiej wagi... Słoń! Hipopotam! Nosorożec!

– A więc w drogę – wołał Marek – my z Felkiem jeszcze musimy lecieć na Radostową dziś wieczorem.

– Kiedy możemy być na Diabelskim Kamieniu?

– To zależy, czy dużo wojowniczych byków spotkamy na swojej drodze. Orkiestra naprzód. Lewa! Lewa! Lewa!

– Miałeś nam opowiedzieć coś o tym psie – przypomniał Markowi Błyskawica.

– Nie gadać! – rozkazał surowym głosem zastępowy. – Będziecie mieli na wszystko czas w obozie. Teraz uwaga! Idziemy nie za szybko, nie za wolno, żeby wrócić razem z zachodzącym słońcem.

Powstrzymano koniec świata

Było zupełnie ciemno, kiedy skończyli się opychać i zastępami maszerowali do ogniska. Sami wybrali sąd konkursowy spomiędzy Rady Drużyny.

Przewodniczącym został Andrzej Wróbel i właśnie widzimy go, jak odziany sutą peleryną spaceruje na pograniczu dwu świateł: księżycowej martwoty i żywych błysków płynących z ogniska.

Co chwila spogląda w kierunku tablicy ogłoszeń ustawionej „twarzą" do krzaka jałowca. Po tej stronie, na chropowatej, niepomalowanej desce przymocowano wielki, papierowy znak zapytania i wykrzyknik.

– Co to? – zapytuje każda grupa wchodząca na polanę.Drużynowy poprzestaje na pełnym tajemniczości uśmiechu.

– Coś taki wesoły – zaczyna Hindus – może ci najdroższa przysłała paczkę?

– Lepiej.

– To może – próbuje zgadywać Maciek Osa – rok szkolny będzie trwał dwa miesiące, a wakacje dziesięć.

– Osa! Jesteś blisko prawdy – zawołał Andrzej Wróbel i znowu się uśmiechnął.

Wtedy właśnie zbliżyli się do niego Felek i Marek.

– Druhu drużynowy, prosimy o krótką rozmowę – szepnął Marek.

– A! Doskonale się składa, bo i ja chciałbym z wami dwoma pomówić. Może dziś po sprawozdaniu zastępów?

Kiwnęli głowami. Wrócili na swoje miejsca.

Wszystko było już gotowe do rozpoczęcia konkursu. Podniecenie rosło.

Harcerze zaśpiewali, że drużynowy jest wśród nas i że iskra pryska, potem ucichli. Zresztą fałszowali tego dnia zupełnie wyjątkowo, głównie z racji ciekawości i podniecenia. Każdy zastęp chciał zająć pierwsze miejsce, a pierwsze miejsce było tylko jedno. Drżeli więc, jakby ich kto przypiekał w żarze ogniska.

– Dawajcie plany waszej trasy – powiedział Andrzej Wróbel.Okazało się, jaką magiczną siłę ma słowo „konkurs". Ani jeden zastęp nie zapomniał warunków, przeciwnie, wypełnili je co do joty. Ba, nawet umieli się czymś wyróżnić, zwrócić uwagę na swoją pilność w opracowaniu planu.

– My zrobiliśmy wierszem opis całej trasy – powiedział z powagą Dąbrowski, zastępowy PIHM.

– Phy! Ważny jest rysunek, a nie słowa! Spójrzcie tu! Każde ciekawsze zdarzenie narysowane. I to jak? Na wesoło! –zawołał Patelnia stojący na czele Białych Fok.

Puchatek odezwał się z wielką pewnością siebie:

– Co tam! Nasz plan jest naprawdę harcerski. Wszystko wykłute igłą sosnową na liściu: trasa, miejsce noclegu, nazwy miast i wsi.

– To pewno wzięliście do tego liść kapusty? – zakpił złośliwie Korek.

– Dębowy. Kapuściany zostawiam wam...

– Dębowy? To musiała być długa trasa? Podróż Gustlika dookoła-trawnika.

– Nie ośmieszać! – groźnie krzyknął Andrzej. – Oni was nie ośmieszali. Najlepszy dowód, że się czujecie słabsi, skoro chcecie docinkami pomniejszyć ich osiągnięcia.

Zrobiło się cicho. Żurawie położyły bez słowa swój plan. Andrzej spojrzał i poznał ich grę. Wszystkie napisy zastąpiono szyfrem. Longinus wyciągnął szyję i najwyraźniej czekał.

– To mi się podoba – szepnął drużynowy. Znowu spojrzał z uśmiechem w stronę odwróconej tablicy. Chłopcy ciekawie popatrzyli w to samo miejsce.

Czarne Stopy wykonały plan znacząc trasę mikroskopijnymi czarnymi stopkami.

– Nieźle!–pochwalił Andrzej.

Oglądał plany trasy w migotliwych odblaskach ogniska i w zielonawym świetle Wielkiej Łysicy, która natrętnie pchała się na dół.

– A teraz mówcie, coście widzieli, coście słyszeli, coście poznali. Forma obojętna. Tylko uprzedzam. To jest wasze współzawodnictwo. Zapisuję od razu, na świeżo, plusy i minusy.

Zrobiło się cicho. Każdy zbierał w sobie rozważnie słowa, żeby lekkomyślnym chlapnięciem ozora nie zepsuć punktacji.

Napięcie rosło. Czas upływał. Księżyc aż się spocił z emocji, jego lśniąca głowa powlokła się mgiełką.

– No, to my zaczniemy, Marek, mów!

– Wygodny jesteś... – warknął Marek łypiąc groźnym wzrokiem na zastępowego– my zaczniemy, ale ty mów. No, dobra, niech będzie.

Przyjął odważnie trudne zadanie, chrząknął parę razy i zaczął:

– Mieliśmy mówić o Stefanie Żeromskim, ale PIHM zgłosił się wcześniej, no i musieliśmy zmienić plan. Obmyśliliśmy coś innego. Więc druhu.

Czarne Stopy zapobiegły końcowi świata. No tak, co się śmiejecie!Już niedługo miał nastąpić koniec świata, a myśmy zrobili coś takiego, że odtąd spokojna głowa. Było to tak.

Odetchnął, rozejrzał się błyskawicznie. Śmiech zamienił się w ciekawość. Aha! Mam was! Teraz posłuchajcie.

– Było to tak. Od wielu lat wędruje na Święty Krzyż Emeryk, węgierski książę, zamieniony w kamień. Podanie ludowe głosi, że kiedy Emeryk dosięgnie szczytu, pęknie skorupa ziemska, wywali się gorąca lawa,błysną pioruny, księżyc zleci na łeb, na szyję; nastąpi koniec świata.

– Tylko nie na łeb, na szyję, bo szyi w ogóle nie mam – szepnął księżyc i poprawił się na gałęzi.

– Więc kiedy zobaczyliśmy Emeryka na drodze z Nowej Słupi, jakzgarbiony, przygięty do ziemi zasuwa pod górę, postanowiliśmy złemu zaradzić. Najpierw próbowaliśmy przemówić Emerykowi do rozumu. Prosiliśmy, żeby zmienił kierunek. Stary już jest, nogi ma słabe, na co mu się tak wysilać? Z góry dreptałby znacznie lżej, bez trudu. Mówiliśmy do niego, mówiliśmy...

– Wyobrażam sobie – wtrącił żartobliwie drużynowy – dziwię się,że mu głowa nie spuchła.

– Skąd? On ma twardą głowę. Kamienną. Tłumaczymy, prosimy, a ten nic. Uparł się i koniec. Ani drgnie. Więc my na niego siłą. Przekroczyliśmy sztachety, bierzemy go w ośmiu. Za łeb, za kark. To małego wzrostu facet, myśleliśmy, że będzie nam łatwo. Chcieliśmy zawrócić kamienną figurę świętego Emeryka. Skoro taki bezmyślny, niech następne sto lat wędruje w stronę Nowej Słupi. Nic z tego nie wyszło. Wrósł w ziemię po kolana, wcale nie można go ruszyć. Ale nasza główka pracuje! Po co nam koniec świata? On jest uparty, to my jego wzięliśmy sposobem. Owiązaliśmy go linką w połowie, potem oba końce linki naciągnęliśmy z całych sił i zakręciliśmy wokół pni drzew. Niech się spróbuje ruszyć!

– Jakie zastosowaliście węzły? – rzeczowo spytał Andrzej.

– Na Emeryku pętlę nie zaciągającą się, a na drzewach tkackie.

– W porządku.

– Szkoda gadać! Końca świata nie będzie – wykrzyknął Marek.Oklaski druhów zastąpiły ocenę.

– Dobry numer – wołano.

– Brawo, Czarne Stopy!

– Powstrzymaliście koniec świata!

Teraz wszystkie zastępy chciały mówić jednocześnie. Zrobił się gwar. Wołano coraz głośniej:

– Druhu! Druh posłucha...Andrzej Wróbel miał głos donośniejszy.

– Co to, patałachy! Wyrwirzepy! Wszyscy dokonaliście równie bohaterskich czynów?!!

– Eeee, co to, to nie – powiedział chytrze Dąbrowski, zastępowy PIHM. – Takich wielkich czynów nie dokonaliśmy. Czarne Stopy to co innego. My skromnie. My znaleźliśmy coś dla druha.

– Dla którego druha?

– Dla druha.

– Którego?

– Dla druha drużynowego, nie pokazując palcem. Bo tu niedaleko pod Łysicą mieszkał w dziewiętnastym wieku nasz polski Ali Baba ze swoimi rozbójnikami, słynny P a t a ł a c h a. Taki świętokrzyski Janosik albo Ondraszek. Jego drużynę w okolicy nazywano patałachami. Jego wspólnikiem był Sikora. Tak więc oni mieli jednego Sikorę i dwudziestusiedmiu patałachów, a my mamy jednego Wróbla i czterdziestu patałachów.

Dąbrowski w miarę mówienia tracił pewność siebie, czerwienił się i najwyraźniej ogarniały go wątpliwości, czy podobny koncept nie obrazi dru -żynowego. Ale chłopcy nie zastanawiali się długo. Zahuczał śmiech.

– Ale druha przerobili! – wołali.

– Wiemy nareszcie, co to znaczy p a t a ł a c h y! Dąbrowski podniósł dłoń, uciszał ich.

– My na serio mamy co innego, a to tylko na lipę. Specjalnie dla druha.

Andrzej Wróbel pogroził mu ołówkiem. Śmiał się.

– A co macie na serio? – zapytał.

Teraz Dąbrowski przybrał uroczysty wyraz twarzy.

– Kielecczyzna jest jakby domem rodzinnym wielu sławnych ludzi. Tu się narodzili albo zamieszkali...

Podniósł oczy na księżyc i tym spojrzeniem podkreślał, że mówi z pamięci.

– Stefan Żeromski w Strawczynie, Henryk Sienkiewicz w Oblęgorku, Mikołaj Rej w Nagłowicach, Adolf Dygasiński uczył się w Kielcach. Stąd pochodzi Wincenty Kadłubek i hetman Stefan Czarniecki, i ksiądz Piotr Ściegienny, i Stanisław Konarski.

Umilkł. Powaga na jego twarzy nakazywała chłopcom milczenie. Marek odezwał się pierwszy.

– No właśnie! Więc nie same patałachy się tu rodziły!

Teraz na polanę przy ognisku wystąpił zastępowy Żurawi Longinus, a księżyc ustawił się tuż za nim tak, żeby cień wychodzący spod nóg Longinusa przedłużył chłopaka w prawdziwą chmielową tykę.

– Legend i podań ludowych my też usłyszeliśmy dużo. Spotkaliśmy starego człowieka. Ten by łatwo mógł wygrać nasz konkurs! Opowiedział nam o zbójcach z kakonińskiego lasu. Patałacha nie był Ali Babą. To szczeniak przy naszych zbójnikach. Napadali oni pielgrzymów, rabowali okoliczne dwory. Zebrali ogromne skarby. Ukryli je częściowo na Łysicy, resztę w pniu starej lipy w kakonińskim lesie. Wreszcie ich ujęto i w Krakowie król wydał na nich wyrok. Egzekucja miała się odbyć na Błoniach, gdzie zebrały się tłumy ludzi. Jeden ze skazańców prosił, aby mu pozwolono zaśpiewać przed śmiercią i śpiewał tak:

– Oj lipko, lipko na Kakoninie, kto ciebie dostanie, panem na zawsze zostanie i jego dzieci.

Posłyszał to szklarz z Kakonina, co przyjechał na egzekucję. Nie czekał już końca, tylko czym prędzej wracał pod Łysicę. Szukał długo, całymi nocami przetrząsał las okoliczny, aż znalazł ogromny skarb. Dźwigali z żoną do domu klejnoty, napełnili nimi całe koryto. Nie wiedzieli, co z tym zrobić, poszli do spowiedzi. Za radą księdza szklarz, Józwik Krzych, rozdał ogromne bogactwo biedakom i wybudował kościół na górze Popówce w Bielinach. Koniec i bomba, kto was nudzi, ten trąba.

Tak zakończył harcerz nazywany Longinusem, bo mu z trudem szło mówienie. – Ani to mądre, ani to śmieszne – myślał, więc ostatnim zwrotem zamknął sprawę i na swoim długim cieniu, jak na tyczce, wycofał się pomiędzy kolegów. Korek nie wytrzymał nerwowo.

– To myśmy lepszą lipkę znaleźli – zaczął, ale go Patelnia zgasił momentalnie i nie pozwolił mówić dalej.

Andrzej Wróbel zainteresował się:

– No, to proszę. Zaczynajcie Białe Foki.

– Jeszcze nie, druhu... za chwilę.

Longinus obejrzał się. Wyciągnął rękę i od razu przedłużył mu ją cień.

– Oni dopiero sobie zmyślą, druhu. Ta ich lipka to wielka lipa!

– Lipa! Lipa! –wołały głosy.

– Lipa? – szepnął księżyc pełen ciekawości.

Na polanie stanął Puchatek, zastępowy Kontiki. Czekał, aż się uspokoją. Zrozumieli, że będzie mówił rzeczy poważne.

– Wędrowaliśmy trasą pamiątek po Stefanie Żeromskim – zaczął. Sfotografowaliśmy podpis ucznia Stefana Żeromskiego na ścianie kapliczki eremity w Świętej Katarzynie. W Wilkowie zrobiliśmy kilka zdjęć.Stamtąd powędrowaliśmy nad Wierną rzekę. Rozpaliliśmy ognisko i czytaliśmy głośno wybrane fragmenty z „Wiernej rzeki", „Syzyfowych prac"i „Puszczy Jodłowej". Kiedy pojedziemy na wycieczkę do Kielc, podobno ma być taka wycieczka, zamierzamy odwiedzić szkołę, w której uczyłsię Żeromski, pójść na górę Karczówkę i uzupełnić fotografie do kroniki obozowej.

Zdawało się, że skończył swoje sprawozdanie, ale on jeszcze chwilę milczał i potem się uśmiechnął.

– Jak rozpalaliśmy ognisko, zdarzył się taki wypadek. W pobliżu chłopcy paśli bydło i właśnie wtedy jeden z nich zaciął się w rękę nożem.Bardzo głęboko. Zrobiliśmy mu opatrunek wedle wszelkich zasad samarytanki, no i zapanował dobry humor, bo chłopak bał się początkowo,póki mu krew tryskała. Potem inni przynieśli nam ziemniaków, upiekliśmy je w popiele, zjedliśmy wspólnie z nimi.

– Więc i dobry uczynek macie na swoim koncie.

– Dobry uczynek to zwykła rzecz dla harcerzy – odpowiedział – ale dzięki temu wypadkowi zbliżyliśmy się z nimi, razem czytaliśmy fragmenty Żeromskiego. Oni zaproponowali taki układ, że sami przypilnują pieczenia ziemniaków, a my przypilnujemy, żeby krowy nie szły w szkodę.

Możecie sobie wyobrazić, ile było śmiechu, po prostu kino, bo te potwory w ogóle nie chciały słuchać. Felek zawołał:

– A widzisz! Myślałeś, że tylko w internacie jest tak źle z posłuszeństwem? Autorytetu nie masz.

Puchatek uśmiechnął się wyniośle:

– No, jeżeli siebie porównujecie do krów...Andrzej Wróbel przerwał te uwagi.

– Czy już wszystkie zastępy? Śmiało! Białe Foki!

– Mówili, że mają lipę.

– Że to podobno lepsza lipa.

– Lipka, nie lipa.

– Lipa! Nie lipka!!

Zastępowy Patelnia wyszedł na polanę. Śmiał się.

– Eee, druhu, Korkowi się wszystko pokręciło. Nie lipa! Nie lipa! Dąb i grusza.

– No, to mów. Ogrodnicy od siedmiu boleści. Patał... hm, hm, Patelnia, mów, na co czekasz?

– Otóż, kiedy Jan III Sobieski wracał spod Wiednia, zatrzymał się niedaleko stąd na wypoczynek. A że lud bardzo króla miłował i cieszył się ze zwycięstwa, goszczono go, czym tylko kto mógł. Przyniesiono gruszki wielkie, pięknie dojrzałe, żółte jak wosk. Zasmakowały królowi tak nadzwyczajnie, że nazwali je odtąd gruszkami Sobieskiego i rokrocznie posyłano mu większą ilość do Warszawy. My też próbowaliśmy gruszek tego gatunku, ale były jeszcze niezupełnie dojrzałe. Ogrodnik zaprasza całą drużynę, żebyśmy w jesieni przyjechali na gruszki Sobieskiego

– Wiwat król! – krzyknęli zwolennicy gruszek i wycieczek.

– To wszystko? – zapytał krytycznie Longinus.

– Ale lipa! – szepnął głośno Dąbrowski.

– Dąb! – odpowiedział spokojnie zastępowy Patelnia. – Historia z gruszą, to tak na dokładkę, a teraz przechodzę dalej. Poszliśmy specjalnie do Zagnańska, żeby złożyć wizytę naszemu najstarszemu pradziadkowi. Zgadujecie już, o kim mowa?

Zapadła nagle cisza. Jeszcze się nic nie stało, a już chłopcy dosłyszeli skrzypienie wagi, na której przechylały się losy konkursu. Nagle wrzasnęli ze wszystkich sił:

– Bartek!!!

– Dzielny dąb staruszek miewa się znakomicie, wygląda wprost nadzwyczajnie. Kiedy się dowiedzieliśmy, jakie pamiątki dostał od króla Jana III Sobieskiego, gdy ten z fantazją na czele orszaku jechał, mówię wam chłopaki, nie chcieliśmy wędrować dalej, zostaliśmy tam na noc. Bo król Jan III kazał w dziuplę Bartkowego pnia włożyć rusznicę i szablę turecką, a na dodatek butelkę zdobycznego wina, żeby sobie Bartek popił. Od tego czasu Bartek rósł szybko, dziuple mu się zamknęły, a dary królewskie podobno dotąd się tam znajdują. Wprawdzie pożar leśniczówki w roku 1906 przypiekł Bartka paskudnie, że go musieli starannie leczyć i oparzeliny zakleić, ale dziadek i tak trzyma się dzielnie, mimo że ma z tysiąc dwieście wiosen. W nocy, podczas pełni księżyca podeszliśmy cicho do samego Bartka. Nie mieliśmy początkowo żadnego planu. Tknąć go nie wolno, bo to zabytek. O włażeniu na taki pomnik przyrody nawet mowy być nie mogło. A tymczasem wysoko, pod samą koroną drzewa spostrzegliśmy dziuplę. Co robić, żeby do niej zerknąć? W jasnym świetle księżyca może moglibyśmy zobaczyć połysk stali. Zawiązać pętlę na końcu sznura, wpuścić do dziupli, pociągnąć! A nuż udałoby się nam wydobyć turecką szablę lub rusznicę?! Wreszcie wpadliśmy na pomysł. Ustawiłem się w rozkroku mocno i wygodnie. Wbiłem przed sobą kij harcerski. Stoję. Na moich ramionach stanął Bochenek, na nim Korek i tak cały zastęp. Żeby choć jeden z nas mógł zajrzeć do dziupli, nad którą świecił księżyc. W jasnym świetle szabla Sobieskiego powinna błyszczeć. Piramida była na ukończeniu. Ostatni z nas właśnie się wdrapał i stawał już prosto, gdy spomiędzy gałęzi wyleciało coś z okropnym chichotaniem i szszszurr! na nas. Chybnęliśmy się w tył, nasza piramida wygięła się łukiem i rozprysła się na cztery wiatry.

– To była wiedźma z Łysej Góry – krzyknął Marek – nie leźcie na drugi raz, gdzie nie trzeba.

– Pewnieście ją nasłali – mruknął Patelnia – żeby nie pozwoliła obejrzeć rusznicy i szabli. Bo co do wina, to nas nie interesuje. Zresztą Bartek pewnie już dawno je wysączył... Ale my się jeszcze kiedyś wybierzemy w tamtym kierunku. Proponuję, druhu, zrobić piramidę stożkową z nas wszystkich i zajrzeć Bartkowi do dziupli.

– Hurra! – zawołali chłopcy. – Górą Białe Foki! Szabla! Rusznica! Sobieski pod Wiedniem! Najlepsi! Pierwsze miejsce!

Klaskali zawzięcie, dopóki Andrzej Wróbel nie podniósł ręki.

– Dobra, dobra – powiedział – ładnie by wasz Bartek wyglądał, gdyby całe chmary drabów zaczęły mu robić sondę żołądka! Co to, nie wiecie, że Puszcza Jodłowa i wiele miejsc w okolicy jest pod ochroną? Pat... patrzaj no się, widzisz no go!

– Druh się jąka – szepnął któryś i ta nowina szła „głuchym telefonem".

– Zacina się na sylabach „Pa-ta-ła..." – mówiono ze śmiechem. Andrzej Wróbel miał dobre uszy. Słyszał. Uśmiechnął się i powiada:

– Hej patałachy szablą i rusznicą zaczarowane! Jeżeli Białym Fokom dajecie pierwsze miejsce, to znaczy, że sprawa marszu na punktualność została wyczerpana. Pod warunkiem jednak! Obiecujecie, że nikt z was nie pójdzie grzebać Bartkowi w brzuchu.

– No chyba!

– Druhu, Patelnię to tylko fantazja literacka poniosła z tą piramidą...Wszystko zmyślił...

– W porządku. Teraz powiem wam o sprawach obozowych. Pierwsza nowina. Złodziej był w nocy, podczas waszej nieobecności. Wypił mleko z garnka, więcej nic nie zabrał. Druga nowina jest na tej tablicy, za chwilę ją odwrócę. Który zastęp odczyta i wyjaśni treść, zdobędzie nagrodę specjalną.

Przyniósł tablicę, ustawił w dobrym świetle.

Księżyc już badał tajemnicze znaki. Druhowie zbliżyli się, wyciągali szyje. Na czarnym tle jaśniały słowa nagryzmolone kredą. Zaczęli je czytać z mozołem:

Peijote kaubea deo jotakaubea
jotakaube deo emicehaeła
peijoteeszet tey peijote jota
kaoempeaenijota ceaeła

Wróbel zmarszczył brwi, czytał uważnie ruchem warg, potem odezwał się z powagą:

– Byli tu dziś rano pionierzy z zagranicy. Nie mogę wam powiedzieć skąd. Zostawili dla was tekst piosenki ludowej, pisany w mowie swojego kraju. Kto zna język i odczyta piosenkę, zdobędzie nagrodę dla swojego zastępu.

– Wpadliśmy – szepnął Felek do Marka – zdemaskował nas.Marek płonął jak w gorączce.

– Więc on wszystko wie!

– Zna całą tajemnicę! Odczytał szyfr.

– Szkoda, żeśmy się sami nie przyznali! Co robić?

– Głupio się przyznawać dopiero wtedy, gdy złapią za rękę. Gromada tymczasem sylabizowała dziwaczne słowa:

...peijote kaubea...

– To pewnie coś o kowbojach! kaubea i jotakaubea.

– Chłopaki! Przecież to łacina. Widzicie słowo deo?

– No pewnie! Ksiądz to zawsze śpiewa za pogrzebem. I w kościele, deo gracjas...

– Ale! Za pogrzebem. Jak łacina, to zaraz ma być pogrzeb? – oburzył się Zenek. – To jest przecież druga zwrotka hymnu Gaudeamus igitur. Słyszałem, jak mój starszy brat śpiewał z kolegami.

Zaczął pełnym głosem, donośnie i czysto, na melodię Gaudeamus igitur. Śpiewając wybijał takt ręką i nogą. Inni znali pieśń, próbowali nucić razem z nim. Szło im to coraz lepiej. Nad polaną zabrzmiała studencka pieśń:

peijote kaubea deo jotakaubea!

Nieprawdopodobny paroksyzm śmiechu, jaki powykręcał twarze harcerzy-studentów, zakłócił uroczystą chwilę. Zenek był oburzony.

– Co, nie słyszeliście nigdy hymnu Gaudeamus? – wołał.

Andrzej Wróbel odwrócił się do kadry instruktorskiej.

– Cóż wy, stare konie, sobie myślicie? Swoim rżeniem psujecie wszystko!

Potem uważnie patrzył na druhów.

Marek ścisnął Felka za rękę.

– Idę – powiedział.

– Ja z tobą.

– Zostań. Biorę na siebie całą winę – szeptał Marek.

– Oszalałeś? Idziemy razem.

Ich sprzeczka była coraz głośniejsza. Nie zależało im już teraz na zachowaniu tajemnicy. Przepchnęli się między kolegami, gnali do przodu, jeden przez drugiego.

– Druhu! – zawołał Marek dramatycznym głosem – ja to przetłumaczę.

– Tym razem pewno będzie greka – żartował Korek.

– Raczej esperanto...

Ale drużynowy podniósł ostrzegawczym gestem rękę.

– Proszę o spokój. Weź kredę. Napisz tu jakiekolwiek słowo w tym języku.

Marek wziął kredę. Pisał bez wahania:

Jota joteesteem wuienieen.

Felek odebrał mu kredę i nie czekając na nic rysował wielkie litery:

I emojota wuiena.

– To po bułgarsku – zaczął Korek. – Bułgarzy mówią coś w tym rodzaju „Dobrota wodata za pite”. Felek napisał chyba „Moja wujenko”czy coś w tym rodzaju.

– Raczej coś w tym rodzaju – zażartował Andrzej Wróbel i zwrócił się do wszystkich druhów. Poczekał, aż gwar ucichł zupełnie, jakby chciał ogłosić rzeczy wyjątkowo ważne. Ale powiedział tylko parę słów.

– Marek i Felek zdobyli nagrodę dla zastępu Czarnych Stóp. Organki!

Dwaj chłopcy stali przy tablicy ogłoszeń i patrzyli na drużynowego. Czekali. Byli pewni, że lada chwila powie wszystkim o ich dziwnym zachowaniu, o tym, że mają coś wspólnego z nocnym złodziejem. Ale drużynowy milczał. Marek odezwał się pierwszy.

– Druhu! Ja wyjaśnię, dlaczego nie powiedziałem od razu, kto ukradłserdelki. Znalazłem papier na Radostowej. Po śladach trafiłem do szopy.

Duża wyżlica i pięć małych szczeniąt. Powinienem od razu powiedzieć, ale się bałem, że druh oboźny zabroni dożywiać te psy. Więc robiliśmy z tego sekret.

– A teraz się boimy... – dokończył Felek.

– Kary się boicie?! Rychło w czas!

– Eee tam. Nie kary! – zawołał Felek i zwrócił się do Marka. – Jak dziś ten byk potłukł sukę rogami, to trzeba było natychmiast po powrocie zawiadomić druha. Bo jeśli suka zdechnie, to co będzie ze szczeniakami?

– Kto kogo potłukł? Co wy pleciecie?

Teraz wszystkie Czarne Stopy razem z Maćkiem Osą i z Hindusem opowiadały równocześnie. Drużynowy słuchał, a co najważniejsze, zrozumiał bez trudu. Spojrzał na zegarek.

– Tacyście troskliwi? No, no, no. Pogotowie ratunkowe! Zamiast od razu powiedzieć, co się stało, spokojnie trzymacie wodę w ustach. Jutro skoro świt idziemy na pomoc psiej rodzinie.

– Druhu... Może jeszcze dziś – pytał nieśmiało Felek.

– O dwunastej w nocy! Przez Lubrzankę i po zboczu Radostowej? Nie, moi drodzy. Gdyby suka była ciężko ranna, wasz Maciek Osa wiedziałby, jak ma postąpić.

– Ale my widzieliśmy lepiej...

– Trzeba było przyjść od razu. Dosyć! Odmaszerować! Oboźny zagwizdał i ogłosił:

– Za najciekawsze zdobycze zebrane podczas wędrówki pierwszą nagrodę w postaci tenisowych rakiet dostają Białe Foki.

– Aaaaa!

– Za bezbłędne odczytanie szyfrowego tekstu piosenki ludowej *Pije Kuba do Jakuba* drugą nagrodę w postaci organków otrzymują Czarne Stopy! Razem z moimi osobistymi gratulacjami.

– Aaaaaa!

– A teraz prędko spać! Za piętnaście minut gwiżdżemy na ciszę. Harcerze biegli do namiotów. Zastęp służbowy gasił piaskiem ognisko.

– Jaka szkoda – westchnął księżyc i roztoczył na polanie swoje zielonkawe światło.

Rozmowy milkły. Nastawał spokój. Słychać było szum drzew i kroki chłopców idących na wartę. Wkrótce rozległ się przeciągły gwizd i rozdzielone sylaby słów:

– Ci – sza – noc – naaaa!

Nocny alarm

Cisza nie przetrwała do rana. W ciemności rozległy się gwizdki, brzmiały jękliwie, ponuro, długo. Chłopcy budzili się nie rozumiejąc, czy należy już wstać, czy może to po prostu sen. Gdzieś daleko i głęboko, jak w studni, dudniły nawoływania wartowników.

– Aaaaa – laaarm! – Aaaa – laaaarm! – Aaaa – laaaarm!! Prędzej wskoczyć w mundur! Czapka, skarpety, plecak. Maciek Osa mocuje się ze sznurowadłem.

– A to nas urządzili. Po wycieczce robić alarm? Zwariowali?

– Przecież oni są wypoczęci – mamrotał Zenek. – Im łatwo wstać. A że nas gnaty bolą, to nieważne.

– Która godzina?

– Trzecia.

– Już się pewno rozwidnia.

– Prędzej, chłopcy! Biegiem!

Wyskakiwali z namiotu w noc chłodną i wilgotną jak gąbka. Otrząsali się. Zajmowali miejsca w szeregu.

– Nie zastępami! Kolejno!

– Kto pierwszy, ten lepszy.

Oboźny szedł wzdłuż szeregu. Świecił w oczy latarką.

– Zastępowi – wołał – sprawdź swoje zastępy. Czy nikogo nie brakuje?

– Żurawie są.

– Kontiki też.

– Czarne Stopy są.

– PIHM w komplecie.

– Białe Foki obecne.

Felek szczękał zębami. Był rozespany, nic nie rozumiał. Biegnąc na alarm zgubił czapkę, teraz więc osadził sobie na czubku głowy pokrywkę od menażki i stał sztywno, żeby mu nie spadła. Spodnie przyniósł w ręce, ale nie zdążył ich wciągnąć, został w samych kąpielówkach, a tylko przysłonił je z przodu spodniami wetkniętymi pod pasek. Z tyłu wyglądało to nie najlepiej, a zwłaszcza nie najpoważniej. Gdyby ktoś z komendy zechciał obejść szereg dookoła, Czarne Stopy tracą parę punktów. Ale nikt nie interesował się dziś garderobą. Oboźny stanął przed szeregami i mówił poważnie:

– Słuchajcie, chłopcy. Zachowujcie zupełny spokój. Nocna warta wszczęła ten alarm, ponieważ na dole w wąwozie słychać jęki.

Zapadła natychmiast bezwzględna cisza. Chłopcy połknęli swój oddech. Czekali na coś okropnego. Stali tu wszyscy na polanie, razem z całą komendą, za nimi ciemne namioty, noc ledwo rozmazana słabym świtem, a tam w wąwozie coś jest i za chwilę wyda jęk. Felkowi zrobiło się nieswojo z powodu głupiego stroju. Zimny wiatr owiewał go z tyłu, chłodził skórę, podrzucał fartuchowo zawieszone spodnie.

– Nocna warta nie chciała tracić czasu na sprawdzanie kolejno we wszystkich namiotach – mówił dalej oboźny – a teraz, kiedy już wiemy, że nikogo nie brakuje, trzeba się natychmiast przekonać, kto tam jest w wąwozie.

– ...kto tam jest w wąwozie? – szeptała ciemność i chłopcy woleli nieprzyglądać się zbyt uważnie czarnej przestrzeni. Patrzyli w oczy oboźnego, który zmarszczył czoło i zdawało się, że także nasłuchuje. Za chwilę wyda rozkazy. Powie, co należy zrobić. Odzyskają wtedy mowę i swobodę myśli. Bo teraz czekają tylko w napięciu. Dziwne, jak chłód je potęguje. Ruch wiatru we włosach ma dodatkowe, przykre znaczenie. Dlaczego drużynowy nie wyszedł jeszcze na polanę? Nagle usłyszeli jęk. Był mało wyraźny, szybko ścichł. To pogarszało sprawę: nie mogli rozpoznać, ustalić, co to znaczy.

– Jaka szkoda, że nie mamy telefonu – szepnął Józio ciszej aniżeli szelest liścia.

– Co z tego – Maciek Osa mówił ledwo dosłyszalnie – centrala w nocy nie łączy.

To stwierdzenie zdawało się docierać aż do tajemniczego intruza i rozzuchwalać go, bo nagle z wąwozu doleciał głośny, ale nadal niewyraźny bełkot. Nastawili uszu. Konary dębów trzeszczały gięte wiatrem, ale prócz tych odgłosów słyszeli bolesny lament.

Chłopców ogarnęła zgroza.

– Przeczekać do rana – szepnął Zenek – a rano rowerem do milicj i Felek ledwo poruszał wargami.

– Zaśpiewajmy coś. Odstraszymy go.

Oboźny skończył naradę z Pumą i Hindusem. Zbliżył się.

– Nocna warta! Złóżcie meldunek drużynowemu.

Dwa cienie w kocach poczłapały do namiotu, gdzie sypiał Andrzej Wróbel.

– Druhu komendancie, nocna warta melduje...

Cisza.

– Druh oboźny kazał nam zameldować...

Znowu cisza. Słychać chlupot strumienia w wąwozie. Słychać szum wiatru gnącego krzaki. Słychać ten dziwny jęk.

– Obudźcie drużynowego! – niecierpliwie woła oboźny. Wartownicy z wszelkimi ostrożnościami wchodzą do namiotu. I nagle przyciszone wołanie:

– Druhu oboźny. Druhu oboźny!

– Tu nikogo nie ma!!

– Co???

– Druha Wróbla nie ma w namiocie.

Zbiórka rozsypała się natychmiast. Wchodzili do namiotu, żeby własnoręcznie obszukać małą pryczę, cztery kąty, ławę, stół.

Pusto. Nie wierzyli ciszy ani dotykowi. Zapalili latarki. Snopy światła przesuwały się po ziemi, suficie, brezentowych ścianach. Krzyżowały się. Biegały niecierpliwie, to znowu stawały w bezruchu.

– Pusto.

– Gdzie drużynowy? – zawołał kucharz, który nadbiegł zaalarmowany niewiarygodną nowiną o zniknięciu Wróbla.

Odpowiedziało mu milczenie.

Zastępowi patrzyli na oboźnego, ten bezradnie rozejrzał się po ciemnym obozie. Nastawił uszu, ale słyszał tylko szum liści.

Wtedy znów rozległ się jęk; a może rozmowa stłumiona oddaleniem?

Trwało to znacznie dłużej niż przedtem. Oboźny powiedział głosem, który wydał się wszystkim sztuczny:

– Chłopcy, zachowujcie się cicho. Jak najciszej. Bezszelestnie – szepnął i szedł pierwszy w stronę niesamowitego popłakiwania, które teraz brzmiało tak, jakby ktoś z nudów dmuchał umiejętnie w szyjkę pustej butelki. Gdyby nie przerwy i zmiany tonacji, można by myśleć, że to jęczy wiatr. Ale to nie był wiatr, bo nagle zabrzmiało kilka tonów ostrych, jakby spowodował je ból albo gniew. – Ostrożnie – szeptał – omińcie kamienie.

– Może się przydadzą – westchnął Maciek Osa.

– Kto to może być? Pijak? Zbój udający chorego? Chuligan? Obłąkany? – mówili między sobą.

Nikt nie chciał najmniejszym słowem łączyć jęków w wąwozie z nieobecnością Wróbla.

Świst oddechu gwałtownie wciąganego przeleciał po gromadzie.

– Tylko bez paniki! – zawołał szeptem oboźny i podniósł dłoń. Nasłuchiwali wszyscy. W wąwozie zapadła znowu cisza. Poranek nie mógł się zdecydować. Jednakowa szarość trwała uparcie w powietrzu, a teraz, kiedy weszli między drzewa, pociemniało jeszcze. Zerwał się wiatr i szumiał nad lasem.

Znowu jęk. Ale tym razem krótki, bolesny. Potem ziewanie. Stanęli. Strach zjeżył im włosy. Nie była to więc butelka, w którą by dął wiatr, nie było to złudzenie, tylko żywa istota. Ziewa znowu. Marek chwycił ręką pień drzewa, przechylił się w dół nad wąwozem. Słuchał z uporem, dawał znaki chłopcom, groził im, żeby się nie kręcili, potem słuchał znowu.

Nagle podniósł dłoń.

– Tam! Patrzcie!

Tuż za Lubrzanką, na pierwszym garbie Radostowej migało światło. Kołysało się. Raz, dwa. Raz, dwa.

– Jakby ktoś szedł z latarką zawieszoną na piersiach – powiedział oboźny.

– On zwykle tak łazi. Nasz drużynowy.

– Sygnalizuje. Nie ulega wątpliwości – to sygnalizacja.

– Odczytujemy. Kreska. Kreska. Kropka. Kropka. Zło–to–li–ty.Kropka. Kreska. Az–ot. – Kreska. Kropka. Kreska. Kropka. Czor–na–ho–ra. Kropka. Kropka. Kropka. Kropka. Ha–la–bar–da. Kreska. Kreska. Kreska. O–poczno. Kropka. Kreska. Kreska. Wi–no–rośl. Kropka. Kreska. A–zot. Kropka. Kreska. Kreska. Kreska. Je–dno–kon–no. Kreska. Kropka. Kreska. Kropka. Czor–na–ho–ra. Kropka. Kropka. Igła. Kropka. Ełk... „Zachowajcie spokój. Drużynowy już wraca. Jestem z wami. Leśne Oko"

– Ten Andrzej ma zdrówko, jak pragnę być antylopą – powiedziałMaciek Osa. – Noc. Psia pogoda. Wicher, a jemu chce się łazić po górach i sygnalizować.

– Ależ to nie on – zawołał Felek. – Inny, staroświecki sposób sygnalizacji. Mój tata tak sygnalizuje. Macha, jakby łapał nietoperze. Poza tym on mówi, że drużynowy wraca. Kto to jest?

– Oko. Jakieś oko. Zielone czy leśne...

– Jasio zielone oko.Maciek Osa machnął ręką.

– Nie znacie naszego drużynowego? Wymyślił nową zabawę. Dowiemy się wkrótce, na czym ona polega.

Błyskawica wyciągnął szyję. Uczepił się pnia dębu, zawisł nad wąwozem i patrzył przed siebie. Podniósł dłoń.

– Andrzej Wróbel jest nad Lubrzanką. Widzę zarys peleryny. Dźwiga coś. Zaraz wejdzie do wody.

Marek stanął przed oboźnym. Wyprostował się.

– Druhu – powiedział stanowczo. – Ja wiem... Idę mu naprzeciw.

I zsunął się do wąwozu szybko, jakby wolał nie słyszeć odpowiedzi. Oboźny patrzył na niego bez słowa. Marek zniknął od razu w głębokim cieniu konarów rozpostartych nisko nad ziemią. Nie słychać kroków. Zagłuszył je szum wiatru. Nagle błagalny, przerażony bełkot. Coraz bardziej ochrypły, wysoki głos. Czyżby Marek okładał kogoś raz za razem, gęsto i boleśnie? Jazgot pełen niepokoju zmienia się w skargę, w jęki przygnębienia i beznadziejnego smutku. Słychać szlochanie. Coraz bliżej!!! Okrąża teren obozu. Ten głos idzie wąwozem do góry. Czekanie pełne niepewności. Co robić? Iść Markowi na pomoc? Ale gdzie on jest i dlaczego nie zawoła? Wahanie chłopców trwało krótko.

– Druhu! My też idziemy. Druh puści.

– Nie – powiedział oboźny twardo, jakby się dopiero teraz obudził i powrócił do swojej dawnej stanowczości. – Marka też nie powinienem był puścić. Popełniłem błąd. W czasie nieobecności Wróbla ja jestem odpowiedzialny za każdego z was. Rozumiecie? Gdyby się coś stało, będzie to moja wina. Jest noc. Ja sam idę za nim, a ze mną... ty, Puma, idziesz?Hindus, masz ochotę?

Skoczyli w ciemność i zniknęli.

Skomlenie tymczasem ucichło, nie oddalało się już z wąwozu, narzekania powracały w krótkich odstępach czasu, dziecinne jakieś, żałosne.

Chłopcy przestali na nie zwracać uwagę zafascynowani tym, co działo się w porannej szarości nad Lubrzanką. Drużynowy dźwigał jakiś ciężar i szedł ostrożnie po stromym zboczu. Zanurzył się do pasa w wodzie. Ramiona wyciągnął przed siebie. Nagle się potknął. Widzieli wyraźnie, że traci równowagę. Zniknął im z oczu. Wynurzył się znowu i znowu zniknął.

Nie wytrzymali. Rzucili się naprzód całą gromadą.

Zatupotało. Biegiem z przeszkodami, przez krzaki, przez pieńki, na skróty, na złamanie karku. Dopędzają grupę z oboźnym na brzegu Lubrzanki. Sapią, dyszą i wybałuszają oczy. Rozwidniło się już trochę, widać wcale nieźle drugi brzeg. Ale Andrzeja nigdzie nie ma. Nagle spostrzegli go pod młynem. To, co niósł na rękach, zerwało się, zakotłowało, jak ogromne ptaszysko i gwałtownie runęło do wody. Drużynowy za nim. Plusk, szamotanie, skowyt. Wywiązała się walka czy może gonitwa na dużej głębi. Chłopcy biegli w tym kierunku przez łąkę. Byli jeszcze daleko. Słyszeli nieregularne uderzenia ramion o wodę. Minęli młyn. Spostrzegli, że Andrzej Wróbel kręci się w miejscu, jakby czegoś szukał, nurkuje, wraca na wierzch, rozgląda się, chwyta powietrze i znów daje nurka.

Na brzegu, tuż przed ich nogami zakotłowały się krzaki, z wody wychynął jakiś łeb, rozległo się potężne dmuchanie.

– Złapałem ją. Uciekła. Bierzcie. No, bierzcie na ręce.

Ani się spostrzegli, jak mokre, żywe stworzenie spoczęło w ich wspólnych objęciach. Woda zabulgotała. Nie zwrócili uwagi, że ten, kto mówił do nich przed chwilą, zniknął za krzakami. Byli zajęci topielicą. Znużoną topielicą, która ledwo łapała powietrze drżąc z wyczerpania.

Wtedy zjawił się przed nimi Andrzej Wróbel. Ociekał wodą. Chciał znowu skoczyć do Lubrzanki, gdy spostrzegł chłopców układających na trawie żywy ciężar. Podszedł do nich.

– Skąd ona się tu wzięła? – zapytał pełen zdumienia. – Wyrwała mi się. Jest ranna. Nurkuję i szukam, a tymczasem ona tu?

– Ten pan ją wyniósł z wody. Proszę pana! Gdzie pan jest? Zniknął! Dopiero tu był.

Jakby w odpowiedzi z przeciwległego brzegu zamigotały światła.

– Alfabet Morse'a! Czytajmy: „Leśne Oko idzie suszyć ubranie. Czuwaj".

Oboźny spojrzał na drużynowego jak na ducha.

– Więc to nie ty przedtem sygnalizowałeś? Kto to jest Leśne Oko? Andrzej Wróbel machnął ręką.

– Gdzie Marek Osiński? Mareeeeek!!!

Znad brzegu Lubrzanki, bliżej miejsca kąpieli, rozległo się radosne chrząkanie, potem cichy głos:

– Mam, druhu. Niosę. Tak, jak druh kazał, przeszedłem po kamieniach na drugi brzeg i znalazłem jej dziecko. Biegało nad wodą, maczało nawet łapkę, ale się bało wejść. Tylko piszczało!

Drużynowy schylił się.

– Dzielna jesteś. Uratowałaś wszystkie swoje dzieci – powiedział i położył dłoń na głowie mokrej, ledwo dyszącej z wyczerpania wyżlicy.

Topielica z Lubrzanki

– Opowiedz, jak to było. Po kolei – prosił Puma.

– Taaak! Druhu! Tak! Wszystko po kolei.

– Myśmy widzieli druha na Radostowej.

– Ale jak to było? Druhu!!

Drużynowy idzie w milczeniu. Sam bez niczyjej pomocy dźwiga wyżlicę. Chłopcy usiłują prowadzić go z obu stron, żeby się nie potknął. Hindus próbuje go wyręczyć.

– Andrzej, pozwól, wezmę psa na ręce.

– Nie można. Łapa złamana. Już opuchła. Trzeba natychmiast zrobić opatrunek – mówi Wróbel.

Jego zachrypnięty głos świadczy o zmęczeniu.

Wszyscy patrzą na wyżlicę, której tylna noga podwiązana chustą harcerską zwisa i kiwa się zupełnie bezwładnie.

– Dobry piesek! Dobra wyżlica – mówią czule chłopcy.

Marek idzie na końcu. Śmieje się oczyma, nosem, ustami. Chłopcy zajęci oglądaniem chorej wyżlicy ledwo spostrzegają, że bluza Marka wydęła się na piersiach. Ze szpary pomiędzy niedopiętymi guzikami zwisa gruby, biały ogonek z ciemnym pędzelkiem na końcu i sterczy kosmata łapa. To dlatego Marek promienieje blaskiem wielkiej radości. Dlatego jego kitka nad czołem, jego pyzate policzki, jego rzęsy pełne są iskier.

– Więcej was matka nie miała? – krzyczy Longinus i sięga dłonią pod bluzę Markową, gdzie kosmate, ciepłe i miękkie szczenię siedzi cicho, jakby spało.

– Miała pięć szczeniaków – odpowiada Wróbel.

– I co, druhu? Gdzie są? Żyją?

– Wystarczy dla każdego zastępu.

Zbliżyli się już do pierwszych namiotów. Otoczyli ich druhowie z obozu. Wyżlątko pod mundurem Markowym zaczęło skomleć. Piszczy, jęczy, gwiżdże nosem i drapie Marka niemiłosiernie pazurkami po brzuchu.

Tuż blisko, w wąwozie i w krzakach otaczających magazyn żywnościowy, rozległy się podobne odgłosy. Jęki, stękania. W nocy szum wiatru nie pozwalał rozpoznać, co to znaczy. Teraz lament brzmi zupełnie inaczej. Oboźny idzie dwa kroki w stronę głosu bliższego. Nie potrzebuje się spieszyć, bo właśnie wytacza się spomiędzy krzaków i lezie mu pod nogi pękaty psiak.

Skomli bez przerwy. Od strony magazynu żywnościowego toczą się jeszcze dwa szczeniaki podobne do beczkowozów, z grubymi brzuchami kołyszącymi się tuż nad ziemią. Wszystkie trzy gwiżdżą nosami coraz szybciej, bo właśnie z wąwozu wyłania się Felek, a na jego ramieniu leży zupełnie podobny co do barwy i wzrostu szczeniak. Tylko jego brzuch jest znacznie mniej rozepchany, a jęki są bolesne, przypominające płacz chorego człowieka.

– Felek! Wbrew mojemu wyraźnemu zakazowi – próbuje się rozgniewać oboźny.

– Druhu! Ja tylko tak trochę się zsunąłem i przy „landrynie" mało go nie zadeptałem...

– Złodzieje mleka! – powiedział w osłupieniu kucharz i drapał się po głowie.

– To tylko dzieci złodzieja – wyjaśnił Felek – ale skąd się tu wzięły bez wyżlicy?

Położył lamentujące szczenię na ziemi przy nogach oboźnego.

– Jakiej wyżlicy? – dziwił się kucharz.

– Tej, którą wczoraj byk pokaleczył! – krzyknął Felek.

– Te grubasy siedziały już pewno dwie godziny w naszym barze mlecznym... sądząc po ich brzuchach – stwierdził kucharz.

– Rano znowu czarna kawa – przypomniał oboźny.

– Nie szkodzi! Druhu! Ojej, te trochę mleka – wołano ze wszystkich stron.

– Ale nam się rodzina powiększyła! Mogę wcale nie pić mleka. Swoją porcję oddaję dla chorej.

Lekarz obozowy położył rękę na głowie wyżlicy, dotknął jej suchego nosa.

– Chłopcy, musicie ją przytrzymać. Ale tak, żeby was nie ugryzła. Ja zbadam nogę. Nie gniewaj się, piesku, nie gniewaj. Teraz. Chwytajcie!

– Dobrze poszło – sapnął Maciek Osa.

Położyli wyżlicę. Lekarz ostrożnie przejrzał całą jej skórę, potem odwinął złamaną nogę. Wyżlica daremnie próbowała się rzucać. Zawyła z bólu. Badanie trwało krótko. Student medycyny gładził ją teraz po głowie.

– Złamanie lewej nogi. Trzeba składać w klinice. I to jak najszybciej,bo już puchnie – mówił, jak do rozsądnego pacjenta, który go posłucha.

– Druhu – pytał Felek – jak to będzie? Dadzą jej nogę w gips?

– Naturalnie.

– Przecież ona to pozrywa, choćby nawet nie chciała.

– Złożą jej nogę i umocują prosto pod brzuchem. Inaczej nie można.Czasami próbuje się zawijać dwie tylne nogi razem, ale to często kończy się niepowodzeniem. Pies wstaje do miski z jedzeniem, a już na pewno wstanie, gdy go zmusi potrzeba fizjologiczna. Przykucnie, przeniesie ciężar na złamaną kończynę. Zmieni położenie kości w gipsie. Cały zabieg na nic. To jest przecież duży, silny pies, moi drodzy. Nie można go nosić na rękach przez całe tygodnie choroby. Trzeba tak urządzić, żeby dać psu możliwie największą swobodę ruchu.

Wyżlica słuchała uważnie. Przy słowie „pies" podniosła głowę. Rozumiała, że się mówi o niej. Andrzej objął delikatnie jej szyję, poklepał lekko, potem wydał rozkazy. Zanim ją ruszyli, każdy wiedział, co ma robić.

– Bierzcie bardzo delikatnie – upominał lekarz.

Dźwignęli ją. Zawyła, nie próbowała jednak gryźć. Andrzej przemawiał do niej łagodnie i gładził jej kark. Założyli dwa związane swetry pod jej brzuch. Nieśli ją jak na noszach. Poddała się temu rozumnie. Wyciągnęła szyję i patrzyła pilnie na ziemię, obserwowała każdy odcinek drogi.

– Dobra psina – szepnął Józek. – A jaka mądra!

– To ta, co ją wczoraj Czarne Stopy widziały?

– Druhu, jak to było?

– Gdzie ją druh znalazł?

Andrzej odetchnął głęboko, wziął chustkę, wytarł nią czoło zwilżone kroplami potu i jak nie zacznie krzyczeć:

– Patałachy, ratownicy od siedmiu boleści, harcerze za pół grosza,przyjaciele zwierząt! Sekrety im się zachciało robić, a pies o mało nie wykitował. I jego szczenięta razem z nim. Na szczęście wyżlica okazała sięmądra i bohaterska. Lepsza i mądrzejsza niż jej przyjaciele. Kiedy ją byk poranił i zmiażdżył jej nogę, zrozumiała widocznie, że siły ją opuszczają. Brała swoje szczenięta zębami za kark i wlokła jedno po drugim na Diabelski Kamień. Do ludzi, którym ufała. Którzy nie przeszkodzili jej poprzednio zaopatrzyć się w serdelki, pozwolili wypić tyle mleka, ile zdołała pomieścić w sobie, żeby mogła karmić swoje dzieci. Zaufała nam. Instynktem zwierzęcym odgadła, że pomożemy jej dzieciom.

Przerwał na chwilę. Chłopcy słuchali wstrzymując oddech. Szli wolno, równym krokiem, żeby nie sprawić wyżlicy bólu.

– Obudziło mnie jej bolesne szczekanie. Widocznie uderzyła się przy jakimś skoku. Wybiegłem z namiotu. Warta oczywiście spała zdrowo.

Zapaliłem reflektor. Spostrzegłem wyżlicę. Stała przede mną blisko. Zębami trzymała za kark łaciatą kluchę. Patrzyła mi w oczy z takim skupieniem i powagą, tak wymownie, jak umieją patrzeć tylko stworzenia nieme. Tym spojrzeniem prosiła mnie i zobowiązywała. Wolnym ruchem, nie przestając obserwować, schyliła głowę i położyła na ziemi swoje szczenię. Potem odwróciła się i na trzech nogach zaczęła się oddalać. Przywołałem ją. Przystanęła na chwilę, nie chciała jednak czekać i zaczęła schodzić w dół. Zdążyłem tylko wciągnąć gumowe buty i chwycić pelerynę. Szedłem za nią krok w krok. Ona początkowo biegła małym truchtem, ale nasz urozmaicony teren sprawiał jej coraz więcej trudu. Kilka razy potknęła się, upadła. Przy wstawaniu wyła boleśnie. Wyszliśmy z wąwozu na równiejszą drogę. Wyżlica była zziajana, mimo to szła naprzód, usiłowała się spieszyć. Na Radostowej upadła i pełzła. Pracowała tylko przednimi łapami, wlokąc za sobą tylne, bezwładne. To był przykry widok. Próbowałem ją nieść, ale się wyrwała. Szarpanina mogła jej bardzo zaszkodzić. Byłem zupełnie bezradny. Chciałem ją zatrzymać, żeby trochę wypoczęła. Gładziłem ją po głowie. Leżała i dyszała ciężko, potem zrywała się nagle i całym wysiłkiem rzucała się naprzód. W ten sposób zbliżyliśmy się do szopy. Suka zaczęła poszczekiwać i wtedy nadbiegło to, co Marek niesie teraz i co mu daje tyle szczęścia, że chłopak promienieje jak elektrownia atomowa.

Marek łypnął oczyma na Wróbla i powiedział z przekonaniem: – No!!!

Byli już przy rozłożystym dębie, gdy na drodze pojawiła się ciężarówka.

– Pcha się ścieżką do góry. Na teren obozu. Warta powinna zawrócić. – Zenek zmrużył oczy. Nagle wrzasnął: – Chłopaki! Wiecie, kto zawiezie psa do szpitala? Mój tata! Co, nie poznajecie budy?!

Pospieszyli. Drużynowy musiał ich powstrzymywać.

– Uważajcie pod nogi. Spokojnie. Tata poczeka.Psiak pod kurtką Marka popiskiwał niegłośno.Drużynowy pierwszy wyszedł zza drzew.

– A my niesiemy chorego – powiedział.

Kierowca zaniepokoił się w pierwszej chwili. Z wielką gotowością postanowił od razu jechać do kliniki. Andrzej Wróbel, student medycyny i Zenek towarzyszyli mu w drodze.

W obozie tymczasem obserwowano spotkanie nowego psiaka, którego przyniósł Marek, z czterema już zadomowionymi. Mały nie spostrzegł odjazdu matki, spokojnie wędrował ścieżką pod górę za Markiem, minął dąb, obwąchiwał wszystko. Po śniadaniu zajrzał do kuchni. Znieruchomiał na trzech nogach. Był bardzo śmieszny. Cały biały z czarnym, błyszczącym nosem. Tylna łapa także czarna, jakby ją umoczył w smole. Właśnie tę czarną łapę trzymał uniesioną, tak jak to czynią dorosłe psy, i drapał się za uchem.

– Czarna Stopa! – krzyknął radośnie kucharz.

Psiak najwyraźniej wziął ten okrzyk za powitanie. Ruszył pędem w stronę kucharza, łasił się do wielkiego mężczyzny, który klepnął go czule po tłustym siedzeniu i powtarzał:

– Czarna Stopa! Czarna Stopa! Hej, chłopaki! Mamy jeszcze jedną Czarną Stopę!

– To co? – zapytał Błyskawica. – Druhu zastępowy, może zameldować komendzie, że nam się rodzina powiększyła.

Bochenek biegł prędko do białego szczeniaka, wziął go na ręce, chociaż psiak warczał i złościł się.

– Tylko wam się rodzina powiększyła? Nie widzicie, że to Biała Foka jak najbardziej podbiegunowa ze wszystkich Białych Fok?

Zastępowy Dąbrowski wysunął głowę spod namiotu.

– Odkrywcy! – powiedział. – U nas mały pihmek już od rana demonstruje opady ciągłe. Po mleku, co je wytrąbił w magazynie, leje bez przerwy... Deszcz zenitalny.

Żurawie i Kontiki stanęli naprzeciw siebie.

– Do licha, którego wybrać? – martwił się Longinus. – Pozostały już tylko dwa psiaki!

Kucharz i tym razem rozstrzygnął sprawę.

– Jak to którego? Żuraw od godziny stoi na warcie. Nie widzicie?Psiak istotnie stał bez ruchu i węszył. Przed sobą miał wróble zajęte wyjadaniem okruszyn. Obserwacje pochłonęły go całkowicie. Longinus uszanował zainteresowanie małego Żurawia, pozwolił mu dalej stać i podniecać się widokiem wróbli.

Kontiki zerkały niepewnie na kucharza. Ostatni szczeniak nie interesował się nikim, uciekł nad Lubrzankę, leżał na kładce i patrzył w przepływającą wodę.

– Może on niezdrów? – ostrożnie zapytał Puchatek.

– No, moi panowie – ryknął tubalnie kucharz. – Słyszałem, że panowie połknęli wszystkie rozumy, a tu trzeba tłumaczyć, że prawdziwy, stuprocentowy żeglarz o niczym innym nie marzy, jak o następnej wyprawie przez ocean.

– O tuńczykach i rekinach! – uzupełnił radośnie Puchatek.

W ten sposób zastępowi Kontiki przybył czworonożny stuprocentowy podróżnik.

Oboźny wyszedł z namiotu, rozejrzał się, stanął przed kuchnią.

– Czy zastęp służbowy pomaga, jak należy? – zapytał kucharza.

– Ma się rozumieć! Ani prosić nie trzeba.

– Obiad przygotowany?

– Jeszcze nie... dopiero zrobiliśmy drugie śniadanko dla psiaków. Ale zdążymy na czas... Ustawimy tylko malutką pryczę w każdym namiocie, żeby szczenięta miały gdzie spać.

Oboźny poszedł mrucząc do siebie:

– Zaczynają się lepsze porządki!

Ruszył przed siebie, podniósł do góry nos obsypany czarnymi kropkami, czerwony od opalenizny, ujął gwizdek i zamierzał wydać jakieś władcze rozkazy, kiedy pod nogi wtoczyło mu się coś miękkiego. Groźny oboźny nie zdążył spojrzeć w dół ani odskoczyć: było już za późno! Rozdzierający psi lament świadczył o krzywdzie małej Czarnej Stopki udepniętej boleśnie trampkiem energicznego harcerza. Kucharz wyskoczył z kuchni, druhowie pędzili ze wszystkich stron. Groźny oboźny spąsowiał cały jak jego nos, ale nagle schylił się, wziął na ręce skomlącego szczeniaka i delikatnie gładził jego sierść.

Psie porządki

Regulamin obozowy zachwiał się tego dnia, kiedy na teren wkroczyło pięć szczeniąt. Przygarnięcie ich do harcerskiej rodziny było czynem nieobliczalnym. Jego skutki nie dały na siebie czekać. Wprawdzie mały Puchacz, psiak zastępu Kontiki, był spokojnym śpiochem, nie dawał się nikomu we znaki, wstawał ze snu tylko po to, żeby zjeść i zrobić coś pod krzaczkiem, ale za to jego rodzeństwo!

– Na wołowej skórze nie pomieścimy przestępstw tych szczeniaków! – mówił ze smutkiem oboźny.

Chłopcy daremnie zgadywali, czy go martwią psie grzechy czy małe rozmiary wołowej skóry.

Czarna Stopa już pierwszego dnia podkopała tablicę ogłoszeń i w ten sposób właśnie zawieszony tam regulamin obozowy zachwiał się nie w przenośni, lecz dosłownie! Groził mu upadek i gdyby nie szybka interwencja Pumy, kto wie, do czego mogłoby dojść!

Mały Żuraw polował tak długo na żywe stworzenia, aż w końcu zagryzł kreta i dumnie zaniósł swoją zwierzynę do namiotu. Nikt nie spostrzegł, jak ukrył czarne zwłoki w plecaku samego Longinusa. Dopiero w kilka dni później trupi smrodek naprowadził chłopców na trop myśliwskich sukcesów psiaka.

Foka ogryzała wszystko. Możliwe, że wyobrażała sobie świat jako wielką, pachnącą kość przeznaczoną dla jej spiczastych zębów. Ogryzała buty drużynowego, potem skarcona srodze, przywiązywana za łapę do słupa namiotowego, zamieniała szybko ten słupek w trociny.

– Ludzie! To nie pies. To piła mechaniczna – wołał oboźny.

– Termit – uzupełnił kucharz – muszę mu zrobić drewniane knedelki.

– Lepszy byłby zdaje się knebelek dla tej bestii... – wzdychał oboźny.

Foki musiały bez przerwy pilnować swojego pomysłowego dziecka. Zabierano je wszędzie, nie spuszczano zeń oczu na chwilę, jakby było niemowlęciem. Ono przyjmowało z radością towarzystwo zastępu, co mu zresztą nie przeszkadzało w dalszym ostrzeniu zębów. Najgroźniejsze było wtedy, kiedy siedziało spokojnie.

– Zobaczcie, co robi Foko-rekin – zapytał kiedyś Patelnia. Korek wyszedł za namiot, spojrzał.

– Nic. Bawi się.

Minęło pół godziny. Patelnia znowu:

– Co robi pies?

– Leży sobie na ziemi.

– Dlaczego taki cichy? To jest niepokojące.

Wychodzą, przyglądają się. Piesek leży jak aniołek. Ogonek w lewo, w prawo, w lewo, w prawo. Łapy wyciągnięte, łeb na łapach, oczy wesolutkie.

– Co tam obrabiasz, chuliganie?! – woła Patelnia.

Chuligan uśmiecha się błyskiem źrenic i podrzuca łbem szmatę dziurawą jak sito. Zupełnie, jakby mówił: „Zabawmy się razem...".

– Co on wyniósł? – pyta nagle Bochenek i podnosi ażurowy strzęp.Ale jest już za późno. Pies ostrzył sobie zęby na gimnastycznych spodenkach Bochenka...

Mały Pihmek zachowywał się znacznie lepiej. Interesowało go tylko popijanie i polewanie. Kiedy nic z tych dwu rzeczy nie było do zrobienia, biegał niespokojnie po terenie. Pewnego dnia dokonał odkrycia. Stwierdził, że nie wszyscy chłopcy lubią myć menażki wieczorem po kolacji. Znacznie wygodniej, oczywiście, jeżeli oboźny ani zastępowy nie widzą, postawić menażkę pod namiotem i myć ją w rzece rano. Resztki znakomitego kakao, płatków owsianych na mleku czy pożywnych kluseczek zostawały dla wiecznie głodnego Pihmka. Wylizywał, wyjadał, wypijał i chodził z mokrym pyszczkiem z resztą jedzenia na puchatej brodzie. Pewnego poranka Marek wyskoczył z namiotu, porwał menażkę i kubek, żeby z nimi biec nad rzekę. Zdziwił się.

– Co to? Ładna pogoda, sucho, a w nocy najwyraźniej padał deszcz. O, patrzcie, jaka musiała być nawałnica. Naczynia wypłukała do czysta...

Pihmek okrążył Marka, entuzjastycznie merdał ogonem, a równocześnie bił głową pokłony, to znów unosił ją do góry i pokazywał oczy rozbawione, pełne wesołości.

Maciek Osa bardzo się dziwił.

– Deszcz? Dziś w nocy deszcz? Co ty znowu?

Błyskawica, który miał dyżur poprzedniego dnia i powinien wieczorem umyć wszystkie menażki zastępu Czarnych Stóp, ale zostawił je przed namiotem do rana, poparł Marka.

– Padało! Lało jak z cebra! Wszystkie menażki umyte. Fajowo! Nie potrzebuję nosić ich do rzeki.

Pihmek merdał ogonem i milczał filozoficznie, co dawało mu przewagę w tej trudnej sytuacji.

Wiadomość o bohaterskiej wędrówce chorej wyżlicy, która postanowiła swoje dzieci oddać pod opiekę harcerzy, dotarła jakoś do obozu dziewcząt. Zaczęły się wizyty, wypytywania, jak to było, wreszcie delegacja druhen wystąpiła z nieśmiałym pytaniem, czy można by odwiedzić pacjentkę.

– Mało szczeniaki robią kłopotu – jęknął oboźny – jeszcze musimy przyjmować wizyty w imieniu chorej wyżlicy.

Delegacja nie dała się jednak zniechęcić. Druhny przyniosły dobre rzeczy dla wyżląt, a oddzielnie sporą paczkę dla ich mamy. Nie wiedziały, że wyżlica przebywa w szpitalu.

– Wobec tego nakarmimy szczenięta i pojedziemy do Kielc. Może druh oboźny przydzieli nam kogoś, kto by nas do niej zaprowadził.

Ani się spostrzeżono, jak Czarna Stopa, Pihmek, Foka, Żuraw i Puchacz przybrały znowu niepokojąco kuliste kształty. Kiedy psy ledwo się taczały po terenie na krótkich, miękkich łapach, druhny bez trudu zmusiły każdego z nich, żeby sobie pozwolił dobrowolnie zawiązać kokardę w kolorze proporczyka zastępu. Tak obdarowane szczenięta pognały ciężkim truchtem w krzaki, gdzie zajęły się pracowitym zdzieraniem wstążek z szyi.

Z kroniki obozu

23 lipca

Żyto skoszone i złożone w mendle. Pomoc żniwna drużyny wypadła na medal. Wprawdzie jeden z nas (historia zamilczy o tym, który) próbował ustawić snopy kłosami na dół, ale w chwilę później my ustawiliśmy jego, jako życiowo niedojrzałego. Gospodarze, członkowie spółdzielni, byli początkowo mocno zaniepokojeni energią druhów połączoną z tak widocznym brakiem wyrobienia gospodarczego. Wkrótce jednak uznali, że nasza pomoc jest ogromna: robotnicy rolni dwoili się i troili, wprost uciekali przed nami z wiązaniem i ustawianiem, i naprawdę trudno było za nimi nadążyć; po prostu bali się, że będą musieli poprawiać i wszystko robić dwa razy. Kiedyśmy się zorientowali, jak to jest naprawdę, plunęliśmy w garść i do dzieła! Kucharz mówił, że zagrała w nas ambicja. Możliwe, że grała, chociaż nie słyszałem. Ale pracowaliśmy na sto dwa i wkrótce wszyscy to spostrzegli. Po skończeniu przyszli na nasze ognisko, związali drużynowego słomianym powrósłem, dziękowali nam za pomoc i śpiewali z nami pieśni dożynkowe.

24 lipca

Wyjaśniło się, że wyżlica ma na imię Chmura. Trochę dziwna nazwa dla psa! Błyskawica mówi, że to jego pies, ale my chcemy, żeby druh Andrzej Wróbel przygarnął Chmurę. Bo wyżlica była bezdomna. Jej opiekun, stary człowiek, umarł niedawno, dom po nim rozebrano. Pewien gospodarz ulokował Chmurę w budzie, założył jej łańcuch i miał nadzieję, że suka po pewnym czasie przyzwyczai się, zacznie pilnować podwórza. Chmura jednak nie przywykła. Uciekła. Trzymała się z dala od osady. Krążyła w okolicy, mieszkała to tu, to tam, aż zniknęła ludziom z oczu. Marek złożył jej pierwszą wizytę w szopie, gdzie urodziła swoje szczeniaki. Mógłby powstać oddzielny zastęp Wyżłów, gdyby nie to, że „zastępowa" leży w szpitalu.

Wszyscy napisaliśmy listy do rodziców, bo chociaż mamy tylko pięć szczeniąt, każdy z nas chciałby zabrać do domu jednego.

26 lipca
Zdaje się, że jesteśmy tu jeden dzień – tymczasem obóz dobiega końca. Tyle się zdarzyło! Był to więc chyba dzień podbiegunowy! Nie chce się wierzyć, że wkrótce zwiniemy namioty, po raz ostatni rozpalimy ognisko... Po raz ostatni krzykniemy na polanie „Czuj, czuj! – Czuwaj!". Po raz ostatni zjemy zupę na mrówkach...

Dopiero teraz rozumiemy, co miał na myśli druh drużynowy, kiedy pierwszego dnia mówił, że za miesiąc, w chwili wyjazdu, przejrzymy się w Lubrzance i zobaczymy siebie jako zupełnie innych. To prawda. Nastąpiła zmiana. Chociaż nie działo się nic nadzwyczajnego, przecież ten obóz to chyba coś więcej niż trzydzieści dni wypoczynku.

Ognisko

Ledwo się skończyła cisza poobiednia, druh Wróbel użył swojego donośnego głosu:

– Hej, ospalcy, chrapacze, sapinosy, drzemkokimonowcy, śpiochy zwyczajne i niepospolite! Wstawać, komu miły śmiech aż do pękania ścianek brzucha! Dziś uroczyste ognisko! Przyjdą druhny. Ludność okoliczna.

Nie żałował głosu, jakby chciał zwołać Puszczę Jodłową razem z jej mieszkańcami na to święto.

– Ale jak? Bez przygotowania? Tak nie możemy wystąpić – oboźny jak zwykle musiał się sprzeciwiać.

– Ogłaszam konkurs! Do wieczora wszystkie zastępy mają wolny czas. Przygotujecie po jednym punkcie programu. Co najmniej! Druh oboźny wygłosi gawędę.

– Będzie zrobione, druhu drużynowy! – zapewniali chłopcy. Rozbiegli się do namiotów i zasłaniali starannie brezentem swoje tajemnicze przygotowania. Wkrótce zaczęły się próby między drzewami, w cieniu dębowych i sosnowych gałęzi, w świerkowych zagajnikach niezwykle gęstych albo za jałowcowymi krzakami. Żeby nikt nie słyszał, nie podpatrzył najświetniejszego pomysłu.

– My robimy taniec Indian – oświadczył Maciek Osa – to murowany numer, a poza tym jako Czarne Stopy musimy dać coś indiańskiego.

– Ale jak się do tego zabrać? – martwił się Zenek. Inni milczeli, co świadczyło o poważnych wątpliwościach. Maciek napęczniał ojcowską powagą, wysunął naprzód obszerny brzuch i przyglądał się zasępionym twarzom druhów.

– I skąd kostiumy? – pytał Felek, a w tych słowach kryła się rezygnacja.

– Frajerze – powiedział Maciek Osa.

– Frajerze – powtórzył Józio – żebyś widział taniec Indian, jakiśmy w ubiegłym roku zasunęli! Maciek wam to zaraz opowie.

– Nic nie będę opowiadał – złościł się Maciek – oni sami wykonają. Najpierw zrobimy próbę. Potem szycie kostiumów. A przed wieczorem próba generalna. Wyobraźcie sobie, że tu jest ognisko.

Przy tych słowach położył swoją menażkę na pniu ściętego drzewa.

– Ja i Józek idziemy naprzód, a wy za nami. Naśladujcie nasze ruchy.

Przygarbienie pleców. Stopy na palcach. Ręce ugięte w łokciach, prawa dłoń ułożona w kształt daszka nad oczyma. Już od razu poczuli się znacznie bardziej Indianami niż przed chwilą.

Krążymy dookoła ogniska. Jak najciszej i bez słowa. Czujnie spoglądamy w lewo, w prawo, w lewo, w prawo. Siadamy. Ja, czyli wódz szczepu, wyciągam fajkę. Zapalam. Wszyscy robią to samo. Chwilę pykają w zadumie, potem jeden z wojowników opowiada. Gestami wyrazi, że był na polowaniu, spotkał ogromnego bawołu z rozłożystymi rogami, walczył, odskakiwał i wracał, aż zabił zwierza i podzielił tomahawkiem na części. Józek umie doskonale wykonać tę scenę, w ubiegłym roku instruktor go nauczył. My wszyscy wyrażamy podziw, chwiejemy głowami i podnosimy ręce, pochylamy się nisko – musicie robić to co ja. Kiedy Józek zacznie machać tomahawkiem, któryś z najmłodszych zrywa się – niech to zrobi – Felek – przykłada rękę do ucha, nasłuchuje. Daje znak cichym gwizdaniem. Kładzie się z uchem przy ziemi, jedna noga podkulona, druga wyciągnięta do tyłu. Wszyscy robimy to samo. Nagle zrywamy się. Palcami bijemy w wyimaginowane bębny. Czeka nas walka. Przyczajeni, czujni, biegniemy kilka razy dokoła ogniska. Stajemy. Zaczynamy naciągać łuki. Strzelamy. Po kilku krokach to samo. Potem jeszcze raz, długo. Zwyciężyliśmy. Tańczymy najdzikszy taniec wojenny, skaczemy wyżej niż górale w „Zbójnickim". W ogóle można trochę powariować. Potem ja rozglądam się, tak jak na początku. Wy to samo. W lewo, w prawo, w lewo, w prawo. Miękkim, tygrysim krokiem okrążamy ognisko i wychodzimy.

– Proste jak balon – oświadczył Felek, dumny, że właśnie on zaalarmuje Indian.

– Dobrze, ale co z kostiumami? – zatroszczył się Zenek. Maciek Osa przyłożył palec do czoła.

– Główka. Główka pracuje. Bierzecie zwykłe spodnie. Do szwów przymocowujecie pasy ciętego papieru, to daje szum, od razu przesądza sprawę indiańskiego wyglądu. Wkładacie pióropusze...

– Z czego? – zaryzykował ostatnią wątpliwość Zenek.

– Z piór, kamienna pało – wyjaśnił Józio.

– Z piór gęsich, uzbieranych we wsi, po które zaraz pójdziecie – uzupełnił Maciek.

Próba udała się znakomicie. Czarne Stopy najwyraźniej urodziły się Indianami, przynajmniej taniec ich zdawał się o tym świadczyć. Sunęły w przyczajeniu, milczące, czujne, a każde spojrzenie na kolegów utwierdzało w mniemaniu, że trzeba co prędzej uzupełnić pióropuszami znakomity wygląd.

Pognali nad rzekę, rozbiegli się po gęsich śladach, tropili białe stadka, gotowi przewędrować okolicę dla zdobycia piór.

– Gąsko, gąsko, syczysz na nas niewąsko – przemawiał Józio do spotkanych ptaków. Okrążył je, a co spostrzegł piórko, to cap! i podnosił triumfalnie do góry. Po drodze zapraszali spotkanych ludzi na uroczyste, pierwsze ognisko.

Tego dnia kolację wydano wcześniej. Chłopcy połykali na wyścigi chleb z marmoladą, pili herbatę szybko, aż im oczy wyłaziły z orbit i błyszczały nad menażkami, jakby w przerażeniu. Później biegiem do namiotów. Ostatnie przygotowania. Ten umacnia konstrukcję pióropusza, tamten przyszywa sobie ogon, inny powtarza rolę. Cały obóz przeżywa ognisko, jak wielkie, ważne wydarzenie.

Gwizdek. Druhowie wybiegają. W namiotach zostały kostiumy.

Wokół jałowcowego stosu, w artystycznie wykonanym kręgu, siedzi ludność miejscowa z mnóstwem dzieci. Zbiegli się z okolicznych wsi, a ciągle jeszcze przybywają gromadki, suną między drzewami, drogą wspinają się pod górę.

Drużynowy wstaje. Rozgląda się. Już tu nie jest obcy! Widzi – tam uśmiecha się do niego leśniczy otoczony rodziną, dzieci z Mąchocic kiwają rękami, wołają, piszczą z uciechy, rodzice wspominają życzliwą pomoc po nocnym huraganie. Przyszli gromadkami ciekawi harcerskiego humoru, zwabieni wiadomościami o przygotowywanych atrakcjach. Nawet stary dziadzio z Mąchocic, który krytykował ich twarde łoża i mówił bajkę o Sowizdrzale, siedzi w pierwszym szeregu, dłonie wsparł na główce rzeźbionej laski, pyka fajkę, rusza wąsami. Drużyna ma już swoich zwolenników. Ma też antagonistów krytykujących ostro, ale przyglądających się z zainteresowaniem.

Czy jest wśród nich Leśne Oko? – myśli Andrzej Wróbel. – Dziwne, tajemnicze zjawisko krążące dniem i nocą wokół obozu, jak duch Puszczy Jodłowej...

W tej samej chwili gąszcz dębów po drugiej stronie wąwozu przecięły blaski światła. Zapowiedź sygnalizacji. Więc jest. Przyszedł. Ale czy się pokaże? Czy pozwoli się rozpoznać pomiędzy ludźmi? Jak odgadnąć, który to z nich sygnalizuje?

Czuwaj! Kochane chłopaki, jak się macie! Zapomnieliście wystawić wartę przeciwpożarową.

Andrzej Wróbel sygnalizuje szybko, nie tak szybko jednak, jak Leśne Oko:

– *Zapraszamy na ognisko!*

– *Już idę.*

– *Poznamy się chyba?*

– *Może...*

– *Bardzo tego pragniemy.*

Światła ustały. Andrzej Wróbel obserwuje wąwóz, ale nikt nie nadchodzi. Bochenek mówi głośnym szeptem.

– Jakaś Goplana kusi naszego drużynowego. Mogę się założyć.Wybucha śmiech. I znowu głos Bochenka:

– Zobaczycie. Oko mu zbieleje, kiedy się wyjaśni, że Leśne Oko to dziewczyna.

W tej chwili na teren obozu weszły trzy wspaniałe druhny z obozu żeńskiego. Jedna zajęła się przeczesywaniem grzywki, druga spinała klamrą węzeł włosów, trzecia poprawiała „koński ogon". Bochenek parsknął cicho i dyskretnie:

– Widzicie! Udają, że żadna z nich. Andrzej Wróbel odwrócił się.

– Nie, mój drogi. Leśne Oko to mężczyzna. Poznam go, choćbym tu miał czekać aż do grudnia. Tymczasem zapalajmy ognisko.

Trzask iskier lecących po wyschłym igliwiu, pierwsze skoki płomienia, zapach dymu – czar ognia zaczyna działać.

– Wiesz – mówi poważnie Dąbrowski do Longinusa – ta chwila nie może się z niczym równać.

– Aha!

– Przez cały rok czekam na obóz harcerski. Wtedy myślę najczęściej o wieczornej godzinie, kiedy siadamy wokół ogniska.

– Aha!

– To jest mocniejsze nawet niż odsłanianie się kurtyny w teatrze, na chwilę przed przedstawieniem.

– Aha!

Longinus jednym uchem słucha wynurzeń Dąbrowskiego, drugim chwyta melodię piosenki i ochryple porykuje sobie kilka sylab między jednym i drugim „aha".

Chłopcy śpiewali:

Jak dobrze nam zdobywać góry...

To jest hasło. Wśród harcerzy zaczyna się ruch. Białe Foki zmykają poza krąg światła i gnają do namiotów. Zanim umilkną wszystkie zwrotki, oni muszą być gotowi do występu. Księżycowe światło pozwala zgromadzonym przy ognisku widzieć biały czworobok, niesiony za drzewami najbardziej cienistą drogą. Te zabiegi budzą ogólne zainteresowanie, zarówno druhowie, jak i goście zerkają w tamtą stronę, czekają pełni napięcia. Wreszcie pieśń milknie. Na pustą przestrzeń między ogniskiem i publicznością wbiega Korek. Objąwszy rękami własny brzuch, wykrzywia usta, kiwa się w boleściach i wędruje naprzód. Od czasu do czasu jęczy boleśnie:

– Ooooo! Oj, oj, oj, oj! Ooooo!

Tymczasem ognisko przygasa trochę. Drużynowy Felek nie dokłada gałęzi, bo Foki muszą wystąpić w ciemnościach.

Zza świerka wychodzi tyczkowaty, wysoki Bochenek. Ubrany jest w biały fartuch lekarski.

– Co pacjentowi dolega? – pyta „lekarz".

– O! Oj, oj, oj. Ooooo! Oj. Boli!

– Gdzie? Proszę określić miejsce.

– Tu! Tu, tu, tu.

– Skąd pacjent przybywa?

– Z obozu harcerskiego na zboczu Diabelskiego Kamienia.

– Co pacjent jadł ostatnio?

– Co się dało. Niedużo. Raczej mało. O! Oj, oj, oj!

– Proszę przygotować salę operacyjną. Zaraz się przekonamy, co pacjentowi zaszkodziło.

Chłopcy błyskawicznie wnoszą rodzaj ekranu z prześcieradła, przymocowanego do drewnianej ramy. Sadzają Korka na pieńku za ekranem i włączają za nim elektryczny reflektor wypożyczony od oboźnego. Na ekranie widać profil pacjenta. Doktor zbliża się do niego, wysoki, pochylony. Jego sylwetka rysuje się także doskonale.

– Proszę otworzyć usta! Proszę powiedzieć „aaa". Proszę pokazać język!

Śmiech publiczności to dowód, że widać wszystko znakomicie.

– Proszę nie zamykać ust. Proszę zamknąć oczy – mówi Bochenek i posypuje głowę chorego talkiem z tekturowego pudełka.

– Pacjent usypia – melduje sanitariusz.

– Rozpoczynam operację! – woła lekarz.

Wyciąga rękę w stronę rozwartych szeroko ust Korka, przesuwa ją za jego głowę, chwyta podany z dołu przedmiot i ciągnie do góry zważając pilnie, żeby na cieniu wydobyć tę rzecz jakoby z otwartych ust pacjenta. Najpierw zjawia się wielki kuchenny haczyk i budzi ogólną wesołość. Po nim idzie młotek, obcęgi, piła, hebel, toporek, lekarz pracuje niezmordowanie, pacjent siedzi sztywno z otwartymi ustami, a publiczność pęka ze śmiechu. Białe Foki biegają do magazynu i przynoszą coraz bardziej nieprawdopodobne przedmioty. Chory musiałby być słoniem albo ciężarówką, żeby to wszystko w sobie pomieścić. Ale właśnie poczucie nonsensu wywołuje coraz żywszą wesołość. Wreszcie lekarz prostuje się.

– Proszę mi sprowadzić kucharza!

Lekarz cofa się dwa kroki. Staje tuż obok ekranu. Naprzeciwko niego zjawia się pucołowata figura w ogromnym białym berecie z papieru.

– Słucham!

– Co to ma znaczyć? – grzmi lekarz – jak żywicie harcerzy na tym obozie?

Kucharz rozkłada ręce:

– Pan doktor przecież tłumaczył mi przez ostatnie miesiące, że pożywienie musi obfitować w żelazo...

Reflektor gaśnie. Chłopcy wynoszą ekran i znikają za sosenkami. Oklaski brzmią długo, milkną dopiero, gdy harcerze zaczynają śpiewać piosenkę. Śpiew jest przerwą przed występem następnej grupy.

– Teraz Państwowy Instytut Hydrologiczno-Meteorologiczny – informują się wzajemnie druhowie.

Z daleka w księżycowym świetle widać grubą postać okutaną w kożuch.

– Eskimos! Eskimos! – wołają. – Nasz PIHM robi coś podbiegunowego.

Nie jest to jednak Eskimos, jak się okazuje. Druh Kazio Żelazkiewicz okryty kożuchem niesie skrzynkę z przymocowaną na wierzchu maszynką do mięsa. Skrzynkę przykryto sięgającym do ziemi kocem. Chłopak zatrzymuje się, zaczyna kręcić korbą maszynki, a spod koca płynie dość fałszywie grana melodia walca.

– Szanowni panowie, piękne panie! Moja katarynka gra wszystko! Proszę bardzo, kto ma życzenie, może zamówić u mnie *Wlazł kotek na płotek* albo inną piosenkę.

– Zagrajcie *Szła dzieweczka do laseczka.*

– *Furman! Furman!* – wołano.

– *Dziadek* – prosili druhowie.

Ukryty pod kocem Wiktor miał trudną rolę. Nie tylko musiał trzymać na głowie drewniane pudełko z przymocowaną maszynką do mięsa i zachować równowagę, ale do niego należało wybieranie spośród wielu proponowanych melodii właśnie tej, którą znał i mógł grać swobodnie.

– *Góralu, czy ci nie żal!* – krzyczał podstawiony harcerz i Wiktor spokojnie zaczynał dmuchać w organki.

– *Wio, koniku* – prosił inny umówiony z nim wcześniej chłopak. Ale stopniowo Wiktor nabierał coraz więcej odwagi, a równocześnie wywoływano tak dużo tytułów, że mógł już wybierać te, które dobrze umiał. Zabawa w kataryniarza bardzo się wszystkim podobała i trwała tak długo, aż wreszcie Wiktor musiał grać po trzy razy to samo, a Kazio Żelazkiewicz nie ruszał się z miejsca, tylko wołał donośnie:

– Komu zagrać, komu, komu, bo idę do domu!

Ale ciągle nie szedł ani do domu, ani do namiotu i dopiero Wiktor musiał mu o tym przypomnieć sposobem od dawna wypróbowanym przez przodków. Spomiędzy fałd koca wysunął rękę i z całej siły uszczypnął Kazia w udo, potem zakręcił prawidłowo i nie musiał długo czekać na skutki tego zabiegu. Kazio Żelazkiewicz wierzgnął nogami, podskoczył z werwą pełnokrwistego rumaka, potem opanował ból, uśmiechnął się i zagadał do publiczności.

– Panowie i panie! Właśnie dostałem wiadomość, że czekają na mnie w Kielcach i Nowej Słupi. Natychmiast wyruszam w drogę. Na zakończenie zagram *Poszła Karolinka do Gogolina.*

Schylił się, żeby poprawić na sobie pas katarynki, i szepnął między fałdy koca:

– Policzymy się w namiocie!

Potem uśmiechnięty szedł wolno, lewą ręką trzymał brzeg pudełka, a prawą kręcił korbą maszynki do mięsa. Dla Wiktora był to najtrudniejszy numer, nic więc dziwnego, że spod koca wydobywały się tony niezbyt rytmiczne, a dołem było widać dwie pięty zmykające naprzód, usiłujące iść krok w krok z Kaziem.

Oklaski zagłuszyły melodię i niedokładność wykonania utonęła w ogólnym gwarze. Po tym numerze muzycznym ognisko rozśpiewało się swobodnie. Żywe tony melodii śląskich, znajomych i ulubionych, brzmiały dobrze w wykonaniu chłopców, którym było tego wieczoru coraz weselej. Goście przyłączyli swoje głosy, panował nastrój swobody i radości.

Wtedy na dróżce między świerkami zjawiły się dwie wyjątkowo wysokie panie. Jedna była niezwykle gruba, druga zdumiewająco chuda. Kiwały do siebie małymi głowami i sunęły wolno, drobnym krokiem w stronę ogniska. Naprzeciw nich zjawił się lekarz w białym fartuchu. Poznano Longinusa.

– Druhowie chcą się zajmować ratownictwem – wyjaśnia ktoś cicho... – tak się tym przejęli, że ciągle tylko medycyna...

Dwie panie są już blisko. Ich suknie do złudzenia przypominały prześcieradła, jakie oboźny umieścił w magazynie na zapas. Ozdobiono je koralami, przewiązano barwnymi szarfami. Longinus, choć mu natura nie poskąpiła wzrostu, musi dobrze się wyciągać i podnosić głowę, żeby spojrzeć na twarze swoich pacjentek. Okazuje się, że tęga pani cierpi na nadmierną tuszę, szczupła natomiast chciałaby przytyć.

– A co panie jadają – pyta lekarz.

– Na śniadanie bułeczkę... na obiad jajeczko... na kolację sucharek – odpowiada cienkim i słabym głosem pani o kształtach balonowych.

– A pani?

Brzuchomówczy, basowy głos bulgocze spod prześcieradeł:

– Rano zjadam dwa tuziny bułek, dziesięć serdelków, osiem jaj na twardo...

– Z musztardą?

– Z musztardą! Dwa kilo sera. Kilka rybek.

– Marynowany także grzybek?Pani kiwa małą główką i wylicza dalej:

– Omlet, pierożki, dwa ogórki, drożdżowy placek, z kremem rurki.

– A obiad? A kolacja?

– Obiadek lekki. Dwa indory. Do tego cztery kalafiory. Pięć misek zupy z pulpetami.

– Nieźle! Powiedzcie tylko sami. A jak zdróweczko drogiej pani?

– Proszę spojrzeć, jaka jestem chuda. Ja muszę utyć. Choć pięć deko muszę przybrać na wadze.

Longinus krąży między ogniskiem i publicznością, trze dłonią ciemię, mruczy:

– Cóż ja im poradzę?

Nagle stuka się w czoło. Sięga lewą ręką do prawej, a równocześnie prawą do lewej kieszeni. Wydobywa pigułki. Staje między kobietami. Wyciąga ręce i wkłada im lekarstwo do ust.

Chwila oczekiwania. Lekarz obserwuje to jedną, to drugą pacjentkę.

Nagle dwa westchnienia:

– Ooooch! Ooooch!

Ukryci pod prześcieradłami chłopcy zaczynają równocześnie – jeden zamykać, drugi otwierać – parasole, na których udrapowano stroje pań: w ten sposób chuda zaczyna wolniutko, stopniowo tyć, a gruba chudnie, aż staje się zupełnie cienka. Teraz uszczęśliwione kłaniają się Longinusowi, dygają przed nim, a on splótł ręce na piersiach i dumny, z wypiętą piersią maszeruje za nimi wśród oklasków.

Znowu piosenka.

Po niej na polanę wybiegają Czarne Stopy w strojach cokolwiek dziwacznych. Spodnie obszyte suto bibułką ciętą w paski, która wydaje szelest przy najmniejszym ruchu. Olbrzymie pióropusze spływają miękko aż na plecy. Brwi ściągnięte w groźną linię nad nosami nie zawsze orlimi, ba, niejeden z nich przypomina kształtem, a nawet kolorem ziemniak z pierwszego zbioru: czerwonawy, okrągły, z rozsianymi tu i ówdzie czarnymi kropkami, z obłażącym, zwiniętem w ruloniki naskórkiem. Sami jednak tego nie spostrzegają. Są Indianami, tropią, podchodzą, słuchają gawędy wodza, palą fajki. Taniec wojenny w ich wykonaniu przypomina rock and rolla, mimo to podoba się wszystkim, powoduje szum piór i papieru. W ostatniej chwili, kiedy wódz Indian skierowuje się majestatycznie w stronę namiotów, Marek idący na końcu korowodu, okrąża po raz ostatni ognisko i właśnie wtedy zapalają się papierowe obszywki na jego spodniach.

Dokoła powstaje krzyk:

– Indianin się pali! Zapalił się Indianin!

Uprzejmi druhowie natychmiast oswobodzili Marka z podpalonej części garderoby, tak więc nasz bohater zakończył swój występ w pióropuszu i w spodenkach kąpielowych.

Po tym wypadku, do którego nie wezwano straży pożarnej, oboźny zaczynał jedną piosenkę po drugiej, aż ucichły zupełnie śmiechy i rozmowy na temat płonącego Indianina. Dopiero wtedy kiwnął na Kontiki, którzy z niecierpliwością czekali między krzakami. Wtoczyli na polanę pień drzewa, ustawili go pionowo i nagle na pniu znalazł się krasnal. Skłonił się bez uchylania czerwonej czapki, zatarł dłonie, pogładził nimi siwą brodę. Był mały. Jego wzrost budził ogólne zainteresowanie. Zdawało się, że czeka na ciszę. Popatrzył do góry w stronę księżyca, potem obejrzał czubki swoich butów, przedreptał nawet nimi w miejscu, posunął się dwa kroki w prawo, dwa kroki w lewo, znów pogładził brodę. Przyglądano mu się. Duża głowa. Rączki krótkie. Zabawne dysproporcje ciała ni to ludzkiego, ni to karzełkowatego.

Tylko Kontiki wiedzą, skąd się wziął krasnal, ale i oni chwilami zapominają, widząc go. Na płaskiej powierzchni pnia przedreptują stopy w gimnastycznych pantoflach i nie myśli się o tym, że to dłonie wspartego na pniu Kacperka. Wytknięte z rękawów ręce są ruchliwe, to drapią nos karzełka, to mu przecierają oko albo poprawiają czapkę i jeżeli się nawet wie, że to ręce stojącego za Kacperkiem Włodka, to i tak widzi się, że całość wypadła znakomicie. Włodek ukryty pod obszerną kurtką stoi tuż za Kacperkiem, ręce przemyślnie wytknął spod pach kolegi i gestykuluje nimi zgodnie z treścią słów karzełka.

– A gdybyśmy tak sobie zrobili małą zgaduj-zgadulę, co? – pyta karzeł. – Macie ochotę? Nie słyszę!

Dłoń Włodka przytyka się do Kacperkowego ucha. Wszyscy widzą: karzeł nasłuchuje. Więc wykrzykują coraz głośniej:

– Taaak! Chcemy! Prosimy! Taaak!

– No to świetnie! – mówi krasnal i gestem zadowolenia podnosi ramiona. Wybiera kilku chętnych i zaprasza ich bliżej. Omawia warunki konkursu. Podnieca się przy zadawaniu pytań i słuchaniu odpowiedzi. Wygraża pięścią tym, którzy podpowiadają.

Teraz już nie ma różnic między miejscową ludnością a druhami. Wszyscy w jednakowej mierze chcieliby znaleźć odpowiedź na chytrze sformułowane pytania. Resztki nieśmiałości znikły.

– Kto tu w obozie jest najbardziej groźny?

– O-booo-źny!

– A jaki jest wasz drużynowy?

– Mo–rooo–wy!! – chórem odpowiadają druhowie, dzieci z Mąchocic, dorośli.

Ogień płonie pośrodku roześmianej, rozśpiewanej gromady. Jest już ciemno, ale nikt nie odchodzi.

Przeciwnie. Ciągle jeszcze zjawiają się nowe cienie na ścieżce, podchodzą do kręgu światła, zajmują miejsca. Zapada noc, kiedy harcerze wstają, podają ręce sąsiadom, aż tworzy się wielkie koło. Drużynowy zaczyna ostatnią tego dnia pieśń:

Idzie noc. Słońce już zeszło z gór, zeszło z pól, zeszło z mórz...

– A kiedy będzie następne ognisko? – pytają miejscowi chłopcy.

– Za tydzień. Ale przyjdźcie jutro na siatkówkę.

Leśne Oko zdobywa maszt

Zgasły ostatnie iskry przesypane piaskiem, gdy las rozbłysnął krótkimi i długimi rzutami światła, lecącymi tak szybko, jakby je wysyłał automat.

– Zaczyna się – szepnął Bochenek – nasza Goplana znów uwodzi drużynowego.

– *Porozmawiajmy o waszym obozie* – sypały się znaki Morse'a z głębi ciemnej nocy – *już dziś widzę, co robicie doskonale, co średnio, co słabo. Czy przyjmiecie ode mnie kilka uwag i rad?*

Andrzej Wróbel rozejrzał się. Za nim stała gromadka druhów. Kiwnął na nich.

– Odbierajcie. Maciek Osa, obejmiesz komendę sygnalizacji. Błyskawica, ty to robisz szybko. Nadaj odpowiedź. Staraj się podtrzymać jak najdłużej wymianę zdań. Inni podsuną ci pomysły. Nie przerywajcie, póki nie będzie rozkazu.

– Dobra. Można już zacząć?

– Tak.

– Nadaję: *Prosimy bardzo, chociaż wolelibyśmy wiedzieć, kto z nami rozmawia.*

– *Leśne Oko.*

– *Zielone?*

– *Tak. Czy to wam wystarcza?*

– *Poznamy się wcześniej czy później.*

Andrzej Wróbel pochylił się nad brzegiem wąwozu.

– Ja tymczasem pobiegnę... – szepnął.

Zaszeleściły krzaki. Posypał się piasek. Oboźny skoczył za nim.

– Andrzej! Dokąd idziesz?

– Ciii-cho.

– Pójdziemy z tobą.

– Wracaj do góry. Jesteś odpowiedzialny za cały obóz.

– Ale przecież...

– Dobra, dobra. Porozmawiamy później.Oboźny wracał. Był rozgoryczony.

– Już nigdy nie wyjadę z wariatem. Ani tu pogotowia ratunkowego nie ma pod ręką, ani kaftanika bezpieczeństwa.

Bochenek zachichotał.

– A co? Na spotkanie z Goplaną chciałbyś odprowadzić drużynowego? Sam idzie...

Maciek Osa garścią zamknął usta Bochenka.

– Nie przeszkadzajcie. Tu się pracuje.

Z dwu stron wąwozu światła wybiegały sobie naprzeciw. Po ich trasie skradał się drużynowy, nie było go jednak widać ani słychać. Szedł bezszelestnie pod osłoną nocy. Druhowie czekali w napięciu. Trwała cisza.

– Jakby przepadł – szepnął ktoś jękliwie.

Pytania Leśnego Oka pozostawały chwilami bez odpowiedzi, dopiero szturchaniec Maćka Osy przywracał Błyskawicę do życia.

– Już się robi. O co ten szanowny duch pyta?

– A kto go wie? Ja próbowałem wypatrzeć Andrzeja.

– Więc jak mam odpowiedzieć?

– Nadaj, co chcesz.

Błyskawica się zdenerwował.

– Głupstwa mam nadawać. Byle co? Dobra, ja mogę. Podniósł latarkę. Zaczął migać.

– *Czy jesteś oko lewe czy prawe?*

Żadnej odpowiedzi. Błyskawica sygnalizuje znowu.

– *Hej, Leśne Oko, nie gniewaj się.*

Ciemność. Sygnalizacja przerwana. Milczenie.

Nagle tupot. Galop gwałtowny, jakby dwa rosłe konie gnały na oślep miażdżąc krzaki.

– To straszne! To się może źle skończyć – jęknął Maciek Osa. Oboźny powtórzył:

– Z wariatem więcej nie jadę.Rozległ się trzask i łoskot.

– Mam cię – wołał zdyszanym głosem Andrzej.

– Nigdy!!!

Znowu trzask. I cisza pełna niepokoju. Nagle śmiech. Ten sam, co podczas ucieczki z namiotu. Zimno się robi, od podobnego śmiechu ciarki lecą po plecach, a znajomy las dookoła obozu przestaje być miejscem bezpiecznym. Andrzej Wróbel woła głośno:

– Leśne Oko, co ci tak wesoło?

Śmiech milknie natychmiast. Chłopcy słyszą teraz wyraźnie, jak drużynowy rozgarnia gałęzie i mówi pojednawczo:

– Leśne Oko, wyjdź. Jestem tu sam. Odezwij się, Leśne Oko. Proszę cię. No, proszę bardzo.

Milczenie. Wiatr szumi. Kołysze drzewa. Nagle widać błyski po drugiej stronie obozu. Ktoś sygalizuje szybko.

Dziś w nocy zamierzam was odwiedzić. Zapowiadam podchody. Kierunek: maszt obozu. Leśne Oko.

Chłopcy dopiero teraz odczuli, jak chłodne bywają noce w drugiej połowie lipca – trzęsły się im brody, łydki dygotały. Nie mówili nic. Patrzyli w głąb nocy.

Cichaczem zarządzono pogotowie. Zastępy omawiały szeptem własne plany strategiczne. Tymczasem w lesie zaczęły dziać się rzeczy niezwykłe. Światło latarki migało co chwila po innej stronie terenu. Nikt zresztą nie odbierał sygnalizacji. Nad Lubrzanką słychać było dzikie świsty. Ktoś przebiegał po dnie wąwozu. Ktoś uparcie stukał jak dzięcioł w okolicy źródła. Las ożył. Las obudził się ze snu.

– Las jest pełen ludzi – stwierdził Maciek głosem niezupełnie spokojnym. – Czy Leśne Oko to jeden człowiek? Może to zastęp albo drużyna? A może to Leśne Oczy?

Błyskawica krzyknął donośnie, jakby chciał, żeby i tamci mogli słyszeć:

– No to co? Goście z ogniska robią nam podchody.

Wtedy się rozległ chichot sowy. Może zresztą nie sowy – chłopcy nasłuchiwali. Przez ciemność, od której w obozie nie można się zamknąć na klucz, usiłowali rozeznać kogoś, kto czai się, zbliża, podchodzi. Nagle wszystko ustało, jakby ktoś wstrzymał oddech. Cisza wywarła na nich silniejsze wrażenie, niż poprzednie hałasy. Czekali. Napięcie rosło. Zdawało się, że za chwilę musi coś nastąpić. Czas upływał, oni trwali wpatrzeni w noc, zasłuchani w szum liści. Marek przyłożył usta do Maćkowego ucha.

– Sygnalizował: kierunek – maszt obozu.

– No!

– Utrata masztu, to już koniec, porażka, hańba.

– Chyba...

– Może byśmy...

Tu szept ściszył się jeszcze, tak, że Maciek ledwo słyszał. Nagły cios pięścią pod łopatkę wyraził Markowi rozmiary zachwytu zastępowego.

– Marek, ależ ty jesteś!

I zwracając się do wszystkich Czarnych Stóp Osa rozkazał:

– Chłopaki! Za mną!

W namiocie odbyła się narada.

– Nie dopuścimy do zdobycia masztu. Żeby miał pęknąć nie podejdzie. Zastosujemy pomysł Marka.

W chwilę później Czarne Stopy meldowały drużynowemu:

– Obejmujemy rejon masztu i okolicę wąwozu.

– Wystarczy maszt. Inni też chcą coś robić. Ostre pogotowie. Każdy zastęp ma dziś udział w nocnej warcie. Na zmianę.

– Druhu, do masztu nie podejdzie... Pod masztem będzie trwała bez przerwy Czarna Stopa. Całą noc, do rana.

– To nie takie proste. Zaczyna siąpić deszcz. Kto wytrzyma bez przerwy na jednym miejscu?

– Znam takiego zucha. Wytrzyma.

Drużynowy szedł z oboźnym między namiotami, krążył po całym terenie, zaglądał w najciemniejszy gąszcz krzaków. Gdy zbliżył się do masztu, w słabym świetle tonącego pod chmurami księżyca spostrzegł okrytego peleryną harcerza. Wiatr poruszał proporczyk z czarną stopą namalowaną na wyblakłym tle. Błysnęła lilijka spinająca chustę.

– No, co tam – szepnął drużynowy. Milczenie.

– Jaki ważny – mruczał oboźny – nawet się nie odezwie.

– Mógł nie słyszeć.

Odeszli. Cisza leżała w obozie, w lesie, nawet we wsi psy przestały szczekać. Spokojna noc. Oboźny powiedział szeptem:

– Założę się, że nikt nie przyjdzie. Miejscowi ludzie łazili po skończeniu ogniska. Teraz położyli się spać.

Czas upływał. Chłopcy czekali. Pragnęli, żeby coś się zaczęło. Letnia noc rozwidniała się tak wcześnie... Jeżeli nie przyjdzie natychmiast, nie zjawi się wcale. Zapowiedział podchody, a nie ma go.

Zerwał się wiatr. Błyskawice bez grzmotów otwierały ciemności, światło ich rozlewało się szeroko po niebie. Trwały krótko. Ledwo zdołało się spostrzec, że pod masztem ktoś jest, a już gasły. Niepodobna uchwycić szczegółów stroju ani jakichkolwiek cech postaci.

– Mróz łazi po kościach, jak się tego druha spostrzeże znienacka.

– No!

– Strach ich obleci.

– Nawieją.

– Może wcale nie przyjdą.

– Wystarczy wzmożona czujność w okolicy namiotów, żeby nas nie przyłapali we śnie.

– Dzisiejsza noc trudna dla tych, co podchodzą. Burza wisi nad głowami. Ale dla warty zupełnie paskudna. Nic nie widać o krok.

Wartownicy wstrzymywali oddech, żeby słuchem rozpoznać, co się wokoło dzieje. Szumiały drzewa gięte wiatrem, trzaskały gałęzie, chlupotała woda w potoku, liście osiczyny mówiły nieustannym szeptem, to szybciej, to wolniej, z przerwami, z westchnieniami, z lękliwym pośpiechem.

– Czuję się tak, jakby mi zarzucano kaptur na głowę. W tych warunkach możemy przegrać. I ten pod masztem nie pomoże. Chyba żebyśmy mieli dzwonki elektryczne w trawie.

Burza poszła bokiem, ale ciemności pozostały nad ziemią jak wielki czarny namiot. Napięcie trwało.

Psy tej nocy cierpiały na bezsenność i oboźny daremnie przypominał, że należy zachować ciszę. Czarna Stopka pogwizdywała nosem jękliwie i boleśnie, chociaż od dawna ułożono ją na pryczy harcerzy.

– Coś jej dokucza. Może pchły?

– To na pewno ból brzucha. Pierogi były twarde, zaszkodziły pieskowi!

– Eeee tam, pierogi! Pies nie taki delikatny jak ty. Wcale go brzuch nie boli. To ząbkowanie. Jak mój braciszek ząbkował, to tak samo piszczał, jak Czarna Stopka. Cicho malutki, cicho. No śpij, śpij.

Chłopcy sięgali pod kocyk, ich dłonie próbowały ciepłem i czułością złagodzić cierpienia ulubieńca. Gładzili go po karku, drapali za uszami, lekko poklepywali pękaty brzuszek i pies istotnie przestawał piszczeć, oddychał cicho, mruczał, zdawało się, że zasypia. Wtedy w namiocie

Białych Fok rozległo się krótkie, pojedyncze, basowe i bardzo groźne „HOW!".

Natychmiast odpowiedziały mu – Pihmek cieniutko, Puchacz kłótliwie i Żuraw ochryple.

– Szczęście, że już wyjeżdżamy. Coraz trudniej wytrzymać z tą hałastrą – mruczał oboźny.

– Druhu!... Szczeniaki ząbkują.

– Ty sam ząbkujesz! Cisza ma być! Uspokójcie je, do stu tysięcy szczeniąt! W którym zastępie będzie hałas, ten jutro dostanie karniaka.

To poskutkowało. Zastosowano wszelkie środki perswazji, klapsy, pieszczoty, przenosiny na duże prycze między chłopców. Psiaki pozwijały się w kłębki, sapały miarowo. Spokojnie. Wróciła cisza. Chłopcy zasypiali głęboko i zdrowo jak każdej nocy. Nagle rozległo się donośne, dzikie, napastliwe szczekanie Foki. Czarna Stopka wyskoczyła z namiotu, jakby podrzucona sprężyną. Gnała za Pihmkiem, Puchaczem i Żurawiem. Przed nimi ogon Foki migał w ciemności wyznaczając kierunek. W głosach psiaków tyle było gniewu i rozdrażnienia, że nagle wszyscy zrozumieli.

– Podchodzą nas. Ale my ich wyłapiemy.

– Gnajmy za psami.

Tupot. Tumult. Gonitwa. Pod masztem zostaje tylko wartownik owinięty szczelnie peleryną.

– To na pewno podchody. Ktoś jest na terenie. Psiaki zwęszyły i gonią za nim, ale dlaczego wszyscy druhowie, cały obóz...

Rozważania oboźnego przerwał krzyk nocnej warty.

– Jest! Jest! Mamy go. Poddaj się. Stój, stój, mamy cię...

– Psy wytropiły – wrzasnął Maciek Osa.

– Jest na dębie. Niedaleko namiotu komendy.

Skoczyli tam. Sprawa była jasna. Szczeniaki stały na tylnych łapach, przednie oparły na pniu. Nosy do góry. Ogony wyprężone. Gdyby mogły, wlazłyby na drzewo. Przeraźliwym szczekaniem alarmowały swoich przyjaciół. „Tam jest! Widzimy go. Przed chwilą wskoczył" – zdawały się mówić.

– Zejdźcie – powiedział oboźny poważnie i rozkazująco – jesteście na naszym terenie. Złapaliśmy was.

Cisza. Psy merdają ogonami zadowolone, szczęśliwe, że chłopcy złapią tego łobuza.

Poświecono latarkami. Dąb olbrzymi, korona gęsta, liście zbite w nieprzeniknioną, ciemnogranatową masę. Nic nie widać. Robaczki świętojańskie błyskają, lecą, mącą w oczach.

– Obywatelu, zejdźcie – powtarza oboźny – do rana nie wytrzymacie. Uśniecie. Skręcicie sobie kark.

Dąb odpowiada milczeniem. Spomiędzy jego liści leci żołądź i trafia oboźnego w nos.

– A to diabeł – szepcze oboźny – przecież nie będziemy wchodzili za nim na drzewo.

W tej chwli z dębu pada następny żołądź i trafia w czapkę.

– Znowu – mówi oboźny zirytowanym głosem – widzę, że lubicie rzucać do celu. To wam się znudzi, bo my tu nie będziemy stać do rana. Zejdziecie czy nie? Pytam ostatni raz.

Cisza. Czekanie trwa dłużej niż poprzednio, bo nie wiadomo, co powiedzieć w tej głupiej sytuacji.

Wysoko między liśćmi słychać jakieś dźwięki.

– Krz – krz! Krzy – krz! Krzy – krzy!

Oboźny marszczy brwi.

– Chce wam się śmiać? Doooobrze! Ten się najlepiej śmieje, kto się śmieje ostatni. Chłopcy, ustawcie tak reflektor, żeby oświetlał pień dębu. Psiaki zostaną na dworze. Wartownicy będą w pobliżu. Ja poczekam z wami. Natychmiast alarmujemy cały obóz, jeśliby ten drab zdecydowałsię zejść. Za wytrwałość należy wam się owacja.

Pod dębem zapłonęła duża latarka elektryczna skierowana ku górze. W jej świetle ciemne listowie dębu miało dziwne, fantastyczne kształty. Daremnie jednak oświetlano dąb od spodu, z boku i jak się tylko dało. Zbita gęstwa konarów nie pozwalała niczego rozeznać.

– Jesteście naszym jeńcem – wołał oboźny przekrzywiając głowę i patrząc do góry. – Zejdźcie, jeżeli nie macie złych zamiarów.

– Wiecie co, chłopcy? Jego tam nie ma. Naprawdę nie ma – szeptali wartownicy.

Włosy zjeżyły im się na głowach, gdy pomyśleli, że pilnują tu kogoś niewidzialnego.

– Przecież nie mógł zejść. Bo którędy? Więc kto to był?

– Eeee, tam! Na pewno siedzi na czubku. Dąb ma gęste konary – powiedział Błyskawica.

Zrzucił koc, plunął w garście. Założył sobie na guzik elektryczną latarkę. Mknął do góry ze zręcznością małpki. Był mniej więcej w połowie wysokości pnia, gdy chłopcy usłyszeli jego śmiech.

– A to nas psy nabrały! Specjalna warta przez całą noc. Oboźny wygłaszał mowy umoralniające! Wiecie, do kogo?

Zjechał po pniu i dopiero wtedy zaczął się swobodnie śmiać. Oburącz trzymał brzuch, kiwał się i wołał:

– Ale heca! Mowa do kota. „Obywatelu, zejdźcie. Obywatelu, przestańcie rzucać do celu. Obywatelu, pytam ostatni raz".

Oboźny był w pobliżu, ale udawał, że nie słyszy, jak Błyskawica przedrzeźnia jego napuszony głos.

– Mowa do kota! Mowa do kota – wołano.

– Dobre pieski. Złapały wroga na dębie.

– Kicici! Kicici! Kicici!

W lesie, po drugiej stronie wąwozu, gdzie leżała jeszcze ciągle głęboka ciemność, odezwało się wyraźne, wesołe nawoływanie:

– Kicici, kicici, kicici!

Znieruchomieli. Więc o n tam był! Oboźny ruszył się pierwszy. Chwycił latarkę. Skoczył naprzód. Ale co to? Pod masztem nie ma już wartownika. Rozwieszoną na krzaku pelerynę kołysze wiatr. A kukła zrobiona tak misternie z koców, ustawiona tu, żeby bronić honoru Czarnych Stóp, leży z menażką wbitą w głowę. Nie ma proporczyka zastępu. Zamiast niego liść łopianu, z dziurkowanymi literami: Leśne Oko.

– Przegraliśmy. Leśne Oko zdobył obóz... – mówi Maciek Osa.

– Niech będzie nawet Leśny Nos, Leśne Ucho, Leśna Noga – wzdycha Marek – żeby tylko nie dziewczyna.

Drużynowy poznaje Leśne Oko

Przed świtem obudził drużynowego ptak. Odzywał się często, jak co dzień o tej porze. Było to hasło do przewrócenia się na drugi bok. Andrzej Wróbel otulił się kocem, bo chłód poranny dawał mu się we znaki. Już zamierzał usnąć twardo na dwie, trzy godziny, gdy zastanowiła go melodia ptasiego śpiewu – skąd ptak zna *Harcerską dolę?* Najwyraźniej powtarza jej motyw, przeciąga nuty, jakby się nudził albo jakby gwizdał w zamyśleniu. Dziwny ptak! Zna zasady rytmu, wytrzymuje prawidłowo całe frazy, pauzy, kontrapunkty. Ponieważ jednak papugi nie mieszkają w Górach Świętokrzyskich, a inne ptaki nie są tak utalentowane, trzeba uznać koncert za złudzenie. Widocznie melodie z ogniska błyskają się jeszcze w pamięci, słyszy się je w przedświtowym ćwierkaniu. Trzeba spać. Spać. Okryć się kocem na ucho, zapomnieć o wszystkim.

Ale ptak zmienił melodię. Zaśpiewał teraz *Halo, słoneczko świeć, świeć, świeć!* Bogaty repertuar... Pewno wartownik skraca sobie czas gwizdaniem – ale dlaczego nie chodzi po terenie, tylko siedzi gdzieś w lesie?

Znowu mogą być kłopoty. Drużynowy postanowił wstać i obejść obóz. Wymknął się z namiotu – wszędzie cisza. Nocnej warty nie widać ani nie słychać. A ptaszek śpiewa sobie najspokojniej o mazurskich dwóch „gołębziach", co żyto wymłóciły. Trzeba go podejść ostrożnie, żeby się nie spłoszył. Andrzej Wróbel umie się skradać bezszelestnie, choć to zabiera mu dużo czasu.

Ptak śpiewa teraz bez ustanku, melodia płynie za melodią, ściszona nieco, jakby leciała „przez zęby". Dziwny ptak. Andrzej posuwa się pod osłoną gęstych drzew, gdzie jeszcze leżą ciemności. Jest! Dziwny ptak, doprawdy!

Nogi w długich spodniach oparł na pniu przerzuconym nad wąwozem, dłonią zasłonił czoło, całą twarz ukrył pod rozpostartymi szeroko palcami. Zamyślony, nieruchomy, gwiżdże wszystko ze smutnym akcentem. Nawet skoczne rytmy mają w jego wykonaniu liryczne ściszenia, przerwy, namysły.

Wróbel wstrzymał oddech. Obserwuje. Postanowił poznać człowieka, zanim do niego przemówi. Ciemność ustępuje, różowe zorze wschodu oblewają nieruchomą sylwetkę, barwią dłoń, która staje się wyrazista, wielka, silna, kryjąca pod sobą nie tylko twarz, ale może tajemnicę tego dziwnego człowieka.

Jeżeli się czegoś nie rozumie, należy czekać i obserwować. Promień wschodzącego słońca stał się pierwszym informatorem. Odbity w czymś małym na piersi nieruchomego człowieka płonął czerwono przez kilkanaście sekund, potem zgasł. Andrzej zmrużył powieki. Wzrok miał znakomity, odległość jednak była dość duża, migotanie liści, między którymi cień walczył ze światłem, utrudniało rozeznanie. Nie mógł poznać, co błyszczało na bezbarwnej kurtce tego człowieka. Sam człowiek był także bezbarwny, chwilami zdawało się, że go nie ma, że to tylko ściemnienie pomiędzy pniami, w zielonej gęstwinie lasu. Tylko ręka podpierająca czoło była widoczna, wyraźna, ludzka i zdawało się, że osłania zadumę pochylonej głowy. Spomiędzy warg mężczyzny wydobył się znowu cichy świst. *Ondraszku, kaj ty się podziywosz?!!...* – Tragizm wołania zawartego w pieśni śląskiej odpowiadał całkowicie tragizmowi nieruchomej postaci. Andrzej Wróbel posunął się nieco. Jeszcze krok, dwa, trzy, cztery. Chciał rozpoznać znak na piersi człowieka.

Nagle tamten drgnął. Odsłonił twarz, ale natychmiast ukrył ją znowu za szeroką dłonią. Patrzył między palcami. Było widać błyszczące, ciemne oko. Mrugnął ostrzegawczo:

– Nie iść dalej. Ani kroku!

– Dlaczego miałbym słuchać tego rozkazu? Z jakiej racji?

Milczenie. Andrzej widzi dokładnie, że oko zamknęło się na chwilę, potem znów się rozwarło. Cichy głos, nie pozbawiony gniewu czy szorstkości, mówi:

– To nie rozkaz. To prośba.

Teraz Andrzej usłuchał. Postanowił jednak nie cofnąć się i nie omijać zamyślonego mężczyzny. Czekał. Tamten czekał również. Milczeli. Wobec tego Wróbel odezwał się pierwszy.

– Leśne Oko – powiedział przyjaźnie.

Był bardzo ciekawy, jak zareaguje ten gwiżdżący o świcie „ptak". Ale trwało nadal milczenie. Jakby namysł. Wreszcie po długiej chwili tamten odpowiedział ochryple.

– Tak. Leśne Oko to ja.

Brzmiało to jak wyznanie. Westchnął głęboko.

– Niepokoiłem was ostatnio, co? Może trochę za bardzo. Zawsze byłem taki... postrzelony.

– Zdobycie masztu zaimponowało mi. To była dobra robota.

Człowiek wsparty na dłoni zaśmiał się.

– Stare sposoby Leśnego Oka. Wypróbowane podczas okupacji. Kiedy patrol niemiecki szedł – a wiecie, że bali się lasu, bali się partyzantów – obserwowało się ich. Puszczali tresowane wilczury na zwiady. Chcieli nas wytropić i wytłuc. A wtedy wartownik Leśne Oko wyciągał kotka z zanadrza i buch go w krzaki, psom pod nos. Ooo, koty wspaniale wyprowadzały sforę w las. Nagonka, szczekanie, hałas – oddział partyzancki przenosi się na inny odcinek, a hitlerowcy tymczasem otaczali drzewo, na którym siedział miaucący kotek.

– Wspaniałe! – szepnął Andrzej Wróbel. – Więc Leśne Oko to pseudonim partyzanta?

– Nie słyszeliście, druhu drużynowy, tego pseudonimu?

– Nigdy.

– Dziwne... Może zresztą nie dziwne... Człowiekowi się zdaje, że jak o tę ziemię walczył, jak mu wróg odstrzelił rękę, pół twarzy, oko wypalił, to młodzi będą o tym pamiętać. Ale życie idzie naprzód i zarasta jak las, jak zagajnik albo leśne poszycie. Ot, chociażby tu, gdzie siedzimy obaj, pomiędzy tymi dębami, jest grób kilkudziesięciu żołnierzy. Kamień oznacza to miejsce. Napis na kamieniu zatarty... Mech zarósł. Oni zginęli po to, żeby dziś mógł tu brzmieć swobodny śmiech, piosenka, mowa polska... Wiesz, bracie drużynowy, rozmyślam o tym, czy wy nie za mało interesujecie się ziemią, na której zapisała się najnowsza historia, jeszcze gorąca, jeszcze pamiętana historia kraju.

Andrzej patrzył uważnie na twarz człowieka zasłoniętą dłonią.

– Leśne Oko – szepnął – prosimy do nas, do naszych druhów. Mamy dziś ognisko pożegnalne, bez gości. Tylko rozmowa na temat obozu, który wkrótce zwiniemy...

– Nie, mój drogi! Tej roboty nikt za was nie odwali. Sami musicie wychowywać harcerski narybek. Wy, młodzi, dorośli już mężczyźni, zdrowi, bez oszpeconych policzków, imponujący chłopakom siłą i sprawnością fizyczną, możecie z nimi zrobić wszystko. Możecie im opowiadać o czasie minionym, który dla nich jest już historią. Nie chodzi o trąbienie i wydmuchiwanie dętych bohaterów. Ale powstała wyrwa kolosalna w naszej ciągłości dziejowej, wyrwa minionej wojny. Jeszcze wiele dziedzin życia, jak wiele ulic, czeka odgruzowania. Kiedy chłopcy to pojmą, ich świadomość będzie kolosalną zdobyczą. Pomoże w walce z pijackimi środowiskami, w przezwyciężaniu bikiniarsko-bezmyślnego stylu życia. Musicie to sami osiągnąć. Kadra instruktorska – już dorośli, a jeszcze tak cudownie młodzi...

W obozie zabrzmiały gwizdki. Pobudka. Narastała wrzawa.

– Szkoda – szepnął Wróbel – że nie chcecie do nas przyjść...

– Ułomny postrzeleniec nie może liczyć na zainteresowanie młodzieży w cielęcym wieku... Zapewniam was, druhu Andrzeju. Wy musicie mnie zastąpić.

Wstał, odwrócił się. Nogi miał zdrowe. Przeskoczył pień, oddalał się szybko. Biegnąc opierał się lewą ręką na konarach. Prawy rękaw powiewał na wietrze. Pusty.

– Leśne Oko! – zawołał Andrzej.

Inwalida stanął tak, żeby gałąź osłoniła liśćmi jego zniekształcone rysy. Jego postać była w tej chwili znacznie lepiej oświetlona i Wróbel zobaczył nareszcie to, co błyszczało na piersi: krzyż Virtuti Militari zdobił wyszarzałą kurtkę żołnierską.

– Leśne Oko! Czy jeszcze się zobaczymy?

– Posłucham dziś wieczorem gawędy na pożegnalnym ognisku. Ciągnie mnie do was... Pozostanę za drzewami, jak zwykle.

– Szkoda! Naprawdę szkoda, że tylko z daleka.

– Dobrze jest patrzeć na was, młodych. Odjeżdżacie. Mimo to pozostaniemy w przyjaźni. Będę was obserwował. Takich jak ja jest wielu... Pragniemy byście rośli prosto, wysoko, zdrowo i radośnie. Czuwaj, druhu Andrzeju!

Drużynowy od kilku chwil stał. Teraz wyprężył się i zawołał:

– Dziękuję, Leśne Oko! Czuwaj!!!

Las odpowiedział echem – przesłał ostatnie słowo Puszczy Jodłowej, powtarzał głosem dębów i buków, sosen i świerków, jak ważną wiadomość, czuwaj – czuwaj – czuwaj!...

Czuj – czuj – czuwaj!

Ciężarówka znów jedzie w chmurze pyłu, tylko tym razem Góry Świętokrzyskie zostają w tyle, robią się coraz mniejsze, przesłania je mgła i odległość.

Chłopcy początkowo śpiewali bardzo dużo i bardzo wrzaskliwie, żeby zagłuszyć w sobie dziwne cykanie małego świerszcza, jaki się z nimi zabrał w powrotną drogę. Teraz ucichli, więc świerszcz znowu zaczyna się odzywać. Ledwo ktoś wymówił słowo Mąchocice albo Lubrzanka, albo Radostowa, już świerszcz cichutko cyk, cyk, cyk... Uparta gadzina! Muzykalna!

Ciekawe, czy pieski też mają swojego świerszcza? Może zwyczajną pchłę?... W każdym razie sprawują się spokojnie, jakby były przejęte podróżą i rozstaniem z wyżlicą Chmurą.

Na horyzoncie maleją coraz bardziej miejsca, pomiędzy którymi spędzili miesiąc. Można je zasłonić palcem.

Radostowa. Łysica. Ciekoty.

Każdy obrót kół nawija, napina jakąś mocną strunę. Wydaje się, że w pewnej chwili trzask!!! i wszystko wróci na zbocze Kamienia, gdzie teraz po wydeptanej trawie obozu chodzi w zadumie Leśne Oko.

– Druhu – pytają chłopcy – czy można do niego napisać?

– A na przyszły rok musimy koniecznie przyjechać jeszcze raz do Mąchocic. Wczoraj, kiedy nam druh opowiadał, że podczas ratowania wyżlicy ktoś pośpieszył nagle z pomocą i pomógł ją wydobyć z Lubrzanki, to pewno Leśnemu Oku oko zbielało?

– Uporządkowaliśmy mogiłę żołnierską. Będzie zadowolony?

– Druh tak ciekawie mówił o nim na pożegnalnym ognisku. Słyszał? A może wcale nie przyszedł?

Andrzej Wróbel pod obstrzałem pytań odwracał głowę to w lewo, to w prawo. Słucha. Uśmiecha się.

– Leśne Oko dotrzymuje słowa – powiedział wreszcie. – Był wczoraj na naszym ognisku, z daleka wszystko słyszał. Dziś rano warta znalazła pod masztem list od niego i zdobyty proporczyk. Czarne Stopy, nie wrócicie do szkoły pozbawieni swojego znaku. Puma zwróci go wam przed końcem podróży.

Maciek Osa poczerwieniał z radości.

– Wiwat Leśne Oko! Niech żyje Leśne Oko!! Wiwat!

– Na cześć Leśnego Oka trzykrotne czuj – czuj – czuwaj!!Wrzask zerwał się pod brezentem ciężarówki, jak seria strzałów. Kierowca, tata Zenka, wychylił głowę z szoferki:

– Co tam nowego? Chcecie na spacer?

– Nieee! Możemy jechać dalej...

– Druhu, a co było w tym liście?

– List jest bardzo długi. Pisany do was wszystkich.

– Alfabetem Morse'a?

– Naturalnie.

– Druh nam przeczyta!

– Leśne Oko prosi, żeby jego list odczytać wam na pierwszej zbiórce po powrocie z obozu. Nie macie pojęcia, jakim świetnym obserwatorem jest Leśne Oko. Zna dobrze każdego harcerza w naszej gromadzie. Każdemu poświęca kilka zdań. Polubił was chyba czy co? Zachęca, żebyście do niego pisali, zwłaszcza gdyby przyszły na którego z was ciężkie chwile, gdyby się czuł samotny, nie pogodzony z własnym życiem...

Marek otworzył usta, jakby chciał coś powiedzieć albo nawet wykrzyknąć, ale przełknął tylko i uśmiechnął się szeroko. Wiatr i pęd auta odchylały mu przekorną kitkę włosów stojących jak indiańskie pióro nad czołem. Andrzej widział, ile radości wywołało w chłopcu ostatnie zdanie. Dalsza rozmowa zdawała się nie docierać do jego świadomości. Stał oparty o burtę i przyglądał się w milczeniu drodze, która umykała spod pudła ciężarówki. Jechali już dość długo; dwa razy zmieniali uszkodzone koło.

– Ktoś gwoździe rozsypał na szosie, żebyście nie wyjeżdżali tak szybko z Gór Świętokrzyskich – zażartował ojciec Zenka.

– Ja tego nie zrobiłem – szepnął zadyszany księżyc, bardzo blady ze smutku i zmęczenia – chociaż moglibyście jeszcze zostać kilka miesięcy... Łyso mi jakoś...

– Marek zabrał tonę kamieni z Radostowej, to nic dziwnego, że gazik słabnie...

Zasłabł zupełnie pod lasem, w pustej okolicy. Chłopcy otoczyli zmartwionego kierowcę, jęli szukać rady.

– Co za diabeł? Stajemy co chwila, jakby ktoś włączył samoczynny hamulec. A może wam żal odjeżdżać i myślami hamujecie.

– Proszę pana! To nie myśli, to pięty. Czarne Stopy.

Świecili latarkami, żeby kierowca mógł znaleźć uszkodzenie.Tymczasem księżyc dogonił ich, wyjrzał zza lasu. Na drogę padł cień w kształcie zębatej piły, a w połowie zalało ją zielone światło.

– Niestety – kierowca wyprostował się – potrzebny nam zakład wulkanizacyjny. Musimy się pchać do miasteczka i tam naprawić.

Owinięci kocami od stóp do głów szli drogą podobni do mnichów i bardzo się cieszyli, że jeszcze nie kończy się podróż. Księżyc podążał za nimi. Był dziś w pełni. Wymalował swoim światłem każdy kamień i każde drzewo. Przedłużał cienie chłopców czyniąc z nich olbrzymów. Andrzej Wróbel, i tak niemały, wyglądał teraz jak słup telefoniczny sunący środkiem asfaltu. Bochenek przypominał sylwetkę wieżowca, a Longinus był czarną nieskończonością.

Ciężarówka jechała wolniutko brzegiem szosy warcząc i hałasując. Księżyc usiłował skorzystać z okazji, bo nikt nie szedł przecież zastępami, i spróbował wmieszać się niepostrzeżenie pomiędzy Czarne Stopy. Ledwo jednak zrównał się z Markiem, gdy warczenie Czarnej Stopki tkwiącej pod kurtką Marka zwróciło uwagę wszystkich. Księżyc ukrył się co prędzej za młodym dąbkiem i przeczekał jakiś czas. Ale potem wyszedł i biegł znowu.

Miasteczko było małe jak chustka do nosa. Przed zakładem wulkanizacyjnym zebrało się trochę ciekawych.

Oglądali przyklejone łatki, robili fachowe uwagi, w których każdy chciał błysnąć swoją wiedzą techniczną i olśnić innych.

– Musimy dwie godziny poczekać – oznajmił kierowca. Harcerze zaczęli śpiewać na rozgrzewkę. Wówczas księżyc zajrzał w okienko małego domku, napełnił światłem izdebkę i skłonił jej mieszkankę, żeby nie spała. To wystarczyło. Wesoła melodia *Starego dziadka,* wyśpiewana znakomicie z Felkowymi organkami poderwała niewiastę, gnała ją na placyk. Wyszła. Rozejrzała się. Oczom nie wierzyła.

– Zmarznięci. W kocach. I pewno bez kolacji – zawołała głosem tak charakterystycznym, że chłopcy nie mogli mieć wątpliwości.

– Waleria! – krzyczeli radośnie.

Była to rzeczywiście Waleria na wakacjach u swojej rodziny. Natychmiast objęła komendę. Już gromada ochotników pomagała jej obierać ziemniaki, już rozpalono ogień, już woda bulgotała w kociołku. Wtedy zbliżył się Marek. Odchylił kurtkę mundurka, czekał. Waleria zastygła nieruchomo z kozikiem uniesionym do góry. Czujnie, trochę nieufnie patrzyła na wybrzuszenie munduru, które się wyraźnie poruszało.

– Co tam znowu za śtuki? – pytała nie bez lęku.

Marek kucnął przed nią na ziemi. Schylił się. Wtedy niemrawo jak stary hipopotam zaczęła się wyładowywać Czarna Stopka. Wyszła skulona, z głową wciśniętą w sfałdowany kark, zatrzęsła się i kichnęła.

– Żywy pies! – dziwiła się Waleria – myślałam, że to śtuka. Jeden, jak zaczął na odpuście króliki z kapelusza wyciągać, to ich wyciągnął! Pewno ze trzy albo cztery.

– Nasz Marek też to potrafi – oświadczył z powagą Longinus i pod kocem przysunął Markowi Białą Fokę. Marek znowu przykucnął, nie czekał długo, bo mały psiak energicznie wyskoczył na ziemię i zaczął obwąchiwać garnek z ziemniakami. Zanim Waleria zdążyła nacieszyć oczy psiakami, już Marek miał pod mundurem Żurawia i wypuszczał go z ręki. Pihmek i mały Puchacz ustawiły się w rzędzie ze swoimi braćmi, tworząc razem z nimi bardzo ładną gromadkę.

Waleria patrzyła ze zdumieniem. Kozik i ziemniak sterczały dalej niby dwa wykrzykniki. Wtedy Felek westchnął.

– Te cztery pieski mają dobrze. Znalazły sobie już opiekunów. Ich matka, wyżlica Chmura, została na kuracji pod opieką harcerek. Ale najmniejszy? Czarna Stopka? Bezdomny! Gdzie on się podzieje?

Waleria szybko znalazła radę.

– Zostawcie go tu, w miasteczku.

Marek pokręcił głową.

– Nieee... Pani Waleria pojedzie do internatu. Czarnej Stopce byłoby tu smutno... Nieeee...

Wtedy kobieta wyciągnęła nóż i wymierzyła go w Marka.

– Wiem! Tak będzie najlepiej. Pan kierownik musi się zgodzić. A niech się tylko nie zgodzi, to ja podziękuję za miejsce! Jestem gospodarska córka, czy mi to mus w internacie pracować?

Chłopcy wiedzieli, że nie trzeba przerywać. Nie trzeba radzić ani namawiać. Niezręczne słowo mogłoby spowodować wahania, tymczasem tu najwyraźniej zapadła decyzja.

– Bo dlaczego taka miła psina nie miałaby mieszkać z nami w internacie? Jedzenia zawsze zostaje. Mleka mu też nie braknie. No, chcesz być u mnie w internacie? Chcesz?

Miła psina łypała jednym okiem na Walerię i z właściwym sobie wdziękiem wyciągnęła czarną, tylną łapę najbardziej do przodu, żeby się podrapać za uchem.

– Wiwaaaaat! – krzyknęli chłopcy. Chcieli z radości podrzucić Walerię do góry, wymówiła się jednak od tych honorów.

– Kończymy zalewajkę – powiedziała tonem rozkazu – nie wypuszczę was przecież bez kolacji w dalszą drogę.

Marek Osiński zbliżył się do Andrzej Wróbla. Księżyc utknął za gęstwą krzaków, a tu panował mrok.

– Druhu – powiedział chłopak z uśmiechem, ale trochę smutno – gdyby ode mnie zależało, chciałbym, żeby się ciężarówka psuła jeszcze ze sto razy...

– Tak ci smakuje zalewajka u Walerii? – zażartował Andrzej.

– Pewno, że tak. Ale oprócz tego... boję się wracać. Kiedy sobie przypomnę wszystko, co było przed wyjazdem...

Nie mówił już nic więcej, chociaż Andrzej czekał na dalsze słowa. Księżyc zwyciężył smugę obłoków, przedarł się między jaśminami, oświetlił rozmawiających. Teraz młodszy spuścił głowę, jakby się wstydził swoich uczuć. Drużynowy odezwał się serdecznie:

– Bądź spokojny. Nie wraca się do przeszłości. Potem chwilę milczał i dodał jeszcze:

– Drużyna jest moim domem rodzinnym... A to dobry dom. Zapewniam cię.

Kierowca szedł środkiem rynku z oboźnym i Pumą.

– Skończyliśmy. Jedziemy. Naprzód, chłopaki!

Biegli do ciężarówki. Motor warczał i dygotał. Wsiadali. Zajmowali miejsca.

– Gotowe?

– Można jechać.

– Do widzenia, Walerio!

– Do widzenia w internacie!

– Naprzód!

Oblane zielonkawym światłem księżyca wzgórze, drzewa, mijane domy wydawały się znajome i niezwykle piękne.

– Wrócimy tu – powiedział Błyskawica. – Musimy wrócić.Chłopcy patrzyli na uciekającą do tyłu, szarą smugę drogi.

– Wrócimy – podjął Maciek Osa – chociażby za kilka lat. A wtedy zobaczymy, jakie tu zaszły zmiany. Wiecie, na Świętym Krzyżu powstanie wkrótce przekaźnikowa stacja telewizyjna... Mówił mi o tym inżynier z miasteczka, kiedy naprawialiśmy koło.

– Co, naprawdę? – pytał Błyskawica.

– No!

– Dopiero wiedźmy z Łysej Góry będą miały zajęcie. Nastanie znowu epoka ich działalności, zaczną hulać, urządzać miotlane balety, żeby zakłócić odbiór telewizyjnego programu „Przepraszamy za zakłócenia".

– Phi! Wiedźmy to jeszcze nic – uśmiechnął się Zenek. – Ale królewicz Emeryk! On pierwszy w tej okolicy powinien wystąpić w telewizji... Nie miałby tremy... Zachowałby kamienny spokój...

Marek siedział na worku namiotowym i delikatnie gładził sierść Czarnej Stopki. Psiak usnął, ale czasami pomrukiwał i warczał, kiedy targany pędem auta brezent uderzał hałaśliwie o burtę.

– Śpij, śpij!... – uspokajał go wtedy Marek. – Jutro będziemy już daleko stąd... i zaraz napiszemy do Leśnego Oka taki długi list... o naszej drużynie... o naszej szkole... o najważniejszych sprawach.

Spis treści